*Narratology*

*The Form and Functioning of Narrative*

当　代　世　界　学　术　名　著

# 叙事学

## 叙事的形式与功能

[美] 杰拉德・普林斯（Gerald Prince）/著
徐　强/译

中国人民大学出版社
・北京・

# “当代世界学术名著”
# 出版说明

中华民族历来有海纳百川的宽阔胸怀，她在创造灿烂文明的同时，不断吸纳整个人类文明的精华，滋养、壮大和发展自己。当前，全球化使得人类文明之间的相互交流和影响进一步加强，互动效应更为明显。以世界眼光和开放的视野，引介世界各国的优秀哲学社会科学的前沿成果，服务于我国的社会主义现代化建设，服务于我国的科教兴国战略，是新中国出版工作的优良传统，也是中国当代出版工作者的重要使命。

中国人民大学出版社历来注重对国外哲学社会科学成果的译介工作，所出版的“经济科学译丛”、“工商管理经典译丛”等系列译丛受到社会广泛欢迎。这些译丛侧重于西方经典性教材；同时，我们又推出了这套“当代世界学术名著”系列，旨在迻译国外当代学术名著。所谓“当代”，一般指近几十年发表的著作；所谓“名著”，是指这些著作在该领域产生巨大影响并被各类文献反复引用，成为研究者的必读著作。我们希望经过不断的筛选和积累，使这套丛书成为当代的“汉译世界学术名著丛书”，成为读书人的精神殿堂。

由于本套丛书所选著作距今时日较短，未经历史的充分淘洗，加之判断标准见仁见智，以及选择视野的局限，这项工作肯定难以尽如人意。我们期待着海内外学界积极参与推荐，并对我们的工作提出宝贵的意见和建议。我们深信，经过学界同仁和出版者的共同努力，这套丛书必将日臻完善。

中国人民大学出版社

# 目 录

# 导　言

罗兰·巴特在《叙事作品结构分析导论》[①] 中说： 1

> 世界上叙事作品之多，不计其数；种类浩繁，题材各异。对人类来说，似乎任何材料都适宜于叙事：叙事承载物可以是口头或书面的有音节语言、是固定的或活动的画面、是手势，以及所有这些材料的有机混合；叙事遍布于神话、传说、寓言、民间故事、小说、史诗、历史、悲剧、正剧、喜剧、哑剧、绘画（请想一想卡帕齐奥的《圣于絮尔》[②] 那幅画）、彩绘玻璃窗、电影、连环画、社会杂闻、会话。而且，以这些几乎无限的形式出现的叙事遍存于一切时代、一切地方、一切社会。叙事是与人类历史本身共同产生的；任何地方都不存在，也从来不曾存在过没有叙事的民族；所有

---

① 罗兰·巴特（Roland Barthes，1915—1980），法国结构主义思想家。所著《叙事作品结构分析导论》是结构主义叙事学的经典著作。引文采张寅德译文，见张寅德编选：《叙述学研究》，2 页，北京，中国社会科学出版社，1989。本书脚注均为译者注，以下不再一一注明。

② 卡帕齐奥（Carpaccio，1465—1525/1526），文艺复兴时期意大利威尼斯画派的画家，以叙事体绘画闻名。《圣于絮尔》（*Santa Ursula*）是他以英国女圣人于絮尔的传说为题材创作的著名叙事体绘画作品。

> 阶级、所有人类集团，都有自己的叙事作品，而且这些叙事作品经常为具有不同的，乃至对立的文化素养的人所共同享受。所以，叙事作品不分高尚和低劣，它超越国度、超越历史、超越文化，犹如生命那样存在着。[1]

叙事的确无处不在且变化无穷。可以把它界定为：对于一个时间序列中的真实或虚构的事件与状态的讲述。

请注意，尽管很多的——倘不说全部的——讲述都可以说与时间维度相关，但并非所有这些都构成叙事。在

（1）玫瑰是红的 /紫罗兰是蓝的 /糖是甜的 /你也是。

这句中，可以说

（2）玫瑰是红的。

2 在时间上先于

（3）紫罗兰是蓝的。

不过，这一时间维度对于所表现的主题或事件来说没有任何意义，它只对于其表现（之生产或其接受）本身有意义。在上面讲述的世界中，玫瑰并非在“紫罗兰是蓝的”之前而红，紫罗兰也并非在“糖是甜的”之前而蓝。相反，在叙事中，我们不仅可以在讲述层面（representational level）上谈时间维度，也可以在被讲述层面（represented level）上谈论。在由

（4）约翰很富有，后来他开始赌博并贫穷起来。

所指的世界当中，约翰的富有确实是在他变贫穷之前。

同样请注意，尽管很多（倘不说全部的）事情占用了时间，但至少对其中某一些的讲述未必构成一个叙事。一次战斗可能占用数分钟，一次旅行可能占用几小时，但无论

（5）昨天有一场战斗。

还是

（6）这是一次完美的旅行。

这两者都不构成叙事：它们不是把战斗或旅行讲述为一系列事件，而是仅讲述为一个事件。

根据我们的界定，有些信息——即使不重要——显然称得上叙事，而另一些——即使有意义——则难称叙事。例如（4），或者

（7）玛丽喝了一杯橙汁，然后喝了一杯牛奶。

（8）哥伦比亚高原有个民族的人没有眼睛和嘴巴。他们通过闻鲟鱼来进食。郊狼赋予了他们眼睛和嘴巴。

以及《三个火枪手》《间谍》或《伯罗奔尼撒战争史》① 都符合我们的定义，事实上，它们也都被普遍地看作叙事。相反，（1），或者

（9）凡人皆会死；苏格拉底是人；苏格拉底会死。 *3*

（10）纽约是 90 华氏度，而费城是 95 华氏度。②

以及《语言、真理和逻辑》《逻辑哲学论》③ 都不符合我们的定义，事实上，它们不会被认为是叙事。但如

（11）约翰出了房间。

（12）比尔开了门。

这类，有人会说符合了定义的简单陈述又如何呢？两者都向我们提及了处于时间序列中的一系列状态与事件，毕竟，（11）可以重新叙述为

（13）约翰在房间里，然后他出去，于是他不在房间里了。

而（12）可以被重新叙述为

（14）门关着，比尔打开了它，结果，门就开着了。

既然（13）和（14）都显然符合我们的定义（在被讲述的世界里，约翰在出房间**之前**是在里面的，门在比尔打开它**之前**是关着的），那么（11）和（12）也就一样，而且许多描述一个简单行动的陈述也都一样了。但是，此类陈述与叙事之间的确有区别。不单纯是重要性上的区别，因

---

① 《三个火枪手》（*Les Trois Mousquetaires*），又译《三剑客》或《侠隐记》，法国作家大仲马（Alexandre Dumas，1802—1870）的作品。《间谍》（*The Secret Agent*），英国小说家约瑟夫·康拉德（Joseph Conrad，1857—1924）的小说，出版于 1907 年。《伯罗奔尼撒战争史》（*History of the Peloponnesian War*），古希腊历史学家修昔底德（Thucydides，前 460 或 455—前 400 或 395 年）的著名史学著作。

② 90 华氏度相当于 32.2 摄氏度；95 华氏度相当于 35 摄氏度。

③ 《语言、真理和逻辑》（*Language，Truth and Logic*）与《逻辑哲学论》（*Tractatus Logico-Philosophicus*）分别是哲学家艾耶尔（A. J. Ayer）和哲学家维特根斯坦（L. Wittgenstein）的哲学著作。

为，例如（7），就不比（11）和（12）重要多少，甚至完全不比它们重要。同样，说（11）和（12）各自明确地描述且仅仅描述了一个事件，这也还不够，因为有些描述单个事件的陈述有时是被看作叙事的。事实上，像

（15）昨天凌晨两点，美国向英国宣战。

这样的陈述，也可以被叫做新闻**故事**。区别在于另外的地方。在（11）～（14）中，三个事件与状态里，可以想到有两个是被第三个预设或包含的。特别是

（16）约翰在房间里。

（17）约翰不在房间里。

都由（11）所预设或包含了；而

（18）门关着。

（19）门开着。

都由（12）所预设或包含。[2]这完全不像（7），也不像（15）：后者如果作如下重构，就以故事面貌出现了：

（20）多数人认为美国永远不会向英国宣战；后来，昨天凌晨两点，美国向英国宣战；作为结果，多数人大为吃惊。

显然重构的段落未必是（15）所预设或包含的。[3]

把上述考虑包括进来，我们重新给叙事下一个定义：叙事是对于时间序列中**至少两个**真实或虚构的事件与状态的讲述，其中任何一个都不预设或包含另一个。

叙事学研究叙事的形式与功能。尽管这个术语相对新鲜，这门学科却不新。在西方传统里，它至少可以追溯到柏拉图和亚里士多德的年代。在 20 世纪，叙事学有长足发展。特别是最近 10 到 15 年间，它见证了叙事学运动的惊人成长。该学科除了吸引哲学家、心理学家、精神分析学家、圣经学家、符号学家、神话学家、人类学家和交往理论家之外，也吸引了大量的文学分析者和语言学家，他们遍布于世界各地：丹

麦（“哥本哈根小组”），法国［巴特、布雷蒙[1]、热奈特（Gérard Genette）、格雷马斯[2]、哈蒙（Philipple Hamon）、克里斯蒂娃（Julia Kristeva）、托多罗夫[3]等］，德国［艾维（Jens F. Ihwe）、施密特（W. Schmidt）等］，意大利［艾柯（U. Eco）、塞格雷（Cesare Segre）］，荷兰（范·迪克[4]），北美［查特曼（Seymour Chatman）、科尔比（B. N. Colby）、多利泽尔（L. Doležel）、敦德斯（Alan Dundes）、乔治斯（Robert A. Georges）、亨德里克斯（W. O. Hendricks）、拉波夫（William Labov）、帕维尔（Thomas G. Pavel）、肖尔斯（Robert Scholes）等］，苏联［洛特曼（Iouri Lotman）、托波洛夫（V. N. Toporov）、乌斯宾斯基（Boris Uspenski）等］。

叙事学研究的是：从叙事意义上来说，所有叙事有哪些共同之处， 5
以及是什么允许它们具有叙事意义上的区别。因此它不怎么关心特定小说或故事的历史，以及它们的意义、美学价值，但很注意那些把叙事与其他重要系统相区别的特质，以及这些特质之形态。其主体不仅由实存的叙事构成，而且由一切可能的叙事构成。至于其首要任务，则在于细致说明使叙事被精确描述的那些手段，并理解它们的运作方式。

在本书中我试图回答叙事学者关心的三个核心问题：叙事中哪些因素允许我们用相关术语描绘其可能表现之特征（第一、二章）？用以解释这些要素和表现的形式模型是什么样的（第三章）？哪些因素影响我们对叙事的理解以及我们对其叙事性的估价（第四、五章）？

我在论述中聚焦于书面叙事，因为那是我最熟悉的叙事种类。不过，我所说的很多也适用于其他叙事，不管其表现媒介怎样。我既不想讨论所有关于叙事的已知问题，也不想讨论所有应知问题；但是冒着经

---

① 克洛德·布雷蒙（Claude Bremond，1929— ），法国文学理论家、叙事学家，著有《叙述可能之逻辑》（*Logique du récit*）等。

② 格雷马斯（A. J. Greimas，1917—1993），立陶宛裔法国语言学家、结构主义思想家、符号学家。主要著作有《结构语义学》（*Sémantique structurale*）等。

③ 托多罗夫（Tzvetan Todorov，1939— ），法国文学理论、思想史与文化理论家，对叙事学研究有重要推进。著作有《散文诗学》（*The Poetics of Prose*）等。

④ 范·迪克（van Dijk，1943— ），法国学者，在文本语言学、话语分析领域有建树。也是《诗学》（*Poetics*）等好几个著名学术期刊的创建者和编辑。

常地老生常谈和更经常地拾人牙慧之危险［显然，我从罗兰·巴特、韦恩·C·布斯（Wayne C. Booth）、热拉尔·热奈特、茨维坦·托多罗夫等人那里，得到良多教益］，我想讨论（尽管只是简要地）我以为必须清楚的大部分问题。为方便、清晰、简洁起见，也为了强调这样的事实——叙事学的范围由所有叙事组成，而不仅仅是由其中伟大的叙事、文学叙事、有趣的叙事组成，我经常以我自己写出来的一些叙事（之部分）为例。最后，很多译文都是我自己翻译出来的。我希望它们不太扎眼。

*6* 本书部分内容曾发表于《中心》（*Centrum*）1973 年第Ⅰ辑第 1 期、《诗学》（*Poétique*）1973 年第 14 期、《今日诗学》（*Poetics Today*）1980 年第Ⅰ卷第 3 期，以及我的《故事的语法》（莫顿出版）。感谢诸位编辑和出版者允许我使用。

同样感谢埃伦·普林斯（Ellen F. Prince）的很多砥砺性的讨论。

# 第一章　叙　述

叙事是可以分为各种类组的信号之集合。尤其是在书面叙事中，某 7
些因素与组成叙事的语言信号组合，构成了**叙述信号**（signs of the narrating，或者简单说：**叙述**，narrating）：它们呈现叙述行为、其缘起与目标。其他一些因素与组合则构成**被叙信号**（signs of the narrated，或简单说：**被叙**，narrated），它们呈现所讲述的事件与状态。这两个类组，又可以分为不同的亚类。这样，在叙述信号中，有些更加特别地和叙述者（在实施的那个人）相关，另一些和受述者（讲述所面向的那个人）相关，还有一些则和叙述（叙述行为）相关；而在被叙信号中，有一些更特别地和（比如说）人物相关，另一些和人物行为所处的时间相关，还有一些则和他们的行为所占据的空间相关。

## 叙述者

在语法上，有第一人身（例如“我”）、第二人身（“你”）和第三人身（“他”）之区别。第一人身被定义为说话的人，第二人身被定义为说话的对象，第三人身则被定义为说话关涉到的事物或客体。叙事学上也可以作出同样的区分：我们可以说叙述者是第一人身，受述者是第二人身，叙事所关涉到的事物或客体是第三人身。[1]

8 在一个给定语句中，代表说话人的“我”当然可以现身，也可以不现身。请看下面我所说的话：

（1）我是个水管工。

（2）巴黎是法国的首都。

（3）玛丽七月份参加考试。

同样地，在一个给定的叙事中，代表叙述者的“我”可以现身，也可以不现身。请看我下面的叙述：

（4）我打开冰箱取了一罐啤酒喝下去。

（5）他打开冰箱取了一罐啤酒喝下去。

（6）琼很富有。她遇到了约翰而变穷。

任何叙事中都至少有一个叙述者，这个叙述者可以明确用“我”直呼，也可以不那么称呼。在很多不直呼为“我”的叙事中，“我”可能被不留任何痕迹地抹掉了，只剩下叙事本身：在（5）和（6）中，除了它们是叙事这一事实之外，没有任何信号指示或暗示某个叙述行为，也没有任何信号指示或暗示叙述本身。这样在（4）中，我们除了获知叙述者在讲述一个他亲身参与的事件外，关于叙述者的任何确切情况都不得而知：我们不知道当他讲述这些事件时他如何认识它们，感知不到他对自己的叙述之态度如何，等等。尽管他描述了自己的动作，但（4）并不真正比（5）和（6）更主观。在（4）、（5）和（6）中的“我”、“他”和“琼”并未以显著不同的方式发生作用：它们都是简单地作为人物名字起作用。在很多叙事中，大量的代表叙述者、标志着其在叙事中出场的信号显而易见，不管代表他的“我”是否出现。

---

[1] 中文惯称的“第一人称”、“第二人称”、“第三人称”，在其对应的英文 the first person，the second person，the third person 中并无表“言说”意义的“称”这一语素，而仅指涉各自所“称”之对象本身，故此处不作“第一（二、三）人称”，而只译作“第一（二、三）人身”。下文带有“言说”意义上的“称”这一要素时，则循惯例径译为“人称”。

### 1. “我”信号

这类信号有一些可能间接地起作用。任何并不（专）指某个人物，也并不被人物谈及（或“念及”）的第二人称代词，必定是指叙述者讲话面向的某个对象，于是这成为叙述者在叙述中出场之痕迹。看下面二例：

(7)“一切都是真情实事——真实到每个人都能在自己身上或者心里发现剧中的要素。”(《高老头》)①

(8) 你知道，约翰去了法国，后来又去了德国。

但是有一些——我们可以称之为“我”信号——更直接地起作用，它们呈现叙述者和/或其时空情境。[1]例如，很显然，所有并不（专门）称呼人物（或受述者）的第一人称复数代词，都指向叙述自身：

(9)“必须承认，仿照许多严肃的作家的笔法，我们的主人公的故事也是从他出世的前一年开始的。”(《巴马修道院》)②

(10)“把我们指出的几个方面总括起来，导致哥特式艺术改变模样的破坏就可以分为三种。”(《巴黎圣母院》)③

另外，还有一种直接指示词（deictic terms）（“现在”、“这儿”、“昨天”、“明天”等等），它们关系到其被言说之所在的背景，特别是关系到说话的空间一时间背景。如果它出现于叙事中，而又不是某个人物说的话的一部分，那它一定就和叙述者有关了。在

(11) 玛丽昨天去了海滨，然后去了影院，然后回了家。

(12)“后来，大约在六十年前，这里突然变了样。小矿井被金融家

---

① 《高老头》(*Le Père Goriot*)，法国作家巴尔扎克（Honoré de Balzac，1799—1850）的长篇小说，1834年问世。采傅雷译文，见［法］巴尔扎克：《欧也妮·葛朗台　高老头》，188页，北京，人民文学出版社，1980。

② 《巴马修道院》(*La Chartreuse de Parme*)，法国作家司汤达（Stendhal，1783—1842）小说，1838年问世。采郝运译文，见［法］司汤达：《巴马修道院》，19页，上海，上海译文出版社，1979。

③ 《巴黎圣母院》(*Notre-Dame de Paris*)，法国作家雨果的长篇小说，1831年发表。采陈敬容译文，见［法］雨果：《巴黎圣母院》，125页，北京，人民文学出版社，1982。

的大矿挤掉了。”（《儿子与情人》）①

和

(13) 约翰在这里，他喝醉了，就留下了。

中，“昨天”、“大约六十年前”和“这里”，都在描述叙述者的空间—时间背景特征。还有一种情态词（modal terms）（“也许”、“不幸的是”、10 “显而易见”等），指示了说话者对他说的话之态度。同样，如果它不是人物说的话的一部分，那它描述的就是叙述者的境况：

(14) 约翰去了影院。也许他寂寞。

(15) 约翰反应冷淡。显然，这是因为他经受了太多、太频繁的苦难。

其中的“也许”和“显然”就都起到“我”信号的作用。更普泛地说，叙事中任何代表着某叙述者的形象、态度、他对所叙述的内容之外的其他世界的认识，且并非他对他所述之事的解释和对其重要性的评价的信号，都构成“我”信号。例如下面这几个标注了重点号的句子：

(16) 人真是了不起。约翰贫病交加，但他不断努力，改善命运，终于富裕而且健康起来。

(17) 人们经常看到他在大街上，打着那些俗气的领带中的一条。

(18) 像所有追求品位的人一样，他开一辆卡迪拉克。

(19) 他一定是受了惊吓，因为他已大汗淋漓。[2]

## 2. 介入、自我意识、可信性、距离

无论叙述者是否被称为“我”，他总是或多或少地具有介入性，也就是说，他作为一个叙述的自我（narrating self）或多或少地被性格化。如果我们从《高老头》《欧也妮·葛朗台》② 或《马洛纳之死》③ 中

---

① 《儿子与情人》（*Sons and Lovers*），英国小说家劳伦斯（David Herbert Lawrence, 1885—1930）的长篇小说，1913 年出版。采陈良廷、刘文澜译文，见［英］劳伦斯：《儿子与情人》，1 页，北京，人民文学出版社，1987。

② 《欧也妮·葛朗台》(*Eugènie Grandet*)，法国作家巴尔扎克的小说，1833 年发表。

③ 《马洛纳之死》（*Malone meurt*），爱尔兰作家萨缪尔·贝克特（Samuel Beckett, 1906—1989）的长篇小说，1951 年发表。

去除所有叙述者的介入，那就几无所剩了；但如果从《杀人者》《白象似的群山》[1] 或《理智之年》[2] 中去除所有叙述者介入，我们仍有很多内容可读。比较下面二例：

(20) “巴黎城中再没有一个区域更丑恶，更没有人知道的了。特别是圣·日内维新街，仿佛一个古铜框子，跟这个故事再合适也没有。为求读者了解起见，尽量用上灰黑的色彩和沉闷的描写也不过分。”（《高 11
老头》）[3]

(21) “外面弧光灯的亮光透过光秃的树枝。尼克沿着电车轨道走去，到下一盏弧光灯的地方转了一个弯，朝一条小街走去。街上的第三幢房子就是赫思奇的公寓。尼克走上那两条阶石，然后去按门铃。一个女人来到了门前。”（《杀人者》）[4]

而且，介入也具有不同程度的明显性。例如，给定一个叙事，讲述发生于 1769 年科西嘉岛上的事件：

(22) 拿破仑皇帝的出生带来巨大的欢喜。

其中的“皇帝”就是一个介入，因为被叙之世界中没有人能预知新生儿的命运。相反，有的介入则要明显得多。在《汤姆·琼斯》[5] 中，叙述者甚至提醒其受叙人接下来要离开正题：

(23) “读者诸君，在咱们同程共进之前，我觉得应该说明一下：在这部历史的全部进程中，我打算不时地离开正文，发些议论。至于什么

---

① 《杀人者》（“The Killers”）、《白象似的群山》（“Hills Like White Elephants”）均为美国小说家欧内斯特·海明威（Ernest Hemingway，1899—1961）的短篇小说，均发表于 1927 年。

② 《理智之年》（*L'Age de raison*），法国作家让-保罗·萨特（Jean-Paul Sartre，1905—1980）的小说，发表于 1945 年。与《缓期执行》（1945）、《心如死灰》（1949）合起来构成“自由三部曲”。

③ 采傅雷译文，见［法］巴尔扎克：《欧也妮·葛朗台　高老头》，188 页，北京，人民文学出版社，1980。

④ 海明威短篇小说。采主万等译文，见［美］克林斯·布鲁克斯、罗伯特·潘·华伦编：《小说鉴赏》，上册，389 页，北京，中国青年出版社，1986。

⑤ 《汤姆·琼斯》，全名《弃儿汤姆·琼斯的历史》（*The History of Tom Jones, a Foundling*），英国小说家亨利·菲尔丁（Henry Fielding，1707—1754）的长篇小说，1749 年出版。

地方才相宜，这一层我本人比任何浅薄无知的批评家更能判断。这里，我要求他们别多管闲事，对于与他们无关的事少来插嘴……”①

注意，有的叙事学家把最小的“评价性”形容词或副词，以及事件之间最谨慎的逻辑联系都看作介入。[3]例如

(24) 约翰步态优雅。

(25) 比尔很高兴，因为他刚刚见到了罗伯特。

他们会把“优雅”和“因为”都视为介入因素。但这看法不怎么令人信服；因为（24）和（25）中并未有任何信息表明约翰的步态也许并不优雅，以及比尔的高兴也许并非因为他见到罗伯特；也就是说，其中并无
12 信息表明评价和逻辑联系是叙述者解释的结果、是他特定认识导致的、仅仅是他主观性的产物，而不是被叙世界中公认的事实。的确，约翰步态的优雅和比尔的高兴之原因是作为无可争议的事实给出的，我们读到这里时也是这样认为的。

如果说叙述者有或多或少的介入性，那么他同样或多或少地是自觉的，亦即，他似乎或多或少地意识到他在叙述：《曾几何时》② 中的雅克·罗维尔——他常常讨论他的写作情况——就是一个自觉的叙述者（“前天，我记下了我对周日之前的七个月的记忆”，“这就是为什么我现在满怀激动地打破上个月一直遵循的模式”，“我用白天的最后一刻重写完了对六月第二个星期的记叙，那是两个月前，就在这张书桌上写下的”），而《局外人》③ 中的马尔索则不然：对于他在讲述自己的故事这一事实，他一次也未议论到。请注意，尽管自觉的叙述者总是介入的，但反过来说却未必成立。（17）、（18）和（19）中的叙述者是介入的，但丝毫没有自我意识。

叙述者还具有大小不等的可信性；换言之，其讲述（的某些部分）

---

① 采萧乾、李从弼译文，见［英］亨利·菲尔丁：《弃儿汤姆·琼斯的历史》，上卷，14页，北京，人民文学出版社，1984。

② 《曾几何时》（*L'Emploi du temps*），一译《时间表》，法国新小说派作家米歇尔·布托尔（Michel Butor，1926—　）的小说，1956年出版。

③ 《局外人》（*L'Etranger*），法国哲学家、作家加缪（Albert Camus，1913—1960）的小说，1942年出版。

就叙事本身而言值得信任的程度有大小之分。在读《堕落》[①] 时，我们被引导得出让-巴蒂斯特·克莱芒斯十分不可信这一结论：他是个顽固的撒谎者；他不断地、故意地反驳自己；有一点愈益明显，即他所说的大部分——倘不说全部——都不能信以为真。在《高老头》中则相反，我们毫不质疑叙述者的可信性：就所涉虚构世界而言，我们没有任何理由怀疑他的讲述与判断之合法性。请注意，一个可信叙述者未必总受作为读者的我所信任：毕竟，即使他被描述为诚实可信，我还是可能发现他的价值令人反感，他的结论愚蠢。相反，我也可能发现一个不可信叙述者的态度相当诱惑人。

最后，叙述者可能与被叙事件、与所表现的人物和/或其受述者之间保持或大或小的距离。这一距离可以是时间上的（我讲述发生于昨天或 50 年前的事情），可以是物理的（《铁皮鼓》[②] 中的奥斯卡并不和小 *13* 矮人说话），还可以是智力的（《喧哗与骚动》[③] 的叙述者当然在智力上远高于班吉）、道德的（萨德笔下的瑞斯丁娜[④]远比她故事中的人物高尚）、感情的（《一颗简单的心》[⑤] 的叙述者对于弗吉尼亚的死就没有费莉西泰那样动情），等等。当然，在一个给定的叙事之过程中，给定的距离也可能会变化：在《远大前程》[⑥] 结尾，叙述者与被叙之间的时间距离要比开头处更近；而《堕落》中随着小说的进展，让-巴蒂斯特·克莱芒斯的受述者越来越抵制他。

---

① 《堕落》(*La Chute*)，加缪的小说，1956 年出版。

② 《铁皮鼓》(*The Tin Drum*)，德国作家君特·格拉斯（Günter Grass，1927— ）的长篇小说，“但泽三部曲”之一，1959 年发表。

③ 《喧哗与骚动》（*The Sound and the Fury*），美国作家福克纳（William Faulkner，1897—1962）的长篇小说，1929 年出版。

④ 萨德（Marquis de Sade，1740—1814），法国作家。《瑞斯丁娜》（“Justine”）是其早期短篇故事集《爱之罪》(*Les crimes de l'amour*) 中的一个故事，后来他又把主人公瑞斯丁娜的故事写成多部作品，如《美德的不幸》(*Les malheurs de la vertu*，1787 年，本书后面多举此例)、《瑞斯丁娜，或喻美德的不幸》(*Justine ou les Malheurs de la vertu*，1791 年）等。

⑤ 《一颗简单的心》(“Un Coeur simple”)，法国作家居斯塔夫·福楼拜（*Gustave Flaubert*，1821—1880）的短篇小说，与《圣于连外传》《希罗底》合起来构成著名的《三故事》，均发表于 1877 年。

⑥ 《远大前程》(*Great Expectations*)，又译《孤星血泪》，英国小说家查尔斯·狄更斯（Charles Dickens，1812—1870）的小说，1860—1861 年以连载形式发表。

特定叙述者的介入性、自我意识的程度、他的可信性、他与被叙或受述者的距离，不仅有助于描绘他本人的特征，也影响我们对于叙事的解释及反应。因此，评论某些被叙述事件的介入，可以显示或强调事件在特定被叙序列中的重要性或其内在趣味。他们也可能逗乐我们（例如当我们发现他们很诙谐）或惹烦我们（如果我们觉得他们很啰唆）。提及叙述者或其叙述之特质的介入，可以引导我们得出一个结论：叙事的真正主题，是特定事件的表现而不是事件本身；真正的主人公是叙述者，而不是他的任何一个人物。同样地，叙述者的不可信性迫使我们对他的很多陈述予以重新解释，以认识与理解“究竟发生了什么”；而距离的多变性则决定了我们对于此人物或彼人物所抱持的智力领悟和感情态度多样性。[4]

### 3. 叙述者—人物

正像叙述者可以被明确称之为“我”，也可以不称之为“我”，可以是介入的、自我意识的、可信的，也可以是不介入的、没有自我意识的、不可信的一样，他可以参与他所讲述的事件，也可以不参与。当他参与，我们常称为第一人称叙事，因为这是用第一人称讲述——除了别的——他所参与的事件（《摩尔·弗兰德斯》① 《远大前程》《了不起的
14 盖茨比》②）。这样我们就可以在作为叙述者的第一人称和作为人物的第一人称之间作出区分。在

（26）我吃了肉。

中，人物“我”是吃肉的人，叙述者“我”是告知“吃”这一事实的人；同样，在《远大前程》中，成年的皮普叙述自己幼时的历险，他与幼年的自己颇不同；而在《国王的人马》③ 中，杰克·波登既叙述他自

① 《摩尔·弗兰德斯》（*Moll Flanders*），英国作家丹尼尔·笛福（Daniel Defoe，1660—1731）的小说，写于1722年。

② 《了不起的盖茨比》（*The Great Gatsby*），美国作家菲茨杰拉德（Francis Scott Fitzgerald，1896—1940）的小说，出版于1925年。

③ 《国王的人马》（*All the King's Men*），美国作家罗伯特·潘·华伦（Robert Penn Warren，1905—1989）的小说，出版于1946年。

己的故事，又叙述威列·斯达克的故事。他不像在研究生院钻研历史的杰克·波登，他有多处突然中断，转而叙述威列。当叙述者不是人物时，我们通常称之为第三人称叙事，因为所述之事关涉“第三人身”（《巴彻斯特塔》①《一位女士的画像》②《情感教育》③）。当然，有时叙述者可能是人物之一，但把自己作为一个“第三人身”——众多人物中的一个来提及，其频繁度和系统性会或高或低。萨克雷的《亨利·艾斯芒德》④ 中的主人公主要是用第三人称叙述他自己的故事（“关于哈利·艾斯芒德的大学生活情况，这本回忆录不用详细叙述”；“艾斯芒德心里有说不出的高兴，立刻走开送这好消息去”；“艾斯芒德先生自从接到他的女主人唯一的那封残酷的信以来，另外再没有接到她的音信”）⑤，而在加缪的《鼠疫》⑥ 中，里厄博士在小说大部分中称自己为“里厄博士”。另一种可能，也是小说中相对不常利用的一种可能是第二人称叙事。其中所述之事件与某个第二人身有关。

(27) 你俩都站在明室暗室中间的门边，她耳语这些词语。不是到你耳中而是对着你的嘴，用她的唇轻触你的唇，时时刻刻。（《变》⑦）

(28) “有时你在房间里待上三天、四天、五天，你不知道，你几乎一直沉睡，你洗你的袜子，洗你的两件衬衣，你重读你已经读过 20 次、遗忘了 20 次的神秘小说。”（《沉睡的人》⑧）

同样，这里的叙述者也可以是一个人物，但称他自己为“你”，而在像 15

---

① 《巴彻斯特塔》（*Barchester Towers*），英国作家安东尼·特罗洛普（Anthony Trollope，1815—1882）的小说，出版于 1857 年。

② 《一位女士的画像》（*The Portrait of a Lady*），美国作家亨利·詹姆斯（Henry James，1843—1916）的小说，出版于 1881 年。

③ 《情感教育》（*L'Éducation sentimentale*），福楼拜的长篇小说，出版于 1869 年。

④ 《亨利·艾斯芒德》，即《亨利·艾斯芒德的历史》（*The History of Henry Esmond*），英国小说家萨克雷（William Makepeace Thackeray，1811—1863）的长篇历史小说，1852 年出版。

⑤ 采陈达、王培德译文，见［英］萨克雷：《亨利·艾斯芒德的历史》，138、178、226 页，北京，人民文学出版社，1958。

⑥ 《鼠疫》（*La Peste*），法国作家加缪的小说，出版于 1947 年。

⑦ 《变》（*La Modification*），法国作家米歇尔·布托尔的长篇小说，1957 年出版。

⑧ 《沉睡的人》（*Un Homme qui dort*），法国作家乔治·佩雷克（Georges Perec，1936—1982）的小说，1967 年出版。

《变》这样的作品中，很难——至少是最开头很难——说清作为主人公的“你”是否指某个叙述者—人物。

在叙述者同时又是人物的各种情况中，他可能在他所讲的事件中扮演一个重要程度或高或低的角色。他可能是主人公（《泽诺的意识》[①]《远大前程》《长夜行》[②]《致命亲吻》[③]），或一个重要人物（《国王的人马》《窄门》[④]），或一个次要人物（《血字的研究》[⑤]），甚或只是一个旁观者（《纪念艾米丽的一朵玫瑰花》[⑥]）。有时，他可能仅是其叙事的一部分中的人物而在别的部分中不是（《萨拉辛》[⑦] 中的“我”），而有时尽管他不在自己讲述的事件中扮演角色，但他还可以是其他叙述者所讲述事件中的一个人物（《一千零一夜》[⑧] 中的山鲁佐德）。

### 4. 复合叙述者

以上论述的主要是每个叙事中只有一个叙述者的情况，显然，事实通常正是这样的。例如下面的两个例子，就有且仅有唯一的“我”在叙述一系列事件：

(29) 我很快乐，然后我遇到了彼得，然后，作为结果，我很不快乐。

(30) 彼得很不快乐，然后他遇到了简，然后，作为结果，他很快乐。

---

① 《泽诺的意识》(*The Confessions of Zeno*)，意大利作家伊塔洛·斯维沃（Italo SvevO，1861—1928）的意识流小说，出版于 1923 年。

② 《长夜行》(*Voyage au bout de la nuit*)，法国作家路易斯-费尔迪南·塞利娜（Louis-Ferdinand Céline，1894—1961）的小说处女作，1932 年发表。

③ 《致命亲吻》（*Kiss me deadly*），美国推理小说家米奇·斯皮兰（Mickey Spillane，1918—2006）的小说，出版于 1952 年。

④ 《窄门》（*La Porte Etroite*）法国作家安德鲁·纪德（André Paul Guillaume Gide，1869—1951）的小说，1909 年出版。

⑤ 《血字的研究》（*A Study in Scarlet*），英国侦破小说家阿瑟·柯南·道尔（Arthur Conan Doyle，1859—1930）的福尔摩斯系列探案小说之一，出版于 1887 年。

⑥ 《纪念艾米丽的一朵玫瑰花》(“A Rose For Emily”)，美国小说家威廉·福克纳（William Faulkner，1897—1962）的短篇小说，1930 年发表。

⑦ 《萨拉辛》(“Sarrasine”)，法国作家巴尔扎克的短篇小说，1830 年发表。

⑧ 《一千零一夜》(*Arabian Nights*)，又译《天方夜谭》，阿拉伯民间故事集。

但也有很多叙事有着一个以上的叙述者。的确，在一个给定的叙事中，可能有不确定多数的叙述者（两个，三个，十个，等等）。例如，一个叙述者可能介绍另一个叙述者，而后者又介绍另一位叙述者，以此类推：

(31) 我在一家昏暗的餐馆喝着一杯咖啡。这时一个陌生人在我桌前坐下告诉我："多年前——那时我 20 岁——我有一次奇特的经历。我沿着大街行走……多年后，一个漂亮女人来看我，她告诉 *16*
我，'我是……'"

或者一个叙述者介绍另一个叙述者，然后介绍另一个，另一个，以此类推：

(32) 我在一家昏暗的餐馆喝着一杯咖啡，这时约翰在我桌前坐下告诉我一个故事："多年以前，我……"然后彼得来到，告诉我另一个故事："多年以前，我……"我一直在喝咖啡……

当一个叙事中有两个以上叙述者时，就有可能在他们之间建立起一个等级顺序。最终介绍全部叙事（包括作为其组成部分的所有最小叙事）的那一个是主要叙述者。其他的是第二叙述者，或第三叙述者，等等。在（31）中，第一个"我"是主要叙述者，陌生人是第二叙述者，漂亮女人是第三叙述者。在（32）中，第一个"我"是主要叙述者，约翰与彼得都是第二叙述者。请注意，第三叙述者，可能比第二叙述者更重要，更值得注意。在《违背道德的人》[①] 中就有三个叙述者：一个为小说提供标题且所有被叙事件最终都通过他表现出来，一个是米歇尔的朋友，另一个是米歇尔本人。米歇尔本人作为第三叙述者，显然比作为第二叙述者的他的朋友更值得关注。最后，还要注意：一个叙述者与另一个叙述者的距离可以或大或小，这一距离可能是身体的、智力的、感情的或道德的，而且在特定叙事中这一距离也可能变化。

① 《违背道德的人》(*L'Immoraliste*)，安德鲁·纪德的小说，1902 年出版。

# 受述者

如果说在任何叙事中都至少有一个叙述者，那么也至少有一个受述者，这一受述者可以明确地以“你”称之，也可以不以“你”称之。在很多不以“你”称呼的叙事中，“你”可能是被不留任何痕迹地去除了，只剩下叙事本身。例如

17 （33）她病得很重。她饮下一杯酒，然后就健康了。

或

（34）琼很富裕。她喝了一杯咖啡，变得很穷。

这两个例子中，除了“它们是叙事”这一事实外，没有任何东西指涉或暗示某个叙述行为并因此指涉或暗示某个叙事接受者。在叙述者被以“你”相称的很多叙事中，“你”可能构成对叙事接受者的唯一指涉。如

（35）你病得很重。你饮下一杯酒，然后就健康了。

除了知道他参与了向他讲述的事件而外，我们对受述者并无确切知悉：我们不知道他被告知这些事件之时他如何想的；感觉不到他对叙述者及其叙述之态度如何，等等。的确，“你”起的作用与（33）、（34）中的“她”和“琼”并无不同：每一个都是简单地起到人物名字的作用。但在很多叙事中还是明显有着大量信号，它们代表受述者，并标志着他在叙事中的现身，无论称呼他的那个“你”是否出现。

## 1.“你”信号

这些信号中有些间接发挥作用。正如所有指称某受述者的“你”都暗示了某个叙述者的存在一样，所有的指称某叙述者的“我”也都暗示了某个受述者的存在。[5]但有些——我们可以称之为“你”信号——更直接地起作用，它代表受述者（及其情境）。在

(36)“我们几乎无法不摘下一朵花来，呈现给读者。”(《红字》[1])

(37) 但是请听这个故事的人耐心一些，一会儿他就会知道，等待约翰的是什么样的命运。

这两例中的“读者”与“听这个故事的人”指的是受众。同样，第一人称代词也可能不仅指称某叙述者，而且也指称某受述者，在《追忆似水 18
年华》[2] 中，马塞尔写道：

(38)“此外，我们不经常地待在家中，而是出门走一走。”[3]

其中的“我们”不包括受述者。而当他写道：

(39)“当现实折过来严丝合缝地贴在我们长期的梦想上时，它盖住了梦想。”[4]

其中的“我们”包括他的说话对象。此外，有一部分受述者采取问题或伪问题的形式。有时问题不是发自某个人物，也不是发自叙述者，人物或叙述者仅仅是重复了它们而已。它们可以归之于受述者。在《高老头》中，正是受述者询问 M. 皮耶特的职业：

(40)“他曾经做过什么？对了，可能是司法部的一个文书……”

有时，当问题或伪问题发自叙述者时，它们不是说给他自己或他的某个人物听，而是说给他的受述者听，受述者的看法和体验由此而部分地暴露了。在《追忆似水年华》中，马塞尔向其受述者提出一个修辞性疑问，以解释斯万的轻微的粗俗及因粗俗而导致的怪异举动：

(41)“谁没见过一点都不张扬的王室公主也会自然地运用古老的令人讨厌的语言呢……?”

其他的段落中则采取了否定形式。这些段落中的一部分并不以任何方式延续某个人物的陈述，也不回答某个叙述者的问题。毋宁说，它们与某

---

① 《红字》(*The Scarlet Letter*)，美国作家纳撒尼尔·霍桑 (Nathaniel Hawthorne，1804—1864) 的短篇小说，写于 1850 年。

② 《追忆似水年华》(*A la recherche du temps perdu*)，法国作家普鲁斯特 (Marcel Proust，1871—1922) 的小说，陆续出版于 1913—1927 年。

③ 《追忆似水年华》第二部第一卷。见李恒基等译，[法] 普鲁斯特：《追忆似水年华》(上)，373 页，南京，译林出版社，2008。

④ 同上书，378 页。

个受述者的信念相矛盾；它们纠正他的错误；它们终结他的疑问。《伪币制造者》① 的叙述者慷慨激昂地否定了他的受众建构起的理论，以解释文桑的冒险行为：

（42）“不！文桑，莫里尼哀每晚出去并不是为了见他的情妇！”

19 而《三个火枪手》的叙述者则明确纠正了他的某个受述者的推断：

（43）“达尔大尼央叫醒普朗歇，吩咐他去开门。但愿读者别从‘达尔大尼央叫醒普朗歇’这句话，推测出当时天已经黑了，或者天还没有亮。不！四点钟的钟声刚刚敲过。”②

部分的否定常常证明是泄露。在《追忆似水年华》中，叙述者发现受述者关于斯万非同寻常的痛苦之猜测是明智的但稍嫌不足：

（44）“他所感受到的这一痛苦不像他想到的任何事情。不仅是因为在他最为怀疑的时刻里他很少想到这么多的不幸，而且因为即使他想到这一事情，它也是模糊、不确定的……”

也有一些段落中叙述者的肯定只是突出了其受述者所相信的，如

（45）“我整夜地走动，做梦，无休止地和自己交谈。是的，就像今晚。”（《堕落》）

或

（46）是的，上帝的时代的确是神秘的。

其中外露的词语不是指向文本中的前后某个因素，而是指向另一文本，指向叙述者与受述者双方都知道的另一个世界，如

（47）“他整了下衣领和黑绒背心——背心上交叉着一条热那亚出产的巨大的金链子。”（《冈巴拉》③）

或

（48）“那逃犯冷静而迷人的眼睛瞪着欧也纳。凡是天生能勾魂摄魄的人都有这种目光。”（《高老头》）④

---

① 《伪币制造者》（*Les Faux-monnayeurs*），法国作家安德鲁·纪德的小说，1926 年出版。

② 采郝运、王振孙译文，见［法］大仲马：《三个火枪手》，83 页，上海，译文出版社 1995。

③ 《冈巴拉》（*Gambara*），巴尔扎克的长篇小说，1837 年出版。

④ 采傅雷译文，见［法］巴尔扎克：《欧也妮·葛朗台　高老头》，353 页，北京，人民文学出版社，1980。

以及另外一些段落，在这些段落中元语言或元叙述性的解释是为了帮助受述者，它们不仅作为“我”信号而且作为“你”信号起作用：如果我读到

(49)“西班牙语 aficioń 的意思是‘热烈的爱好’。一个 aficionado 20
是指对斗牛着迷的人。”(《太阳照常升起》)①

我就可以得出结论认为受述者不懂得这一西班牙术语的意思；而如果我读到

(50) 他穿一件黄夹克，那意味着他是个贵族。

我就可以得出这样的结论：受述者不理解穿黄夹克意味着什么。

简而言之，叙事中凡提及受述者的形象、态度、认识或其背景的一切信号，都构成“你”信号。显然，受述者可以用详细程度不等的方式表现出来。在《波特诺伊的怨诉》② 中，我们几乎不知道斯皮尔沃格博士的任何情况，除了知道他拥有判断力；而对《杀人者》或《一颗简单的心》的受述者，我们也许知道得更少。相反，在《美德的不幸》③ 中，于丽埃特的整个职业都展示给我们了；而在《汤姆·琼斯》中，叙述者提供了关于其受述者的大量精确信息，而且对他也予以精确描述，一如对待他的每个人物那样。[6]

### 2. 受述者—人物

正如他既可以被明确地称为“你”，也可以不被称为“你”，他既可以是讲给他的事件中的一个参与者（《黑暗的心》④《波特诺伊的怨诉》《美德的不幸》《毒蛇之结》⑤），也可以不是其中的参与者（《欧也妮·

---

① 《太阳照常升起》(*The Sun Also Rises*)，美国作家海明威的长篇小说。此处采赵静男译文，见［美］海明威：《太阳照常升起》，145 页，上海，译文出版社，1984。

② 《波特诺伊的怨诉》(*Portnoy's Complaint*)，美国作家菲利普·罗斯（Philip Roth，1933— ）的小说，1969 年发表。

③ 《美德的不幸》(*Les Infortunes de la vertu*)，法国作家萨德的小说，1787 年发表。参见前注“瑞斯丁娜”条。

④ 《黑暗的心》(*Heart of Darkness*)，英国作家康拉德的中篇小说，1902 年出版。

⑤ 《毒蛇之结》(*Le Noeud de vipères*)，法国作家莫利亚克（Francois Mauriac，1885—1970）的小说，1932 年出版。

葛朗台》《红与黑》[1]《长夜行》)。当他参与时，我们可以区分出作为受述者的第二人称和作为人物的第二人称。在

(51) 你吃了肉。

在这一例中，人物—你是吃肉的人，而受述者—你是讲述“吃”这一事件的人；同样，在《美德的不幸》中，瑞斯丁娜把她的伤心故事讲给于莉埃特，于莉埃特与通过其罪恶而达到成功的那个人也不一样。

如果受述者是一个人物，他可能——同样多地——实际上扮演的不
21 是别的角色，而只是叙事中的受众(《黑暗的心》)。但他也可以扮演其他几个角色甚至起到叙述者的作用。在《违背道德的人》中，米歇尔的三个受众之一给他兄弟写了一封长信，信中复述了他朋友的叙事，同样也复述了引导他听到它的那些情况，他求他兄弟帮助危难中的米歇尔。有时特定叙事中的受述者—人物可能同时又是其叙述者。在这种情况中，后者的讲述除面向他自己外，不面向任何其他人。例如在《恶心》[2] 中，洛根丁倾向于成为他的日记的唯一读者，从而构成他自己的受述者；《A. N. 的日记》[3] 中的小主人公也是这样。

受述者—人物可以为叙述者呈现一个作为受众的、有不同程度的不可或缺性与不可取代性的人物，在《黑暗的心》中，对于马洛来说，大概不需要让他“尼利”号上的同伴们来充当受述人。他本可以把他的故事讲给完全不同的另一群人；他也许甚至可以根本不去讲它。相反，在《违背道德的人》中，米歇尔特别需要讲给他的朋友们。他们作为他的故事的听众出现在阿尔及利亚，这对于他是一个必要的帮助，一种必要的希冀：他们也许不会训斥他；他们也许会理解他；他们当然要努力帮他摆脱处境。同样，在《一千零一夜》中，如果国王拒绝听山鲁佐德讲述，她就会死——他是她所拥有的唯一受述者。

最后，请注意，一个叙述者在评价一个受述者—人物的认识、个性

---

① 《红与黑》(*Le Rouge et le noir*)，司汤达的小说，1830 年出版。

② 《恶心》(*La Nausée*)，萨特的小说，1938 年发表。

③ 《A. N. 的日记》(*The Diary of A. N.*)，朱留斯·霍维茨(Julius Horwitz，1920—1986)的长篇小说，主人公是一个住在哈勒姆一所老鼠出没的房子里的非洲裔美国女孩。

与能力方面可能十分错误。例如，可能把他描绘得不是非常聪明，或以为能够很容易地对他撒谎、误导他，相反，另一个更值得信任的叙述者则把他描绘成特别智慧、消息灵通的人。在《波特诺伊的怨诉》结尾，有一点变得很明显，即斯皮尔沃格博士并不完全是波特诺伊所想象的那样的受述者。

### 3. 知识

受述者可能多多少少地了解叙述者（《黑暗的心》《违背道德的人》），也可能对他完全不了解（《高老头》《巴马修道院》）。有时他可能知道他却认不出来：在《美德的不幸》中，瑞斯丁娜与于莉埃特直到小 22
说结尾才知道原来她们是姐妹。受述者也可能了解叙事中描绘的几个人物（《违背道德的人》），或者相反，他可能从未听说过其中任意一个（《一颗简单的心》）。此外，他可能已经知道了讲述给他的那些事件，甚至已经在其中扮演了一个角色。《违背道德的人》中米歇尔的朋友们显然在叙事的一开始就已知悉了主人公所讲述的：

(52)“我们最后一次相见，我记得，是在昂热郊区的一座乡村小教堂里。那里正在举行我的婚礼。宾客不多，从教堂出来，你参加了在我妻子的娘家举行的便宴……然后她和我乘马车离开那里……”①

同样，在《毒蛇之结》中，路易斯相当频繁地提及他的第一受述者伊莎知道的各种情况：

(53)“另一天你告诉我难以听到的事情……你间接提到我的健康……你认识我的女儿，就是在我们刚开始在一起生活时使你心烦的那个女儿……”

当然还有很多日记体小说中的受述者提前知道了绝大部分事件。作为叙述者，他为自己写下这些事件：他知道绝大部分人物，他讲述的正是他们的行为，并且他参与了其所讲述的大部分事件。

---

① 采徐和谨、马振骋等译文，见［法］纪德：《纪德文集》，617页，南京，译林出版社，2001。

### 4. 变化

很明显，受述者会或多或少地被面向他的那一叙述所触及，并或多或少地受这一叙述的影响。在《黑暗的心》中，马洛的同伴们没有被他讲给他们的故事所改变。在《违背道德的人》中，米歇尔的三个朋友，尽管与听他讲述之前没有根本不同，但受到了他的叙述的影响：

(54)“米歇尔镇静良久。我们两人都没有说话，因为我们都有一种
23 奇怪的忧虑感。唉，我们觉得，米歇尔通过向我们讲他的故事，使他的行为更加合理。在他冗长的解释过程中我们不知道何时去谴责他的行为，这几乎使我们成为同谋犯。我们觉得似乎被卷进其中。”

最后，在《毒蛇之结》中，正像在叙述者也是（或成为）他自己的受述者的众多作品中一样，受述者因向其讲述的事情而发生逐渐的、深刻的转变。

### 5. 单一受述者与群体受述者

受述者可以表现为叙述者说话所面对的一个群体，也可表现为单独的个体。米歇尔向他的三个朋友讲自己的故事；马洛向聚集在“尼利”号甲板上的他的几个同伴讲述库尔茨的冒险经历；而《巨人传》[①] 中的叙述者同时向多位读者说话。另一方面，《堕落》中的让-巴蒂斯特·克莱芒斯向某个晚上他在阿姆斯特丹的墨西哥城酒吧中遇见的那个人讲他的故事；《恶心》中的洛根丁表面上只为他自己写作；《金罐》[②] 中的叙述者一直面向一个单一的读者说话。

一位讲述者面对的群体，常常是完全同类的一群，其成员难以区分

---

① 《巨人传》(*Gargantua*)，法国小说家弗朗索瓦·拉伯雷（Francois Rabelais，1493 或 1494—1553）的多卷本长篇小说，1532 年至 1552 年陆续出版。

② 《金罐》（“The Golden Flower Pot”），德国小说家霍夫曼（E. T. A. Hoffmann，1776—1822）的短篇小说，1814 年发表。

(《地下室日记》[1])。但它也可能是由不同类组成的。在《维特》[2] 中，关于不幸福的年轻主人公的信与文件的编辑面向的是同样不幸福的人（“善良的人呀，你正体验着他那样的烦恼”）。作家们（“在信中不得已，我只好将信里此处删去，免得招致别人的非议。其实作家根本就不要在乎一个年轻姑娘或一个尚无定见的小伙子的评价”），与夏洛蒂有着相同文学趣味的人们和与之有不同文学趣味的人们（“此处也删去了几位本国作家的名字。你要是同意夏洛蒂的赞誉，那你读到此处心里肯定就会感觉到删去的是哪些作家，而别人则无需知道”），好心而敏感的女人们（“所有敏感的女性读者都能辨认出她，并理解她有多么痛苦”）等等。有时，叙述者面向几个类别的受述者，利用此种不同类性，澄清他的意旨，辩驳观点或者获取赞同：他让某一类与别的类相对，或者赞扬某一 *24*
种反应而奚落另一种反应。(《维特》)

如果说一个同时面向几个叙述者讲话的叙述者并不罕见，那么下面这种叙述者则十分稀有：他向一个受述者讲述自己的一部分故事，然后向另一个受述者讲述另一部分，以此类推。在《毒蛇之结》中，路易斯先是向妻子伊莎讲述。不久他改变主意，决定写给他的私生子罗伯特，然后又写给他所有的孩子们。慢慢地他领悟到，归根结底，他是在为自己和上帝而写作。有一类受述者更为罕见——事实上我想不出一个有趣的例子，即叙述者以完全同样的方式，接连地向两个或更多不同的受述者讲述同一个事件；或者，不同的叙述者以完全相同的方式向同一受述者讲述同一个故事。

### 6. 受述者层级

在很多叙事中只有一个受述者（《一颗简单的心》《杀人者》《圣于

---

① 《地下室日记》(*Notes From the Underground*)，俄国作家费奥多尔·陀思妥耶夫斯基(Dostoyevsky，Feodor Mihaylovich，1821—1881）的长篇小说。

② 《维特》(*Werther*)，即《少年维特之烦恼》(*The Sorrows of Young Werther*，德文名 *Die Leiden des jungen Werthers*)，德国作家歌德（Johann Wolfgang von Goethe，1749—1832）作，1774 年出版。以下引文均为歌德在原作中扉页和脚注等处作的说明，参见韩耀成译，［德］歌德：《少年维特之烦恼》，1、19 页，南京，译林出版社，1995。

连外传》①）。但也有很多叙事，里面有一个以上的受述者。的确，在一段特定的叙事中可能有不确定多数的受述者（两个、三个、十个等等）。当有两个或更多受述者时，全部事件的讲述所最终面向的那一个是主要受述者。只被面对讲述了部分事件的，是第二受述者，以此类推。例如在《恶心》中，洛根丁是个有意味的受述者，但他不是小说的主要受述者；他既不知道他的日记前面的编者说明，也不知道同一编者所作的脚注；小说中的主要受述者则有能力阅读洛根丁的杂志、编者说明和脚注。同样在《违背道德的人》中，我们可以把受述者作这样的区分：米歇尔的三个朋友，他们听到了他的讲述；D. R.，既获悉了米歇尔所说的，又获悉了其中一个朋友对它的评价；另一个受述者则既读到了 D. R. 所读到的，也读到了小说的题目。

就像我前面指出的，而且不管是出自道德的、智力的、感情的、身
25 体的或是社会的立场，特定叙事中的受述者们之间会有或大或小的差别。《毒蛇之结》中路易斯的第一受述者伊莎，与他的第二受述者罗伯特有很大区别：抛开其他方面不谈，她更是一个真正的基督教徒，也更能理解主人公的忏悔。受述者们与叙述者（们）、人物们及其读者们之间也有或大或小的相似性。[7] 在《鼠疫》中，里厄医生的受述者既不是内科医生也不是奥兰城的居民；在《变形记》② 中，与格里高尔·萨姆沙不同，受述者从未变成大甲虫；而在《高老头》最开始几页所描述的受述者

> （你们读者大概也是如此：雪白的手捧了这本书，埋在软绵绵的安乐椅里，想到也许这部小说能够让我消遣一下。读完高老头隐秘的痛史以后，你依旧胃口很好地用晚餐，把你的无动于衷推给作者负责，说作者夸张，渲染过分）③

① 《圣于连外传》（“La Légende de Saint Julien”），福楼拜短篇小说，发表于 1877 年，与《一颗简单的心》《希罗底》合起来构成著名的《三故事》。

② 《变形记》（“The Metamorphosis”，德语原题“Die Verwandlung”），奥地利现代派作家弗兰兹·卡夫卡（Franz Kafka，1883—1924）的短篇小说，1915 年发表。

③ 采傅雷译文，见［法］巴尔扎克：《欧也妮·葛朗台　高老头》，188 页，北京，人民文学出版社，1980。

并不同于该小说的某些真实的读者。毕竟，读者的手未必白皙，也许发红或发黑；他们在床上或简易椅上读这本小说；也许在获知主人公的晦运后他们没有胃口吃饭。

当然，在一个特定叙事的展开过程中，受述者与叙述者之间，与人物、与别的叙述者或真实读者之间的相同点和不同点，以及他与他们之间的距离，都会有所变化。《堕落》中，让-巴蒂斯特·克莱芒斯的受述者在小说展开过程中对他的同情越来越少；在《毒蛇之结》中，比起开头若干页，在最后若干页里，于莉埃特大大地靠近了瑞斯丁娜；而在《汤姆·琼斯》结尾处，叙述者本人突出了其与受述者的关系已经改变这一事实，他们已经慢慢成为朋友。

当然，这些相同点与不同点，在很大程度上也决定着我们对于叙事的解释与反应。于是，很多反讽效果依赖于两个（两组）不同的受述者之间的距离（《美德的不幸》《维特》）；或一方面依赖于叙述者与受述者间的距离，另一方面又依赖于其与人物间的距离（《斯万的爱情》[1]）；
或依赖于叙述者与受述者间的距离（《汤姆·琼斯》）。同样，如果一个 26
受述者与叙述者的价值观激烈对立，并具有比他大得多的可信性或不可信性，我将被鼓励去质疑或赞同这些价值；如果两个或更多的受述者对于同一讲述有不同的反应，我将不得不去确定哪一个反应更可信。

## 叙 述

任何叙事中（每个叙述者）都至少有一个叙述（narration），这一叙述可以精确地由一套信号委任，也可以不这样。在很多情况下，它可能被不留任何痕迹地去除了，只剩下叙述本身。看下例：

(55)　——你去哪里？

——去影院！

① 《斯万的爱情》(*Un Amour de Swann*)，普鲁斯特《追忆似水年华》第一部第二卷。

——好好玩！

（56）彼得很矮。他吃了一种神秘的药，就长高了。

在这二例中，除了它们是叙事这一事实而外，没有任何信息提及或暗示某个叙述行为或其语境。不过在很多其他情形中，还是很明显地存在着大量信号，这些信号代表一个叙述（它的日期、时长、空间环境、充分性或不充分性等等）并标志着它在叙事中现身：

（57）很不幸下面关于玛丽的历险之叙述是不完整的，但它不得不这样。

（58）说时迟那时快。

（59）昨天，1955 年 11 月 7 日，盖利庆祝了他的生日。

（60）我正在舒适的课堂休息，一个英俊的陌生人进来了，他掏出一把手枪，饮弹自尽。

### 1. 事后叙述、事前叙述与同时叙述

27 考察叙述与被叙之间在发生时间上的编年关系，可以有以下三种主要可能。[8]叙述可以在时间上跟在被叙之后，这是大量的叙事中最常出现的一种情况：

（61）多年以前，约翰高兴地沿着大街漫步，这时他遇上了琼……

叙述也可以在被叙之前，这种情况相对较少见，它出现于所谓预言式叙述（predictive narrative）中：

（62）你将杀死你的父亲并娶你的母亲为妻。

（63）十年以后，约翰将高兴地沿街漫步，他将遇到琼……[9]

它还可以与被叙同时：

（64）约翰现在正沿街漫步；他看见了琼……

请注意，有时——例如在叙事性笑话或食谱中——很难决断叙述对于被叙来说是事前的、事后的还是同时的，因为所用的语法时态意义含有时间的不确定性：

（65）一个年轻人回到家里说："妈妈，我要结婚了！""和谁结婚？""和亚瑟！""和亚瑟？那不可能！他是犹太人！"

同样请注意，在一些叙事中——例如在日记体小说（《心愿》①《格拉斯医生》②《埃德温·卡波的日记》③）或书信体小说（《新爱洛伊丝》④《危险的关系》⑤）中——有几个截然不同的叙述时刻，其中至少有一些发生于截然不同的被叙时刻之间。这样，发生于时刻 $t_1$（比如说 1 月 7 日）的事件在时刻 $t_2$（1 月 8 日）被讲述，然后发生在时刻 $t_3$（1 月 9 日）的事件在时刻 $t_4$（1 月 10 日）被讲述，等等。在这种情况下，我们称之为嵌入叙述（intercalated narration）。[10]

最后还要注意，特定叙述与通过其被叙事件之间的编年关系可以是变化的，即前者相对于后者来说有时是事后的，有时是事前的，有时又是同时的。例如在《欧也妮·葛朗台》的最后，叙述者这样谈及他的女主人公：

(66)“几天以来，大家又提到她再嫁的问题。索漠人在注意她跟 28
德·法劳丰侯爵的事，因为这一家正开始包围这个有钱的寡妇，像当年克罗旭他们一样。”⑥

而在《高老头》开头，叙述者道：

(67)“一个夫家姓伏盖，娘家姓龚弗冷的老妇人，四十年来在巴黎开着一所兼包客饭的公寓……”⑦

很明显，在叙述一系列事件的过程中，所用的时态，未必与被叙时间和叙述时间之间的关系相一致，只举一例：在一系列过去时态中间运

---

① 《心愿》(*Desirée*)，又译《拿破仑情史》，奥地利女小说家安娜玛丽·塞林克（Annemarie Selinko，1914—1986）的小说，1954 年出版。

② 《格拉斯医生》（*Doctor Glas*），瑞典作家、记者雅尔玛尔·瑟德尔贝里（Hjalmar Emil Fredrik Söderberg，1869—1941）的日记体小说，1905 年出版。

③ 《埃德温·卡波的日记》(*The Journal of Edwin Carp*)，作家理查德·海登（1905—1985）的日记体小说，1954 年出版。

④ 《新爱洛伊丝》（*La Nouvelle Héloïse*）法国思想家、作家让-雅克·卢梭（Jean-Jacques Rousseau，1712—1778）的书信体小说，1761 年出版。

⑤ 《危险的关系》(*Les Liaisons Dangereuses*)，法国作家拉克洛（Pierre Ambroise Francois Choderlos de Laclos，1741—1803）的书信体小说，1782 年开始发表。

⑥ 采傅雷译文，见［法］巴尔扎克：《欧也妮·葛朗台　高老头》，北京，人民文学出版社，186 页，1980。

⑦ 同上书，187 页。

用的现在时态，可以更生动地叙述某个过去的事件。

(68) 我在栗树街上。突然，我看见一个人摔倒了，并听到一声惨叫。我朝他冲过去。可不幸的是，太晚了，他已经死了。①[11]

另外，被叙在时间上先于叙述，或后于它，这一事实未必意味着特定读者将它作为过往或未来去体验。事实反倒常常是这样的：他把那些被作为过往或未来叙述的故事，当做现在（转化为现在）来体验。正像门迪洛②所说：

> 通常，事件之被叙述所用的过去时，会被读者调换为一个虚构的现在，而任何呈示性材料都会被作为相对于那“现在”的过去而感觉。[12]

如果我读到

(69) 约翰掏出枪开了火（John took out his gun and fired）。

那么在我的想象中这些动作可以被确认为现在：在故事的“现在”这一时间点上，“约翰掏（takes）出枪并开火（fire）”。的确，对于给定的一系列被叙事件，我将把前景上的（或看似更加重要的）那些事件作为“现在”处理，而把背景上的那些作为“过往”处理。

这可以部分地解释为什么有些叙事学家与哲学家争辩，虚构叙事中
29 的过去时态不是一个时间指示。例如在罗曼·英伽登③看来，它首先是虚构世界和真实世界之间的本体区别之语义表达；对凯特·汉伯格④来说，它可以把叙述世界归之为专以想象方式存在的世界；而对萨特来说，它可以构成“一个有着审美距离的现在，一个‘现场场景’（mise

---

① 原文为：I *was* on Chestnut Street. Suddenly, I *see* a man keel over and I hear a shout. I *rush* towards him. It *was too late*, unfortunately: *he was already dead*。其中，was（在）为过去时，see（看见）为现在时，rush（冲）为现在时，was to late（太晚了）为过去时，was already dead（已经死了）为过去时。斜体处理系译者所为。

② 门迪洛（A. A. Mendilow，1909—?），当代批评家，著有《时间与小说》等。

③ 罗曼·英伽登（Roman Ingarden，1893—1970），波兰哲学家，现象学美学的主要代表。著作有《文学的艺术作品》《艺术本体论研究》《经验、艺术作品与价值》等。

④ 凯特·汉伯格（Käte Hamburger，1896—1992），女，德国哲学家与文学理论家，斯图加特大学教授。著作有《文学的逻辑》等。

en scene)① 的诡计。它也可以解释为什么像莱蒙·费尔南德兹②这样的批评家在某种即使用了过去时态却仍给人以现在时印象的叙事与给人以过去时态印象的叙事之间做了下列区别：

> 小说是对发生于时间中的事件的再现，这种再现以这些事件的出现与发展为条件。叙事（récit）则是对已经发生完的事件的再现，这种再现的复制由叙述者控制，而叙述者则遵守解释与说服之规则……因此，基本区别就在于：小说的事件发生（takes place）③，而叙事中的事件已然发生过（has taken place）④，叙事围绕一段过往加以安排，而小说是在一个“当前”（present）中加以安排，这一“当前”不是文辞上的而是心理学上的。[13]

### 2. 时间距离

虽然叙述与被叙间的编年关系，常常相对易于确定，但要在任何程度的精确性上去确定叙述究竟发生于被叙之前或之后多久，则要困难得多——事实上，这常常是不可能的。在多数（书面）虚构叙事作品中，尽管告诉了我们所讲述的事件发生于何时（哪一天），但关于叙述行为发生于何时，我们却得不到太多提示（甚至完全得不到提示！）。在那些叙述者介入极少（《理智之年》《缓期执行》⑤）以及可以说全无叙述媒介加以呈现的小说中，固然是如此；而在很多像《萨福》⑥《红花侠》⑦等这样的叙述者有较大介入性的小说中也同样如此。显然，也有很多叙

---

① 法语，意为“现场场景”。

② 莱蒙·费尔南德兹（Ramon Fernandez），法国文学批评家。

③ 意为“发生”（takes place），系用一般现在时。

④ 意为“发生过”（has taken place），系用完成时。

⑤ 《缓期执行》（*Le Sursis*），法国作家萨特的小说，发表于 1945 年。与《理智之年》（1945）、《心如死灰》（1949）合起来构成“自由三部曲”。

⑥ 《萨福》（*Sapho*），法国小说家都德（Alphonse Daudet，1840—1897）的小说，1884 年出版。

⑦ 《红花侠》（*The Scarlet Pimpernel*），又译《杯酒人生》，英国女小说家、戏剧家、画家爱缪斯卡·奥西（Emmuska Orczy）的长篇小说，1905 年出版。此前，她还曾于 1903 年创作同名戏剧。

事中精确给出了叙述的日期，而被叙之日期则没给出：

(70) 今天，1943 年 6 月 10 日，我决定讲讲约翰和玛丽的故事。约翰很幸福，后来她遇见了玛丽，后来他不再幸福。

30 还有一些叙事中无论被叙的日期还是叙述的日期都没给出：

(71) 约翰很富有，后来他丢了很多钱，就贫穷起来。

在有些种类的叙事中——如日记体和书信体小说中——叙述之时间常常精确给出，被叙之时间也精确给出，二者之间的时间距离就很容易推断。它可能作为显示叙述者特征的手段发挥功能，或者具有主题上的重要价值。假设日记作者在 10 月 3 日记下发生于 10 月 2 日的事件，或在 10 月 4 日不但记下发生于 10 月 3 日的事件，而且记下前一日所没记的、发生于 10 月 2 日的某些事件，那么这（可能）是一个有趣的事实。为什么他不选择 10 月 3 日记下呢？或他为什么忘记记下？为什么现在要叙述它们？10 月 2 日还有哪些事件失记？他将在什么时候记——如果迟早要记的话？这些问题的答案常能帮助我们揭示日记作者的性格、所叙述的这一问题或那一问题的重要性，甚至是值得关注的小说总体叙事策略。

叙述与被叙间的时间距离也是可以变化的。前者在时间上可以越来越远离后者。我从 1950 年开始叙述 1940 年的事件，在 1955 年叙述完毕。另一方面，它们也可以慢慢会聚：我于 1950 年开始叙述 1940—1947 年间的事情，而在 1951 年叙述完毕。当然有时叙述也可以在时间上与被叙有相当远的距离，然后慢慢靠近它，然后又远离它，等等。叙述与被叙在时间距离上的多变性极大地影响到叙事的基调、它的发展与它的主旨。一个 80 岁的叙述者讲述他自幼年期的生活，其与发生于幼儿期的事件之距离，在某种程度上比其与青少年期或成年期的事件的距离要远，而这个区别也会反映在他的叙述当中。同样，叙述者在三个或四个不同的时间场合上讲述同一事件的角度也会变化，这一变化也改变着他的叙述。

### 3. 时长

31 如果说叙述与被叙之间的时间距离常常难于估计，那么前者的时长

(duration) 则更难确定，就更不必说它与所叙述事件的时长之关系了。当叙述与被叙同步时，显然没有问题，二者持续时间完全相等。但当它们不同步时，情况就完全不同了。在很多叙事中，尽管指明了被叙的时长并声明其所叙述的诸事件发生于（比如）20 年间，或者某特定事件持续了 20 年，但叙述之时长完全没有交代，似乎叙述行为没有占用时间或处于时间之外。

当然有时候，关于叙述时长及其与被叙时长之间的关系给出了微妙的迹象：

(72) 说时迟那时快，约翰转眼间就登上了楼梯顶层。

但此种迹象远不够精确，即使足够精确，它们也不能令我们估算出完整叙述的时长。在交错叙述的情况下，尤其是在日记体小说中，经常不但有很多关于叙述的日期的指示，而且还有很多关于其时长的指示。这些也可能是非常明晰的。

(73) 我已经写了一小时了。

(74) 昨天我写了两小时，今天几乎拿不住笔了。

(75) 两分钟前我开始这一小段。

但是这样的标志还不足以表达作为整体的叙述之时长。不过，即使难以确切估算，这个时长在特定叙事中还是扮演最重要的角色。例如《项狄传》[①] 在很大程度上建立在这样一个事实的基础上，即叙述的时长远远超出故事的时长：比起经历事件用的时间，它用了更多的时间去叙述它们。同样，在布托尔的《曾几何时》中，雅克·罗维尔渐渐发现，他想讲述的过去和目前的事件简直太多太多，而叙述也越来越难以完全照顾好它们。最后，在《一千零一夜》中，很明显叙述占用了时间，这一事 32
实对于想通过它而活下去的山鲁佐德来说是太幸运了。

### 4. 空间

要不在叙述与故事之间建立一套时间的或时间界限的关系而叙述一

① 《项狄传》，全名为《绅士特里斯外·项狄的生平与见解》(*The Life and Opinions of Tristram Shandy, Gentleman*)，英国作家斯特恩（Laurence Sterne，1713—1768）的小说，陆续出版于 1759 年至 1767 年，以叙述的怪异、混乱与先锋著称。

系列事件，事实上是不可能的。例如只要我一说

（76）约翰很高兴，后来他很伤心。

那就表明故事在时间上先于叙述。而当我说

（77）约翰去了电影院，然后去了剧院。

这就表明我的叙述复制了所叙事件的编年序列。另一方面，完全可能不指明叙述空间与故事空间之间的任何关系而进行叙述。如果我写一个故事，我不仅不必指明所叙事件发生于何处，而且也不必提到对它们的叙述发生于何处：

（78）约翰很不开心，后来他坠入爱河，结果他变得幸福起来。[14]

即使我点出事件发生在哪里，就像在文字叙事中经常出现的那样，我的指示也不需要透露关于叙述发生地的任何信息，也不需要以任何重要方式与之发生联系：

（79）约翰周游了全美国；一天，他在旧金山遇上了比尔；然后，他们一起去了亚利桑那州。

事实上，即使在很多著名的叙事中，叙述之时间也并不扮演任何角色，甚至常常都不被提及。想想《一颗简单的心》《萌芽》或《土地》①。

不过，还是有一些叙事中——例如日记体小说中——经常提及叙述的地点，尽管它可能不很显著：

33 （80）“我坐在桌前。直到毕业之前，我不会再在这本日记里写下任何东西了。”（《A. N. 的日记》）

（81）“糟糕。我在床头写下这些。天气从昨天开始突变。”（《多余人的日记》②）

（82）“在我写下这些时，在我面前的床上有亲爱的朋友们送给我的大堆礼物。”（《埃德温·卡波的日记》）

（83）“这条日记笔迹不稳定，这不完全归因于我的兴奋。最重要的

① 《萌芽》（*Germinal*）、《土地》（*La Terre*）均为法国自然主义作家左拉（Émile Francois Zola，1840—1902）的小说，分别发表于1885年和1887年。

② 《多余人的日记》（*The Diary of a Superfluous Man*），俄国作家屠格涅夫（Ivan Turgenev，1818—1883）的中篇小说，1850年出版。

原因在于大西铁路公司的路基不够平滑。”(《埃德温·卡波的日记》)

在此类叙事中，叙述的地点有时起到主题功能，有时起到结构功能，或者起到人物塑造功能。如果一个叙述者只有在开阔空间里才能叙述，比如在湖边，那么这可以揭示他的某种性格特征；如果另一个叙述者在医院的病床上讲他的故事，那么这意味着他生命垂危，赶着完成他的叙述。另外，我们可以很容易地想到这样的一些叙事：叙述的空间与故事空间形成系统化的对比（我总是在一个开放空间中叙述发生于封闭空间里的事情）；或者叙述空间渐进地扩大（或缩小）其与被叙空间的距离而与之不相同，以及由此导致的，叙述有更高（或更低）的精确性（我开始在加利福尼亚叙述发生于纽约的事件，我在芝加哥继续我的叙述，我在纽约结束叙述）；或者叙述空间如此奇特以至于被叙以奇特的方式被表达（正当它们发生时，我叙述从房间墙上的小孔里感知到的事件）。[15]

## 5. 缘起、媒介及与叙述者的互动

如果说叙述空间在一个叙事中经常连提都不提，那么该叙述的其他诸方面也可能如此。比如，它的缘起与起因、它与叙述者的辩证关系，以及其展开所用的物质媒介。事实上，在很多（书面）叙事中，诸如叙 34
述者何以决定讲述那一系列事件，他的叙述对他意味着什么或将要意味着什么，以及它采取什么物质形态之类的问题，常常并不提起。但在另一些叙事中，叙述的缘起则有详尽解释：山鲁佐德开始讲述是为了活命；让-巴蒂斯特·克莱芒斯开始讲述是为了缓解自己的内疚；而《塞利文日记》① 中的塞利文着手写作是他完全改变自己的生活并成为一名圣徒这一卓绝努力的一部分。叙述者及其叙述之间的互动也可能详细呈现出来：在《恶心》中，洛根丁的写作变成一个赋予时间以形态、给予无形的和似乎无休止的“现在”以某种节奏的建构过程；在《曾几何时》中，雅克·罗维尔的日记慢慢变成他的胜利和挫败布莱斯顿之男权

① 《塞利文日记》(*Journal de Salavin*)，法国作家乔治·杜哈迈尔（Georges Duhamel，1884—1966）的小说，1920 年出版。

的矛盾性的镜子。最后，有时候——例如在日记体小说中——即使连叙述的物质现象和写作实践本身都被议论：

(84)“恐怕纸质相当糟糕。我已经注意到一些稍重点的钢笔笔画痕迹已经开始漫漶。然而，这个小小的瑕疵，已因马乌德为它制作的雅致的手工皮护套而得到了大大的补偿。”(《埃德温·卡波的日记》)

(85)“我用一支画笔，以大号字体书写，所以我的手迹十分容易读。”(《疯老人日记》①)[16]

或许现代叙事虚构作品最突出的特点之一就在于它使自身明确地关注这些叙述维度（以牺牲被叙为代价）。不过，一般而言，对于叙述，提及这些终究不是最重要的：不提及被叙事件，就没有叙事，而没有对叙述的精确提及则照样可以有叙事。

### 6. 复合叙述

迄今为止我的论述似乎表明每一个叙事中只有一个叙述，而且很显然事实常常如此。例如(56)、(62)、(71)以及下面的(86)都是：

35 (86)约翰病了，后来他服用了一种神奇的药片，结果，他又健康起来。

但是，即便排除了嵌入叙述的情况，我们仍然能在很多叙事中发现一个以上的叙述。事实上，在一个特定叙事里，可以有不定多数的叙述（两个、三个、十个等等）以编年或非编年顺序出现。这样，一个叙述者就可以在不同时间、对不同的受述者叙述同一系列事件，或对同样的受述者叙述不同系列的事件——即所谓不同的故事，或对不同的受述者叙述不同系列的事件；此外，不同叙述者也可以对同一受述者或不同受述者叙述同样的事件，或向不同或相同受述者叙述不同的事件。

当一个叙事中有着多个叙述，其中的一个会引介出另一个，后者依次又引介出下一个，以此类推；或者其中一个可以引介出其他一连串的多个，以此类推。在任何一种情况中，最终引介出所有其他叙述的那个

① 《疯癫老人日记》(*The Diary of a Mad Old Man*)，日本小说家谷崎润一郎（1886—1965）的小说，1962年出版。

是主要叙述，其他的则是第二叙述或第三叙述，等等。请注意，在特定叙事中的多个层次之间存在着多种关联。这些关联可能是建筑学的，在这种情况下各层次依据结构的关系规则发展；它们也可能是主题上的；可能是因果关系的，例如当其中一个层次解释了导致另一个层次上所展现的状态之原因；等等。还要注意，特定叙事的明晰性会因此增强或减弱，其进程与解释（这些不同的叙述之间有什么共同处，有什么不同处?）也可能有大小不等的复杂性。

## 被叙之呈现

任何叙述显然都传达各种被叙述信息，这些信息多多少少都以叙述者为最初来源：他可以用自己的名义呈现，或者通过一个人物，或者更普遍的，通过一个他并不对之负责的文本来呈现：

(87) 约翰因心脏病发作于9月5日去世。

(88)“约翰因心脏病发作于9月5日去世。”彼得说。 36

(89)《托皮卡新闻》：“约翰因心脏病发作于9月5日去世。”

### 1. 明确信息与不明确信息

有大量的被传达信息是明确表达的，也就是说，是以这样的方式表现：它可以被自然地反问或否定。如

(90) 保罗去了影院。

就是明确表述，因为我们可以将定义明确的疑问句或否定句运用于它：

(91) 保罗去影院了吗?

或

(92) 保罗没去影院。

也可能有大量信息并不是明确地传达出的：与其说宣称出的，不如说是通过语境的、修辞的、隐含义的或其他的手段以大小不等的强烈程度暗示出来的。如果因为某种原因我不希望明确地陈述某件事，我就可以通

过在该说这件事的地方说些什么而暗示出来，而我说的这些内容可以被视为我没陈述出来的那件事的原因或结果。这样，依赖于环境，我就可以说

（93）外面正下雨。

来暗示

（94）我不想出去。

也可以通过说

（95）约翰很热情。他喝了很多酒吧？

来暗示

（96）约翰热情是因为他喝了酒。

又或者，我要表达

（97）彼得很蠢。

我可以用保守陈述：

（98）彼得不是世界上最有智慧的人。

当然不明确信息也可以通过句法结构表达出来。如果我告诉某人

37 （99）去给我拿一个牛肉三明治来！

那么我可能通过所用的祈使形式，暗示我高于他，因为我有权力差遣他。

请注意，特定叙事中通过一个段落承载的不明确信息，可能构成新的材料，也可能仅仅是已建构起的材料的重复或佐证。此外，像明确信息提供的那样，它可被证明对理解其他段落有大小不等的必要性。最后，它可能有比例适当的数量大小：

（100）约翰很富而彼得很穷，后来约翰失去所有财富，后来彼得赚到几百万元，变得很富有。

和

（101）约翰很富而彼得很穷，后来约翰失去所有财富，后来彼得赚到几百万元。

可以说这两者承载的是相同的信息，但（100）提供得比（101）更为明确。

同样要注意，因为不明确信息的补偿经常依赖于关于世界、关于社会、关于修辞或文类惯例等的知识的操作，同一信息的不同接受者对于信息中到底承载何种信息可能会有不同意见。例如

（102）约翰和彼得打了六局不分胜负，在第七局中间，约翰用一记左勾拳将彼得击倒。那一战之后约翰告诉记者：“他给我带来了大麻烦！”

对大多数接受者来说，约翰的陈述暗示着

（103）为了赢他，我克服了很多困难；

而对另一些人来说则暗示着

（104）我不得不用超过六局来对付他。

事实上，在所谓文学文本中（普通话语中也是如此），解释的分歧在很
大程度上是确定不明确信息意义上之分歧的一种功能。当然，关于一个 38
文本承载了何种不明确信息方面的两种意见，可能有大小不等的合法性
与合理性。如果有人说

（105）约翰有六条游艇。

那么对我来说，得出“约翰很富有”的结论，比得出“约翰 27 岁”这样的结论要合理得多。另外，两种意见之趣味性也大小不一。对于

（106）彼得执意驾一台大型卡迪拉克汽车，尽管他没有钱。

可能会得出两种结论：

（107）彼得好炫耀。

或

（108）开卡迪拉克汽车需要大量的钱。

也许前者比后者要更有意味。最后，它们本身的一致程度上，以及它们与文本所传达的其他信息之间的一致程度上，也都有大小之别。例如，如果说

（109）约翰没有钱。他走进一家饭店点了份鱼子酱。

这个句子中的

（110）（他）点了份鱼子酱。

暗示着

（111）他很有钱。

那就是忽视了（109）中的其余部分。

在一些明确界定的事实中，关于不明确信息的复原方面不存在歧义。换句话说，此一信息是完全可预知的。因此

（112）约翰有罪。

逻辑上必然为下句所包含：

（113）所有的律师都有罪，而约翰是一个律师。

而

（114）约翰在三点钟到达那里。

则必然为下句所包含：

（115）约翰两点钟动身去那里，路上用了一个小时。

同样，如果“倘不改变事件按其语义学解释所推定的顺序，其顺序
39 就不能改变”，那么两个（组）被叙事件或状态将被认为是发生在不同的时间，除非叙事另有精确交代。[17]相反，如果不改动原始解释，其顺序就能改变，那么它们可以被认为发生在相同的时间内。

（116）约翰看见玛丽，而且摔倒。

中的事件不是同时发生的，但

（117）玛丽喝了很多酒，吃得却极少。

和

（118）约翰很快乐、富足而又英俊。

中的事件则是同时发生的。

另外，对于给定的两个（两系列）不同时发生的事件A与B，除非文本另有明确交代，否则，如果A出现于B之前，我们也就会认为A在时间上发生于B之前。在（116）中，约翰看见玛丽在时间上先于他的摔倒，而在

（119）彼得去了班级，看了一场电影，犒劳自己一支巧克力冰激凌。

中，彼得的诸动作是按照其被叙述的顺序发生的。但是在

（120）比尔去了班级，在吃完饭以后。

中，比尔去班级被明确交代为发生于饭后。

此外，如果事件在叙事文本中的空间上是邻近的，它们也就被认为发生于同一（总体）背景上，除非文本另有明确交代。在

（121）约翰喝了他的苏格兰威士忌，玛丽喝了她的啤酒。

中，约翰喝酒的背景也就是玛丽喝酒的背景。

最后，对给定的两个事件 A 与 B，除非文本另有明确交代，否则，如果 B 在时间上承续 A 且被理解为可能导源于 A，二者之间就会被认为存在某种因果联系，A 可能因此被认为是 B 的原因。例如，在

（122）雨下得很大。约翰浑身湿了。

与

（123）玛丽烦了。她离开了宴会。

中，约翰浑身湿了被看作下雨的结果，而玛丽离开宴会则被看作她的厌 40
烦导致的。在像罗兰·巴特这样的叙事学家看来，使一系列事件真正地叙事化（narrativized）的最重要方式正在于：

> 叙述活动的动力正在于连续和后果的混淆，因为叙事作品中发生“在后”的事情被读作“有前因”的。在这种情况下，叙事作品也许系统地贯彻了经院派曾用“前为因，后为果”这句话指责过的逻辑错误。①[18]

很显然，两个叙事段落之间的区别大小，严重依赖于它们所承载的信息是明确传达出来的，还是被视为不明确的。看下面两个例子：

（124）整个星期都在下雪。玛丽和伊丽莎白情绪坏透了。

（125）整个星期都在下雪，结果，玛丽和伊丽莎白情绪坏透了。

在（124）中，叙述者不为任何因果联系提供明确说明。他可能希望强调自己只是记录事件，而不是记录事件间的关系；他可能希望他的受众更积极地参与到叙事的建构（重构）中来——要依赖受众来提供使叙事达到一个令人满意的清晰度所需要的因果关系；又或者，他可能是

---

① 罗兰·巴特，《叙事作品结构分析导论》，采张寅德译文，见张寅德编选：《叙述学研究》，15 页，北京，中国社会科学出版社，1989。

让自己在一定意义上更为自由地否认天气与两个女人情绪糟糕之间的逻辑联系（实际上，她们情绪糟糕是因为她们有太多的工作要做）。不管事实如何，所传达信息的精确度与叙事的运行方式有关。特别是，研究特定叙事中何者被（或必须被）明确陈述、何者没被（或应该被）明确陈述，有助于阐明那一叙事中的某些优先因素。

**2. 预设信息**

41 先看下面的陈述：

（126）约翰认为彼得的哥哥很聪明。

（127）约翰认识到彼得的哥哥很聪明。

很明显，（127）传达了所有包含在（126）中的信息，即

（128）约翰对彼得的哥哥的智力持肯定态度。

但（127）也传达了（126）所没有的信息，即

（129）彼得的哥哥很聪明。

同样很明显的是，（128）与（129）中的语义成分，在（127）中并未以完全相同的方式表达出来：（129）作为不成问题的事实预置；它只是作为一个涉及点被提及，某人从这一涉及点言说，这一涉及点的本质不是特定宣称、讨论或进一步发展的目标。

换个方式来表达我正试图建立的这一区分，我要说：（127）与（128）是设置的（posed），而（129）是预设的（presupposed），我还要将某一陈述的预设界定为陈述、陈述之对立面、其相应的“肯定—否定”选择式疑问所共有的语义要素。[19]根据这一界定，

（130）约翰来了。

被

（131）玛丽知道约翰来了。

所预设，因为（130）是（131）与

（132）玛丽不知道约翰来了。

和

（133）玛丽知道约翰来了吗？

所共有的语义要素。同样，

(134) 有人吃了蛋糕。

是

(135) 约翰的确看见是谁吃了蛋糕。

的一个预设，而

(136) 简·史密斯喜欢威士忌。

是

(137) 他发现简·史密斯喜欢苏格兰威士忌。 42

的一个预设。概言之，可以说：一个陈述经常表达两个不同层次上的精确信息，它以两种不同方式承载意义。

当然，说陈述之预设是作为不容置疑的东西的预置，这当然并不意味着它真的就不容置疑。如果A对B说（127），完全可以想象B会如此回答：

(138) 他真的聪明吗？

或

(139) 彼得真有个哥哥吗？

同样，如果A对B说（137），完全可以想象B会如此回答：

(140) 可是简·史密斯不喜欢苏格兰威士忌！

或

(141) 简·史密斯是谁？

但需要注意的是，在这些并不普遍的例子中，B没有发展A的基本话题（约翰如何？你怎么知道的？他如何发现的？），而是开始讨论另一个话题（彼得的哥哥、简·史密斯的饮酒口味、简·史密斯的身份）。这也许就是在很多情况下B的反应被认为不恰当的原因之一：B破坏了一个话语惯例，按照这个惯例，陈述预设并不构成讨论的基本话题。

同样需要注意，正如最终设置的信息与预设的信息之间有诸多区别一样，预设信息与不明确信息之间也有诸多区别。首先，也是最为明显的，后者**未被陈述**出而前者却**被陈述**出，虽然不是直接地。因此，去否定暗示的东西（“你的意思是彼得很蠢吗？你是说彼得很热情是因为他喝了酒?”“我从未那么说过!”）比否定预设的东西更容易些。其次，不明确信息总是依赖于明确信息：当且仅当后者（的某些部分）首先被理解了，前者才被理解，而反过来却不是。如果我不理解（93）、（95）、（97）中的明确意义，或不理解

43 （142）我不想说他很友好。

的明确意义，我就真的不能理解它们可能有的隐含意义。另外，我清晰理解了其明确意义，显然也不能保证我能理解其隐含意义。对预设来说却不是这样，因为它是明确意义的一部分：比如，说某人理解

（143）约翰仍然犯很多错误。

就等于说他理解了

（144）约翰过去犯过很多错误。

和

（145）约翰现在还犯很多错误。[20]

“预设”这一概念可以帮助我们认识特定的陈述透露信息的方式之特点，也可以帮助我们认识特定叙事中信息表达方式之特点。因此它可以引导我们更好地理解叙述者对于其受述者、其叙述以及被叙来说所持的立场。

当叙述者预设某种东西，就像任何作出预设的人一样，他就将自身置于这样一个位置上：他的受众知道（或本应知道）预设了什么。尤其是叙述者主要通过所谓的“存在的预设”（presuppositions of existence）——那些包含在类似“法国国王秃顶”（预设：存在一位法国国王）或“那人吃得又干净又迅速”（预设：有那么一个人）这样的陈述，他指出了其叙述中的（部分）前提，他和他的受述者依据推测共享这一前提，双方都无条件地承认这一前提，它指示的是“存在着什么”。例如，如果一个叙述者以这样的陈述开始：

（146）那个年轻人很富有。

或

（147）小狗在叫。

那么他的行为仿佛意味着那人和那小狗已被确认（或无须确认），又似

乎前一句中那人的“年轻”和后一句中那狗的“小”是已知的。受述者立即被转变为被表现的世界中的知情人，至少是熟悉其中的一些部分， 44
并准备在已预设信息之外增加新的信息（他很富有，它在叫）。

需要注意，尽管叙述者能够因此而假定了自己与受述者之间最初的密切关系，但他经常不这么选择：例如童话故事的开头常常避免预设，也许是因为这些故事毫无真实性，或者是因为它们主要是面对一个不能理解和领会预设技巧的受众而讲的。同样要注意，（以预设为基础的）密切关系在叙事过程中可以变化。最后还要注意，叙述者使我们（真实读者）震惊的方式之一就是通过反驳预设（那人并不年轻，他只是看上去年轻；那条狗并不小，它只是看上去小），通过偏偏违背那些作为不可违背之物而介绍出来的东西。

在任何叙事中，叙述者对于他正在讲述的事件、他正在描述的人物、他正在表现的思想感情，都采取某种态度。例如他可能强调其中某些事件的重要性，而不是强调另一些；他可以直截了当地或拐弯抹角地评价某些人物；他可以明确讲述他所想到的，或貌似并不明确地讲述；他可以对达成某个确定结论承担个人责任，也可以拒绝承担任何此类责任。运用预设介绍某种信息，这意味着该种信息不是新的，它是（或应该是）众所周知的，它不是叙述者想象的产物，也不是某个人观点的实例。当佩罗[①]在《小红帽》的开头写到主人公“不知道停下来听一只狼说话是危险的”时，他无形当中给出了故事的寓意。同样，在《圣于连外传》中，福楼拜免除其主人公谋杀父母的罪责，同时又通过运用预设，来推卸这种“赦免罪责”之责任：“上帝把这种行为强加于他，他没有违背。”最后，在几乎不含有叙述者直接议论（他被认为是尽可能少地干预，并对其被叙世界保持无动于衷的“客观”态度）的《一颗简单的心》中，颇有一些（非关存在的）预设，它们允许叙述者强迫接受某个话语世界、操纵其受众并把某些事件呈现为无可辩

① 夏尔·佩罗（Charles Perrault，1628—1703），17世纪法国著名学者、作家。佩罗在早于《格林兄弟童话》一个世纪前，即1697年出版的《鹅妈妈的故事》中即收入了他的《小红帽》（*Le Petit Chaperon Rouge*），这被认为是这个著名童话的最早版本。

驳的、不允许直接打断事件之流。有一些例子可以更准确地说明我的
45 意思。

女主人公费莉西泰在18岁时和同伴们到科勒维尔镇参加聚会，一个年轻人邀她跳舞，然后他“请她喝苹果酒，喝咖啡，吃点心，并送给她一条丝绸头巾。他不知道她没领会自己的意思，献殷勤要送她回家。”①[21]这一段落中有一个明显的预设，就是费莉西泰没有领会年轻人行为背后的动机。这是费莉西泰的幼稚、单纯在叙事中的第一个事例。女主人公最重要的性格特征就这样被作为材料介绍出来。它是作为某种不言自明的东西表现的。费莉西泰真的幼稚，真的天真，这被认为理所当然的。

有一天费莉西泰从公牛蹄下救了她的女主人欧班太太和两个孩子：

> 这件事，在好几年里，成了主教桥居民的谈话资料。费莉西泰并不以此自豪，她甚至根本不把它当一回事。②

叙述者希望听众认识到费莉西泰的勇敢但又拒绝直接那样宣告。毕竟，这样一个宣告未免夸张。更值得注意的是，关于费莉西泰英雄壮举的直接陈述将为她的个性增添一个重要方面。费莉西泰被假定为一颗“简单的心”而且仅仅是“一颗简单的心”。事实上，叙述者的预设允许他强化（而不是弱化）其主人公的单纯：如果她不以自己的壮举为自豪，那是因为她单纯到甚至没有认识到那是一种壮举。

在经常来访欧班太太的人中有一位是布雷先生，他是费莉西泰所钦佩的一位绅士：

> 一看到他的领带、秃脑门、衬衫前襟上的花边、宽大的棕色礼服，还有他弯起胳膊吸鼻咽的姿态（总之，他的整个模样），她都

① 采郎维忠译文，见［法］福楼拜：《福楼拜短篇小说选》，283页，长沙，湖南文艺出版社，1994。郎译本本篇篇名译为“淳朴的人”。

② 同上书，288页。

> 会感到心烦意乱，就像我们见到大人物时一样。①

到此处为止，叙述者一直通过不暗示她可能与他有共同之处，从而保持 46
着与女主人公的距离。以同样的方式，他也使他的受述者与她保持相当距离。费莉西泰的单纯是把她与其他人区别开来的典范性格。不过，它绝不能使她到显得非同寻常的地步。所以叙述者不得不拉近自己同费莉西泰的距离，同样也拉近她与受述者的距离。通过预设，他表明：他，以及他的听众，都体验到了和费莉西泰相同的情感，而这种相同几乎不需要宣告出来。

女主人公出席了维尔吉妮的第一次圣餐仪式：

> 轮到维尔吉妮的时候，费莉西泰探出身子去看她，在她真诚的爱所产生的想象里，她觉得自己和小姑娘融为一体了；孩子的脸变成了她的脸，她穿的就是孩子的衣服，她胸中跳动的就是孩子的心。②

叙述者证明一个事实：一个以狭隘的单纯为特征的人物，有着足够的想象来推己及人、设身处地。他本可以直接证明，如宣称“真爱可以予人以强大的想象力”并为该陈述充分负责。通过预设，他成功地给予了有力证明，无须负个人解释义务：他只是在说，结果，爱与想象力之间的关系就被如此容易、如此明显地接受了，以至于它只是顺带地就能被简单提及。

预设还可以帮助叙述者保持某种限制性视点，同时保证其听众对这一视点的信赖。维尔吉妮因肺病死去后，一连两夜，费莉西泰都守护着她的遗体：

> 第一个晚上，守到快天亮的时候，她发现死者的脸变黄了，嘴

① 采郎维忠译文，见［法］福楼拜：《福楼拜短篇小说选》，286 页，长沙，湖南文艺出版社，1994。

② 同上书，294 页。

唇也发青了，鼻子已经收缩，两眼下陷了。[1]

叙述者从费莉西泰的角度来描述事件。同时，该预设又允许他表明女主人公没有因绝望而产生幻觉，而维尔吉妮的遗体也确实是像她所看到的那样发生变化。一方面，视点是她的。另一方面，又不是她的；任何人都能注意到费莉西泰所注意到的事情。

因此对预设的研究有助于阐明视点的影响、距离的控制、理由和动机
47 的本质。事实上，对于给定的任意叙事，研究其哪些信息是旧有的或共享的，哪些是新的、独享的，能够导向对其功能的更坚固、更深刻的理解。

### 3. 话语方式

关于被叙世界所传达出来的信息，指涉非言词的事件、状态和/或一系列人物的（某些）言语行为，亦即人物用词语表达的任何东西，无论是对自己表达——例如他们的“思考”——还是对他们之外的人表达。当然，非言词事件与状态可以通过各种不同的方式被叙述：以大小不同的详尽程度，出以这个或那个视点，通过这一或那一人物，等等，不一而足。言语行为同样也有各种各样的呈现方式。例如，假设特定的人物在某处（对自己）说

（148）我要在下午五点去杀死他。

那么叙述者可以忽略报告“人物用词语对自己说”，而将言语事件简单叙述，似乎它是一个非言词事件：

（149）他决定下午去杀死他。

（149）是叙事化话语（narrativized discourse）之一例。叙事化话语是关于词语之话语、却又相当于非关词语之话语。但叙述者也可以把（148）作为言词事件来报告，还可以直接或间接地呈现人物的言词：

（150）我要在下午五点去杀死他。

（151）他（对自己）说：“我要在下午五点去杀死他。”

---

① 采郎维忠译文，见［法］福楼拜：《福楼拜短篇小说选》，303页，长沙，湖南文艺出版社，1994。

（152）他要在下午五点去杀死他。

（153）他（对自己）说他要在下午五点去杀死他。

（150）～（153）分别是自由直接引语、一般直接引语、自由间接引语 48
与一般间接引语的例子。[22]（150）与（148）完全相同，其中的人物自“说”自话。（151）情况类似，但叙述者明确点出人物在自说自话。在（152）中，人物没有说出自己的话，而是像代词与时态所指示的那样，叙述者用第三人称报告人物所说的话。在（153）中，叙述者做同样的事，但是明确点了出来。应该注意区别两种情况：一种是当人物说出一系列句子时的自由直接引语，一种是他用简洁形式表达，而不说出它们。后者就是经常所说的内心独白（interior monologue）。还要注意当以自由直接引语介绍出来时，人物的思想可以用并不遵守构词法与句法的语言表达出来。标点省略了，语法形式简缩了，不完整短句大量存在，新词语（neologisms）时常发生。[23]在这种情况下——最著名的例子是莫莉·布鲁姆①的独白——我们称之为意识流（the stream of consciousness）。[24]

在特定叙事中，叙述者可以用上面提到的任何一种话语方式：有些长篇与短篇小说完全用自由直接引语写成（《月桂树被砍了》②），有些主要依赖自由间接引语（《一颗简单的心》），有些偏爱一般直接引语（《兄弟姐妹》③）等等。依赖于所选定的那种引语类型，叙述者及其受述者（同样还有真实读者）被置于与人物及其言语行为大小不一的距离之外，其中“叙事化话语”创造最大的距离，而自由直接引语导致最小的距离。另外，把人物的语言作为被叙事件加以解释与重铸，其难度也

① 莫莉·布鲁姆，爱尔兰作家詹姆斯·乔伊斯（James Joyce，1882—1941）的意识流小说巨著《尤利西斯》（*Ulysses*）中的主人公。该小说1918年开始连载面世。

② 《月桂树被砍了》（*Les lauriers sont coupés*），爱德华·杜雅尔丹（Edouard Dujardin，1861—1949，法国剧作家、小说家、诗人、评论家，象征主义的重要参与者）的小说，被认为是第一部内心独白小说，1888年出版。

③ 《兄弟姐妹》（*Brothers and Sisters*），英国女小说家艾维·康普顿-伯内特夫人（Dame Ivy Compton-Burnett，1884—1969）的小说，1929年出版。伯内特擅用对话体写小说，作品大量运用（甚至完全依赖）人物对话展开叙述。

大小不一。在“叙事化话语”的情形中显然没有特别的难度，因为叙述者似乎已经为我做了；而在另一端，即自由直接引语中，重铸与解释则完全由我决定。

**4. 顺序**

事件可以按它们的发生顺序来讲述，也可以按其他的顺序讲述。如果 A 在时间上先于 B，而 B 又先于 C，那我就可以（例如）先讲述 A，然后讲述 B，然后是 C：

49 （154）约翰洗完，然后吃饭，然后睡下。

那么我们就说被叙之顺序（或故事线，或者用俄国形式主义术语说叫 fable）与叙述顺序（或情节，或 sujet）是一致的。但我也可以先叙述 B 然后才是 A 和 C，或者先是 C 然后才是 A 和 B：

（155）约翰吃饭，在洗浴之后；然后他睡下了。

（156）约翰睡下了，那是在洗浴和吃饭之后。

在这种情况下，故事线显然与情节不同。[25]

在被叙层面上，事件以两种基本方式编年地联结：（部分的）同时（simultaneity）和承接（succession）。叙述者可以很容易地保持承接顺序。不过在文字叙事中，由于语言的根本属性，叙述者却无法真正保持“同时”的顺序；他只能借助于诸如“并且”、“在此期间”、“与此同时”等连词或副词性词语来加以指示：

（157）约翰下去了，同时玛丽上去，比尔出去了。

很明显，第一个事件尽管与其他两事件同步发生，但却在它们之前叙述出来。

当叙述者在其本来的时间之前叙述一件或一连串事件，我们就有了预叙（anticipation）的例子：

（158）约翰十分愤怒。十年以后，他会为此后悔。现在，他还想不到那后果，就开始歇斯底里地吼叫。

当他在其本来时间之后叙述一个或一连串事件，我们就有了回叙（retrospection）的例子：

(159) 约翰愤怒了。十年前他曾发誓永不发火。现在，他忘记了自己的决心，开始歇斯底里地狂吼。

当然，在被叙编年上的这些变形可以有大小不一的重要性与复杂性。特定的一个或一系列事件在时间上可能仅仅位移几秒钟，也可能是几年；此外，这一位移可能涉及持续 50
一分钟或一小时的事件，也可能涉及持续一个月、一年或二十年的许多事件；而且，有些预叙会出现在回叙中，或者反过来，回叙出现在预叙中。

当变形十分重要时，经常要用到“闪回”（flashback，时间上回溯）和“闪进”（flashforward，时间上前进）这两个术语。它们有着电影的隐含意义——尤其是前一个，尽管早在电影诞生之前的文字叙事中就已有了数不清的闪回与闪进的例子，尽管闪回与闪进在（书面）文字叙事中更易于把握，也更为有效。媒介的确影响到呈现。闪进在电影中十分罕见，而其在晚近作品中（《芳菲何处》[1]《射马记》[2]）的运用已变得繁琐而无效。至于闪回，甚至闪回中的闪回，它们的确经常出现于电影中（《盗情空间》[3]），但仍没有书面叙事中出现得那么频繁：过量的闪回容易阻据观众。一位读者可以回翻若干页，一位观众则通常无法回看若干帧。一位作家可以很容易地指示一系列事件，无论它们在时间上先于还是后于另一事件。一位电影导演则不能。

正如我已暗示的，fable 与 sujet 之间的区别可以有大小不等的重要意义。区别越明显，就越难以按其“原始”顺序处理被叙事件。此外，任何此种区别都会影响到我对特定叙事的解释与反应。毕竟，它可以突出某一些事件而不是突出另一些；它可以强调特定主题、它可以帮助制

---

① 《芳菲何处》(*Petulia*)，或译《佩图莉娅》，英国导演理查德·莱斯特（Richard Lester，1932）作品（1968）。据德裔美国作家约翰·哈塞（John Haase，1923—2006）出版于1966年小说《我和顽皮的佩图莉娅》(*Me and the Arch Kook Petulia*）改编。

② 《射马记》（*They Shoot Horses，Don't They?*），美国导演西德尼·波拉克（Sydney Pollack，1934—2008）作品（1969）。据美国作家霍雷斯·麦克考伊（Horace McCoy，1897—1955）出版于1935年的同名小说改编。

③ 《盗情空间》(*The Locket*)，美国导演约翰·布拉姆（John Brahm，1893—1982）作品（1946）。据女作家诺玛·巴兹曼（Norma Barzman）的小说《南希的欲求》（*What Nancy Wanted*）改编。

造悬念（先发生，却在最后予以揭示）。一般而言，它可以具有大小不等的审美愉悦性，以大小不等的强力吸引我的感情。

### 5. 视点

每当我们叙述时，总是采取某一个（感知或心理的）视点来呈现被叙。这样，我们可以从外部描述一个人物，像一个公正的旁观者那样；或者像他自述那样地去描述同一个人物；或者不仅从外部、也从内部去描述他，就像一个全知全能的人那样；等等，不一而足。

51 叙事中的视点有三种主要类型。[26]第一种，这是“传统的”或“经典的”叙事（例如《大车骑士》① 《名利场》或《亚当·贝德》②）的特征，可称之为非限制性（非固定）视点［unrestricted（unsituated）point of view］，因为对于叙事者能够描述他的哪些方面没有任何限制。正像诺曼·弗里德曼（Norman Friedman）所写的，这样被叙就

> 被从任一或所有的角度随意观看：从超出时空之外的上帝般的优越点观看，从中心看，从周围或前面观看。没有任何东西能阻止作者（叙述者）选择其中任何一个，或者按照个人喜好或频繁或鲜见地从一个转向另一个。[27]

在这种情况下，叙述者能够讲出的比所描述情境中的任何一个及所有的人物所（能够）知道的和讲出的都要多：

(160) 他从未认识到，这是他覆灭的开始。

(161) 在 1800 年，他遇到了曾在滑铁卢打败拿破仑的那个人。

(162) 她没看见他正躲在树丛里笑。

他经常被称为全知的，尽管——严格来说——这一术语并不总是十分恰

---

① 《大车骑士》（*Le Chevalier à la charrette*），法国中世纪公认的最大的传奇诗人克雷蒂安·德·特鲁瓦（Chrétien de Troyes，约 1135—1183）的传奇作品，主人公是一位年轻的骑士，他为了夺回被劫的王后而浴血奋战，冒死拼杀。他一方面要忍受皮肉体之苦，另一方面又要经受智慧的考验，而且还要蒙冤受屈。作品有着浓郁的神秘色彩与暗示意义，叙述者不是全知全能，许多疑问直到故事结束也没有答案。

② 《亚当·贝德》（*Adam Bede*），英国女小说家乔治·艾略特（George Eliot，1819—1880）的长篇小说，1859 年发表。

当。事实上，所谓的全知叙述者也常常表明他们也并不是知悉所有的事情：

(163)“我不知道是否就是如今在两塔起基的平台上，从东边一人高的地方，在方形窗口那里依旧能望见它内部的那一个。”(《巴黎圣母院》)[1]

(164)“也许他当过屠宰场收款员，或卫生处副稽查之类。总之，这家伙好比社会大磨坊里的一匹驴子，做了傀儡而始终不知道牵线的是谁。”(《高老头》)[2]

第二种被称为内视点（internal point of view）：一切都严格通过一个或几个人物的知识、看法和感知来表达（《我要复仇》[3]《致命的金阴 52
影》[4]《心灵之死》[5]《缓期执行》)。在这种情况下，叙述者仅仅告知一个或几个人物所（能够）知道和讲出的东西。内视点可以是固定的(fixed)（当采用且仅采用一个人物的角度时，如《梅茜所知道的》[6]），也可以是变化的（various）（当轮流采用几个人物的角度来表现事件的几个不同环节时，如《金碗》[7]《理智之年》），还可以是复合的（multiple）（当同一个或一系列事件被讲述不止一遍，每一次系于不同的角度，如《月亮宝石》[8]《指环与书》[9]）。

---

① 采陈敬容译文，见［法］雨果：《巴黎圣母院》，287页，北京，人民文学出版社，1982。

② 采傅雷译文，见［法］巴尔扎克：《欧也妮·葛朗台 高老头》，196页，北京，人民文学出版社，1980。

③ 《我要复仇》(*Vengeance is Mine*)，英国作家安德鲁·巴尔佛（Sir Andrew Balfour，1873—1931）的小说，1899年出版。

④ 《致命的金阴影》（*A Deadly Shade of Gold*）美国作家约翰·麦克唐纳（John D. MacDonald，1916—1986）的惊悚小说，1965年出版。

⑤ 《心灵之死》(*La Mort dans l'âme*)，又译《心如死灰》，萨特的小说，1949年出版。

⑥ 《梅茜所知道的》（*What Maisie Knew*），美国作家亨利·詹姆斯（Henry James，1843—1916）的小说，1897年出版。

⑦ 《金碗》(*The Golden Bowl*)，亨利·詹姆斯的小说，1904年出版。

⑧ 《月亮宝石》（*The Moonstone*），英国作家威尔克·柯林斯（Wilkie Collins，1824—1889）的小说，1868年出版。

⑨ 《指环与书》(*The Ring and the Book*)，英国诗人罗伯特·勃朗宁（Robert Browning，1812—1889）的叙事诗，1868到1869年间出版。该诗叙述一个老夫杀死少妻的故事，全诗由十二组戏剧独白组成，每一独白都有主要人物叙述案情，每人的叙述相互矛盾，但从错综复杂的头绪中最后露出谋杀案的真相。

第三种类型——像《杀人者》《白象似的群山》这样的“客观化”或“行为主义”叙事之特征——被称为外视点（external point of view）。在这里，叙述者严格地从外部表现一切；这样，他描述特定人物的行为或身体外表，但绝不描述人物的思想与感情。很明显，此时，叙述者关于特定情境所告诉的少于一个或几个人物所（能够）知道和告诉的。[28]

需注意，特定叙事中采用的视点类型可以变化。事实上，在非限制性视点情况中说“变化”（variation）也不是很合理，因为根据定义，这一类型也包括所有的可能性，往往是仅在总体方式上才可以说特定叙事采用了内视点或外视点：严格来讲，通常更准确地应该说，某个叙事中的很大部分，或者绝大部分里采用了某种视点。仅举一例，人们说，萨特的《理智之年》主要用的是一种变化的内视点：小说中的一切都假定是通过四个人物——马跌、达尼尔、鲍里斯、马尔塞拉——中的一个的角度表现出来的。但在用达尼尔视点那一章的结尾处我们读到：

> 当他出来时，右手提着一把圣人米歇的火剑，左手提着一包给杜弗太太的糖果。①

我们对达尼尔的看法及对背景的认识一直和他的相同。突然之间，我们不像他看待自己那样地看他了，以一种反讽的眼光，看到他手持圣人米歇的火剑。叙述者放弃了达尼尔的角度而改为采用上帝般的角度，
53 而从技巧上，我们必须要说，《理智之年》主要用的是一种变化的内视点。[29]

还应注意，采用特定的视点需要一个遵从特定规则与惯例的叙述者。不过，该叙述者有时恰恰违反他假定要遵从的那些规则与惯例。这种违反主要有两类。或者像上面《理智之年》中的例子那样，相对于选定的视点来说提供了太多的信息；或者是提供太少的信息：例如，对于选定为视点人物的某一人物，其某些行为或思想，没有像本应该表现的

① 采亚丁译文，见［法］萨特：《理智之年》，223页，北京，作家出版社，1986。

那样给予足够表现。在《罗杰·艾克罗伊德谋杀案》[1] 中，叙述者—人物通过他自己的视点讲述故事，却丝毫也不暗示他本人就是谋杀者。有时，叙述者并不去违反规则，结果却成功地违反了它，可以说，通过给予视点遵从的那某一个或某几个人物以特权的方式做到这一点。例如，假设我从某特定人物的立场来讲述一个故事，并赋予他一种超自然力，这种超自然力使他能够同时身处几个地方，知悉与他交往的人物们的最私密的思想，比他们本人更能够理解其最隐秘的动机。尽管技巧上保持一个固定的内视点，但它与非限制性视点就没有很大区别了。在季洛杜的《贝拉》[2] 中，通篇采用的都是菲利普·杜巴丢的视点，但菲利普·杜巴丢却极像一个全知全能的人。同样，如果我采用某个人物的角度，我可以把他置于语境中相当不平常的位置上，以便允许他获得其他情况下所不能获得的信息。在《追忆似水年华》中，主要采用（变化着的）马塞尔的视点；而马塞尔获知一定事情并具有一定洞察力量，是因为他很幸运，起码的，例如，他发现凡德依小姐的虐待狂，仅仅是因为他决定休息，而他的休息地离开着的窗子不远。同样，在《毒蛇之结》中，路易斯经常偷听到他本不该听到的谈话，也经常目击到他本不会目击到的事情。当然，在普鲁斯特的 54
小说中，赋予马塞尔的特权具有主题意味：偶然小事能够开启通往知识之路。

最后还要注意，采用的视点类型不仅影响到所讲述的各种事件及其讲述过程，也会影响到我们对这些事件的加工与解释。因此，如果采用了外视点，它将决定我们如何评价人物的感受、他们的行为之意义、所描述事件的真正意味；如果采用固定的内视点，它将影响我们判断它是否歪曲了被叙以及是如何歪曲的；而如果采用复合内视点，则会影响我们发现对被叙的何种解释最接近真相。

---

① 《罗杰·艾克罗伊德谋杀案》（*The Murder of Roger Ackroyd*），英国女侦探小说家、剧作家阿加莎·克里斯蒂（Agatha Christie，1890—1976）的小说，1926 年出版。

② 让·季洛杜（Jean Giraudoux，1882—1944），法国作家、外交家。《贝拉》（*Bella*）是他出版于 1962 年的小说。

### 6. 速度

在任何特定叙事中，构成被叙世界的事件与状态，可以或快或慢地呈现。其展开的速率，就是所谓的叙事速度（narrative speed）。需要注意，叙事速度与书写这一叙事所占用的时间没有关系：一个作家可能工作很慢，而另一个工作很快，但二人可能用完全相同的词语去表现相同的事件。同样，它与叙事中的叙述者完成其讲述所耗费的时间也无关。试看对一场战争的描绘，共用了两页，结尾是

(165) 我从9点钟开始描述，而现在是12点了。

而关于同一战争的200页的描绘，结尾是

(166) 我从9点钟开始描述，而现在是9点半了。

最后，它与阅读这一叙事所耗用的时间无关。当然，人们常说某些小说“读得很快”而另一些则不这样，阅读时间处于作者的部分控制之下：他有很多方法可供使用，以使我们或快或慢地阅读。但说一部小说读得快，说它进展快，通常无关乎阅读它所耗用的实际时间。此外，有些读
55 者读得比另一些快，同一读者在不同情况下读得快慢不等。而且没有什么规则——也没有权威控制——来规定一个标准阅读速度该是多少。[30]

一段叙事的速度等于被叙之时长——所叙事件进展或被设想进展所用的（近似）时间——与叙事的长度（例如用字数、行数、页数等表示）之间的关系。这样，如果一段三页的叙事叙述了发生于三天内的被叙，另一段三页的叙事叙述了发生于两天内的被叙，则前者快于后者。同样，

(167) 战斗持续了一个小时。

就比

(168) 战斗持续了五分钟。

要快，而

(169) 他喝了一杯咖啡。

就比

(170) 他把一杯咖啡举到唇边，张开嘴，吞下杯中所有的液体。

要快。

叙事速度可以是固定的。如下例：

(171) 约翰唱了一个小时的歌，然后睡了一个小时的觉，然后吃了一个小时的饭。

实际上，(171) 中既无加速也无减速，通篇中每一事件的时长与叙述该事件所用的字数之间的关系都是相同的。不过一般而言，叙事速度变化多端。也正是这种变化性，帮助赋予叙事以一定的节奏。

速度可以分为五种类型。如果某个占用时间的特定事件在叙事中没有其对应部分，我们就可以称之为省略（ellipsis），并可以说该叙事达到了最大速度。例如假设我讲拿破仑的故事，但不叙述他发生于 1805 年至 1809 年之间的任何事情。[31] 如果叙事中的某部分对应的被叙时间没有流逝，我们就称之为停顿（pause），此时叙事彻底停滞。例如，假设在叙述拿破仑故事时，我打断自己，转而去提及一些与他或他的世界没有关系的事情：

(172) 拿破仑赢得了 1805 年的奥斯特里茨战役。哥们，那里是多 56
么冷啊！不管怎么说，他后来还是在耶拿打赢了。

同样，我也可以详尽描绘人物或背景，而这一描绘可能对应于没有被叙之时间的一个段落。在省略与停顿的两个极端之间，如果某个叙事部分与其所呈现的被叙有（某种程度的）对等，我们称之为场景（scene）。例如，关于被叙，我既非毫不言及，也非说一些与之无关的话，而是尽可能精确地再现它们。于是，假如玛丽对简说了话，我就逐字地把她的话记录下来。最后，我们用概述（summary）来涵盖省略与场景之间的多种情形，用拉伸（stretch）来涵盖场景与停顿之间的多种情形。需要指出的是，叙事中一个相对简短的部分可能对应于相对长的被叙时间（或对应于某个通常完成较慢的被叙动作），而叙事中一个相对冗长的部分则可能对应于相对短的被叙时间（或对应于某个通常完成较快的被叙动作）。例如，玛丽可能在一个漫长的旅程中做了几件令人惊叹的事情，我不逐件地详细描述，而是简单陈述：

(173) 玛丽去旅游，做了几件了不起的事情。

另一方面，玛丽可能只是挠了挠鼻子，我却不只如此简单地报告，而是详尽描述其中所有的要素：

（174）她把手指放到鼻子上，如此这般，如此这般……[32]

需注意，叙述者可能强调某个省略、概述、拉伸、场景或停顿。例如：

（175）我不打算描述那个重要的周末发生的事情。

（176）详细描述约翰的奇遇需要花费太多时间；只要说他经历了很多不平常的事情就够了。

（177）尽管玛丽挠痒只是几秒钟的事情，却值得我们用下面的一章去详细描述。

57 （178）他们的交谈值得完整再现出来。

（179）在此，我们最好停下来描绘一下这个陌生人的外貌。

但它们也可能很容易推定。例如，假设一段叙事文本没有提及任何省略，但如果我从被叙事件中时间顺序上的某个空白，或某个被讲述事件环节的断裂，可以知道后者有一些付诸阙如了，就可以说这是省略。[33]同样，假如我读到

（180）约翰参加了一场激烈的战斗。

那么我可以说这是概述：我知道对于战斗是能够给出详尽叙述的（我觉得那也会很引人注意）。或者再假如我读到对于约翰喝一杯咖啡的一千页的描述，我可以说这是拉伸，因为我知道同一动作用少数几个词就可以叙述完（我感觉应该如此）。换句话说，当我们说叙事中的省略、概述或拉伸，我们实际上不怎么指涉叙事长度与被叙时间之间的确切关系，而是在指涉叙事长度与我们确知或感觉它应该具有的长度之间的关系：我们确知或感觉在一场激烈的战斗中一定有些值得一提的事情发生，我们确知或感觉一杯咖啡能够也应该用比那更少的细节就可以表现出来。当然，叙事文本自身常常通过大量的途径创造或强化这种确知或感觉：想想有很多小说强调其与“现实世界”的关联，再想想在一个故事中，细致描述了十次紧张战斗，而对另一个却没有。

省略与停顿在叙事中并不罕见。例如在《汤姆·琼斯》和《巴马修

道院》中就有很多著名的省略的例子，而现代小说的一大特色也许就是大量的停顿：作品中冗长的拉伸对应的却是没有被叙，作为故事与情节的此类要素变得完全不重要。不过，出于显而易见的原因，没有哪个叙事完全建立在省略与停顿的基础之上。相反，特定叙事可以单纯地运用概述、场景或拉伸。有些作家写了（几乎）纯用场景方法的小说（《杀人者》《月桂树被砍了》《卡桑德拉》①），也很容易设计一个以概述（或 58
拉伸）为唯一表现手段的故事。不过，叙事通常以场景与概述的交替运用为特征，在传统的叙事虚构作品中尤其如此。如果小说家描述某些对于理解和欣赏其小说来说必要的事件，而这些事件——不管什么原因——又不值得详述，那他就用概述。相反，当小说需要人物的行动、感情与思想的特别详细的描述，他就用场景。事实上，除了从小说之前的各种叙事形式——史诗、罗曼司、传说故事——的角度描述以外，还可以从更多地运用场景这一角度来部分地描述出小说形式的发展。

我在前面说过，在场景中，一个叙事性环节（narrative segment）与它所展现的被叙之间存在着（某种程度的）对等。这一对等常常有以下标志：叙述者介入的缺乏、特定事件的细密讲述、现在时或过去时而不是未完成过去时的运用、对瞬间动作动词而不是状态动词的偏爱等等。这些方面的性质，一如其同戏剧竞争的愿望一样，可以帮助解释为什么小说中的很多场景都采用对话的形式。不过要注意，即使在对话当中，叙事性环节与被叙之间的对等也完全是一个惯例问题，在书面叙事中，即便由 x、y、z 言说出的任何事件被如实地呈现而不带任何叙述者评论，它被言说的速度以及中断言说的沉默部分，倘要加以表达的话也只能近似地表达出来。

真正的场景的可能性再多，也是有限的，而概述（以及拉伸）的可能性则显然是极其大量的。正如我已暗示过的，同一系列事件，可以用 10 个字、20 个字或 5 000 个字来加以概述。概述有两个基本类型。第一种，也许是最普通的，即一系列不同的事件中只有其中的某

---

① 《卡桑德拉》(*Cassandra*)，美国女科幻作家彻尔丽（C. J. Cherryh，1942— ）的系列短篇小说，1978 年出版。

些被表现。在第二种中，仅仅给出一系列相同事件的共同方面：我讲
59 述一遍发生过 $n$ 次的事件。概述的这一特殊形式，被称作综合叙述（iterative narration），其对立面则是重复叙述（repetitive narration）。重复叙述是这样一种方式：我讲述 $n$ 遍只发生过一次的事件。它也不同于单一叙述（singulative narration）（我或详或略地讲述一遍发生过 $n$ 次的事件）、省略叙述（elliptical narration）（我讲述 0 遍发生过一次或多次的事件），以及很多可能的叙述形式，在这些形式中我讲述 $m$ 遍发生过 $n$ 次的事件（此处 $m$ 不等于 0、1 和 $n$）。[34]

叙述展开的速度，对于我们处理和评价那一被叙以及我们对作为整体的叙事之反应，显然有着暗示意义。因此，一个事件的叙述看上去越详细，这一事件就越突出，其重要性就越高。同样，一个事件被叙述得越频繁，它就越可能有重要意义。这使得我们将注意力集中于某些事件上而不是其他一些上。但这也允许作家欺骗我们：一件几乎没被描述的事件却原来是重要的；另一件被详尽描述的事件却原来无大意义。当然，抛开所有的欺骗不说，如果我们相信某个事件不该得到它已得到的戏剧性处理，而另一事件本应该更详尽一些处理，我们就会作出相反的反应。

在给定的任意叙事中，沿着我勾勒出的线索对叙述加以考查，使我们能够以叙事意义上的适切性来描述它。例如，忽略其美学力量或其社会—历史语境，叙事的特性可以通过它们展示的那一个或多个叙述者、受述者、叙述活动之种类以及它们所偏爱的那些表现被叙之信息的类型来描绘并加以比较。这样，

(181) 约翰很不开心，后来他碰到了玛丽，结果，他开心了。

与

(182) 约翰很开心，这是他碰到玛丽的结果。在碰到她之前，他很不开心。

在叙事的意义上是不同的（一个按照编年体顺序讲述事件，另一个则不），尽管在信息的意义上是对等的。同样，

(183) 我很富有，后来我丢了一大笔钱，我变得贫穷了。

与

(184) 他很富有，后来——糟糕！——他丢了一大笔钱，他变得贫 60
穷了。

在叙事的意义上也是不同的（前者是非介入性叙述者的第一人称叙述，后者是介入性第三人称叙述），尽管在主题的意义上是相同的。相反，

(185) 约翰病了，后来他服用一种神秘的药，变得健康起来。

与

(186) 玛丽很健康，后来她吃了一种神奇的药，就病了。

就叙述过程而言事实上是一致的，尽管在信息意义上不同。

如果说对叙述方式及其各种变化性因素的研究有助于说明和界定特定叙事之特殊性，那么它也有助于说明无限多样的可能性叙事。尽管其特性在数量上是有限的（叙述者可以是或不是自觉的，叙事可以是事先的、同步的或事后的，被叙事件可以是或不是以其发生的顺序来呈现的，内视点可以是固定的、变化的或复合的），但它们却可以以无穷多的方式被运用和结合。事实上，在它们可能的结合方面几乎没有限制（例如，自我意识隐含着介入，闪回与闪进则排除同步叙述），而这些对照可以精确地予以说明。

但对叙述方式的研究还有更进一步的意义与价值。首先，我们一旦确认某个叙事展现了某种叙事者、采用了某个视点或偏爱某种表现顺序，我们就可以开始追问它为什么如此。换言之，我们不仅可以问特定叙事运用了何种叙述可能性，而且可以问为什么运用它们（以及其成功度及意味多寡）。此外，正如我顺带指出的那样，像可信性程度、距离变化、话语模式或叙事速度之类因素，对我们解释和回应叙事、阐明其功能都有影响。总而言之，正是因为我能把叙述方式（narrating）与被叙（narrated）区别开来，也正是因为我能在前者的帮助下建构（重构）后者，所以我才能够开始谈论那个被表现的世界。

# 第二章 被叙

61 叙事讲述发生于特定世界中一定数量的状态与事件。特别是它表达对于那一世界的命题（proposition）——每一个都是一个可分析的“话题—评论”结构。这样，对于给定段落，如

（1）约翰很幸福。

或

（2）玛丽吃了一个苹果。

我们就可以说每一个都表达了一个命题（话题：约翰/玛丽；评论：幸福/吃苹果）；给定

（3）莎丽品质很好，后来陷入罪恶的生涯。

或

（4）彼得富有又英俊。

我们就可以说每一个都表达了两个命题（话题：莎丽/彼得；评论：好，陷入罪恶的生涯/富有，英俊）；给定

（5）一个男孩

或

（6）庞大的

我们就可以说它们都未表达任何命题。换句话说，命题是一个用单个句子表达的“话题—评论”结构，在此句子被看作至少一个但不超过两个分离的基本线索的转换。[1]

需要注意，在 62

(7) “波尔朵斯，我们也能看出，他的性格和阿多斯截然不同。”(《三个火枪手》)①

(8) “太阳，虽然尚未被古典修辞学之祖杜巴尔达斯称为‘蜡烛里的大公爵’，但它还是同样光明灿烂。”(《巴黎圣母院》)②

和

(9) 由于我忘记他长得什么模样，我不能详细描述他了。只要说他高大而又英俊就足够了。

中，只有加着重强调的部分表达了关于被叙世界的命题。其余的并不指涉那一世界而是指涉对它的表现，它们由叙述符号构成。

同样要注意，每个命题都关乎且仅关乎一个事件或状态。[2]另外，每一个都提供了关于所表现世界的新信息。例如，给定

(10) 约翰很强壮：他击败了比尔。约翰很强壮：他击败了哈里。

其中对约翰力量的两次提及，表达的是一个命题（也构成一个叙述符号）。最后，整套命题是编年体顺序的和非矛盾性的。

## 事 件

事件（event）（或关于事件的命题）可以定义为状态性的［当它们构成一个状态，也就是说，当它们能够用一个 NP's V-ing（NP）Aux③

① 采郝运、王振孙译文，见［法］大仲马：《三个火枪手》，75 页，上海，上海译文出版社，1995。

② 参考陈敬容译文，见［法］雨果：《巴黎圣母院》，271 页，北京，人民文学出版社，1982。略有改动。

③ 式中各项均为语法学中常用符号，其中 NP 代表名词性短语，V 代表主要动词，Aux 代表助动词。

形式的句子表达，Aux是一个状态］或行动性的（当它们构成一个行动，且不能用上述形式的句子表达）。[3]

看下面的例子：

（11）约翰很英俊。

（12）太阳普照。

（13）彼得是个苹果。

63 （14）猫跳上桌子。

行动性的（active）事件与状态性的（stative）事件在一个叙事中的比例，是该叙事的一个重要特征。这样，在其他各方面都相同的情况下，一个多数事件为状态性的故事，在生动性上就不如一个多数事件是行动性的故事。在现实主义小说中，冗长的性格与环境描写比比皆是；在浪漫主义小说中，地方色彩十分重要，可以用50页甚至更多的篇幅来描绘康斯坦丁堡或巴黎圣母院，它们远比冒险小说更具状态性；在冒险小说中，描写保持最小限度，而主要部分是它所涉及的各种人物的行动。另外，一个或一套叙事中的状态性与行动性事件分配模式，无疑有助于把该叙事同别的某个或某套叙事区分开来。在一些叙事中，状态性与行动性事件始终保持平衡。在另一些叙事中则相反，状态性或行动性事件在一些章节中明显占优势。例如在很多小说里，开始章节至少在一个方面不同于其他大多数甚至全部的章节：它主要提及状态性事件，因为它致力于说明（exposition），致力于为读者提供关于人物及其生活环境的背景信息。有时，小说的说明性章节甚至构成小说中过度冗长的一部分，如在巴尔扎克的很多作品中那样；而接下来的章节相形之下就极为动态化。当然有些小说——如萨特的《理智之年》——根本没有任何说明性章节。[4]

在特定叙事中可以讲述的事件数目是没有上限的：一个故事可以讲述50个事件，另一个故事可以讲述500个，第三个则可以讲述10 000个，等等。不过，它却有一个下限，因为一个叙事是对至少两个事件的讲述，它不能以其中每一个单独事件为前提或为满足。例如（1）和（2）就不能构成叙事，尽管它们可以是某一个叙事的一部分。相反，（3）却是叙事。

# 组 织

### 1. 时间关系

叙事中讲述的事件被组织到一条时间线上。有些可能是同时的： 64

(15) 8点钟，约翰起床而玛丽就寝。

(16) 阳光明媚，鸟儿歌唱。

但每次至少必须有一个事件先于另一个。这意味着

(17) 约翰吃饭，玛丽吃饭，比尔吃饭。

不是叙事，而

(18) 约翰吃饭，玛丽吃饭，然后比尔吃饭。

和

(19) 约翰吃饭，然后玛丽吃，然后比尔吃。

都是叙事。

如果一个事件A在时间上先于另一个事件B，那么两个事件在时间上就是前后相接，或相近，或远离：

(20) 他一到达，就哭了起来。

(21) 晚上8点，约翰起床；8点半，他迈出前廊。

(22) 1925年琼生于意大利。1976年，她离开祖国前往美国。

此外，两个非同步事件的时长可以相等，也可以不等：

(23) 琼跑了一个小时，然后吃了一个小时。

(24) 琼跑了两个小时，然后吃了三个小时。

当然，特定叙事所涵盖的时间范围，可从几秒钟到不定多少年。

需要注意，在有些叙事中，可能会发生某些事件不能被以任意程度的精确度来确定时间，或不能相对于其他事件进行时间定位。如果这种事件的数量比较小，这一特点就不会影响到叙事的编年连贯性，甚至它还可能在主题上、象征上或其他方面有重要意义。在《追忆似水年华》

中，著名的“小甜点”插曲就无法确定日期，同时也无法在时间上确切
65 定位，它被以不能系日的方式安插，是因为当马塞尔把小点心送到嘴边的时候，他超越了时间。有时，特定事件被以这样的方式系日：在编年上出现少量矛盾。其原因可能是作者（甚至是一丝不苟的作者）所犯的简单的错误或失察；或者那是他驾驭某一特定题材时的问题之征候。例如在《让·巴洛瓦》[1] 中，主人公的女儿在 18 岁时来到他身边陪他度过几个月。根据小说，她生于 1895 年，那么她在父亲身边应该是 1913 年的事。然而，在她陪父亲期间，他的父亲——生于 1866 年——在某处被说成当时刚过 50 岁：那么我们就是在 1916 年了。两年以后，主人公的一个朋友说巴洛瓦已经和蒙昧主义与狭隘主义斗争 15 年了。因为巴洛瓦的斗争始于 1895 年，那么这时又是在 1910 年了！在《让·巴洛瓦》这部小说中，历史扮演了特别重要的角色，也许罗歇·马丁·杜伽尔在历史事件与虚构事件、历史时间与虚构日历的结合方面有些困难。编年矛盾也可能是整体叙事策略的组成部分，它以特定主题与结构的方式起作用：在《恶心》中，洛根丁与安妮最终的分裂，被主人公说成是他记日记之前 8 年，但又说是 6 年前和 4 年前；这种含混突出了他与过去完全脱离，以及他迷失在无形的现在的感觉。如果一部文本中有大量的矛盾，就不可能建立任何种类的编年，我们面对的也就不再是一个叙事了。《嫉妒》[2] 就是一个例子。尽管在一定程度上它可以发挥叙事的功能，因为它采用了很多与叙事艺术相关的装饰品，但它不是叙事，因为无法为它的事件建立起满意的编年。例如，捻碎蜈蚣这一著名片断，也许发生在 A. 与弗兰克的旅程中，也许发生在他们的旅程开始前，也许发生在旅程结束后。当然，《嫉妒》是一部小说，但它只是部伪叙事的小说。

---

① 《让·巴洛瓦》（*Jean Barois*），法国作家罗歇·马丁·杜伽尔（Roger Martin du Gard，1881—1958）的小说，1913 年出版。

② 《嫉妒》（*La Jalousie*），法国“新小说”派作家阿兰·罗布-格里耶（Alain Robbe-Grillet，1922—2008）的小说，1957 年出版。

### 2. 空间关系

正如事件可以是同时的也可以是不同时的，它们可以发生于（或关 66
于）同一地点也可以是（部分地）不同地点：

（25）在起居室，约翰在看书而彼得在玩单人牌。

（26）约翰在吉格西酒吧喝了一瓶啤酒，然后又在摩瑞酒吧喝了一瓶。

此外，不同的地点可以毗连、靠近或远离：

（27）约翰从 X 大街走到 Y 大街，而彼得从 Y 大街走到 Z 大街。

（28）约翰住在 X 大街，而彼得住在 Z 大街。

（29）琼游遍了美国，而薇拉游遍了澳大利亚。

因此，叙事可以表现发生于同一时间、同一空间的事件，也可以表现发生于不同时间、不同空间的事件，等等。

### 3. 因果关系

两个事件或两组事件，不仅有时间、空间上的关联，也有因果上的关联：

（30）约翰十分沮丧，于是开始喝酒。

（31）玛丽很难受，因为她睡过头了。

事实上，按照 E. M. 福斯特（E. M. Forster）的著名定义："情节也是叙述事件，不过重点放在因果关系上。"[5]

需要注意，尽管因果联系并非在所有叙事中不可缺少的部分，但它们确是很多叙事的典型特征。这种联系在编年史中无关紧要，但在（比如）所谓现实主义小说（《高老头》《欧也妮·葛朗台》）中却大量存在且意义重大。也许加缪的《局外人》比所有其他小说更好地凸显了因果关系在叙事中的重要性。《局外人》大体上分为两部分。在第一部分中，主人公经历了一系列事情，它们主要是因为时间上一件接一件以及他是
所有这些事件的中心，从而联结起来。马尔索参加母亲的葬礼，他看了 67
一场费尔南德的电影，他与玛丽做爱，他到海边去，他杀死一个阿拉伯

人。他的生活是荒谬的，主要由一些不相干的事件构成，他杀死阿拉伯人也没有任何原因。在第二部分中，法官们为了控告他，试图将他的各种经历安置于一个牢固编织的故事中，故事的高潮就是阿拉伯人被谋杀。他们通过强化因果联系做到这一点。

同样需要注意，事件之间的因果联系可以反映心理学秩序（例如，人物的行为是他思想状况的原因或结果）、哲学秩序（每一个事件都是，比如说宇宙决定论的例证）、政治秩序、社会秩序，等等。

#### 4. 变化

除时间的、空间的、因果的方式之外，事件还可以用其他方式叙述。例如给定关于同一话题的两个命题，其中一个的评论可能与另一个相反。

(32) 约翰很开心，后来又很伤心。

(33) 玛丽吃得很多，后来吃得很少。

或者一个评论是另一个的否定：

(34) 玛丽睡得很好，后来她睡得不好。

或者一个是另一个的重复（在另一时间、另一空间等）：

(35) 7点钟约翰吻了玛丽，9点钟他又吻了她。

当然这类变化（modification）可以有很多。尤其是，我们可以区分出两种：一种是方式变化（人物在不同场合可以很好地或不那么好地实施动作，或迅速地，或快乐地，等等），一种是情态变化（愿望被满足，目的得以实现，诺言被遵守，等等）：

(36) 约翰工作效率很高，后来他工作效率就不那么高了。

(37) 玛丽希望遇上奥加，后来她遇上了奥加。

*68* (38) 哈里计划读《尤利西斯》，他就读了。

(39) 彼得答应去，他真的去了。[6]

#### 5. 相关性

给定一个讲述顺序序列的叙事，其中的序列被看作一组非同时的话题—评论结构，其中最后一个是第一个的变化，那么事件可以依据其与序列的相关性辨别出。[7]这样，任何事件，如果它既不是被改变的又不是变化后的（也不是变化的原因），它与序列的相关性（relevance）就小于那些被改变的事件和变化后的事件。如：

（40）约翰吃了丰盛的一餐，然后小憩片刻，接着去上班。他感觉很快乐，他遇上了比尔，比尔请他喝酒，他接受了，因为他喜欢比尔。然后他遇上了鲍勃，鲍勃对他不友好，结果，他很不快。

显然，每一事件都为作为整体的（40）作出贡献。不过，我可以重构所叙述的整个序列，即便我排除了

（41）约翰吃了丰盛的一餐，然后小憩片刻，接着去上班。

此外，我们还可以解释约翰从快乐到不快的彻底改变，即便我排除了

（42）他遇上了比尔，比尔请他喝酒，他接受了，因为他喜欢比尔。

在（40）中，（41）的相关性不及（42），而（42）的相关性又不及

（43）他感觉很快乐，然后他遇上了鲍勃，鲍勃对他不友好，结果，他很不快。

部分地正是因为不同事件有不同程度的相关性这一事实，我们才能够从叙事中抽出一条故事线（或一个情节），并对之加以概括：那些不具相关性的事件在故事线复述中就被省略了；相反，序列中第一个事件与最后一个事件（以及变化的原因）不能省略。对于（40）来说，（43）构成一个充分概括，而（41）和（42）则不是。同样，对于给定的 *69*

（44）九点了，小鸟在歌唱，铃在鸣响，约翰感到很坚强，然后他看到了玛丽，他又感到很虚弱。

（45）约翰感到很坚强，然后他看到了玛丽，他感到很虚弱。

构成充分概括，而

（46）九点了，约翰看见了玛丽。

则不是。

此外，部分地正是由于这一事实，解释了我们为什么对同一叙事可以给出各种各样可以接受的概括。尽管在我们的概括中都会包括初始状态和最终变化（的释义），我们却以各种不同的方式概括围绕这一初始

状态与最终变化的那些事件，甚至可以不包含所有这些事件。例如对“好撒玛利亚人”这一寓言，我们可以把故事线作如下复述：

（47）一个陌生人在路上奄奄一息，一个撒玛利亚人帮助了他。

或

（48）一个陌生人躺在路上奄奄一息，没有人帮助他，直到最后，一个撒玛利亚人路过此地帮助了他。

或

（49）一个陌生人躺在路上奄奄一息；一个牧师从旁经过却没有帮助他；一个利未人路过也没有帮助他；最后，一个撒玛利亚人路过帮助了他。

需要注意，在很多叙事中，不可能建立一个相关性的等级，无论是因为它们不包含任何序列，还是因为它们等于一个最小序列。看下例：

（50）约翰吃了丰盛的一餐，然后小憩片刻，接着去上班。

70 或

（51）约翰很好，后来变得邪恶。

在这种情况下，就不可能抽取出任何故事线。

### 6. 状态与行动的聚合

在特定叙事中，各种各样的事件构成多样程度不同的状态与行动，它们一旦结合起来，就又构成一个更大的状态或行动。例如，依赖于语境，从

（52）他去滑了冰，然后吃了冰淇淋，然后又看了场电影。

可以得出，

（53）他有很多乐趣。

或

（54）他浪费了大量时间。

注意，这一事实也部分地解释我们概括叙事的能力。假如我们读到

（55）约翰猛击吉姆，吉姆回敬了约翰，然后他们互掷酒瓶，后来他们平静下来，出去喝了一顿酒，重新成为朋友。

并且要对之加以概括，我们就可以将前三个事件集合为一组，命名为“（约翰与吉姆）打架”，后三个集合为一组，命名为“（约翰与吉姆）和好”。于是可以把（55）概括为：

（56）约翰与吉姆打了一架，然后重归于好。

当然对于像

（57）约翰紧抓住自己的公文包。他走上一条很美的林荫路。然后，一只小鸟飞过树梢，一个女孩走过身旁。

这样的叙事，这种概括的确很难，因为完全不清楚，构成它的那些事件 71
如何能结合成一个更大的状态或行动。

**7. 人物**

两个命题联系到一起，可能是因为它们涉及同一话题，尽管它们显示的是关于它的不同内容：

（58）约翰很高大，他也很英俊。

（59）玛丽去看了电影，然后她回了家。

或者因为它们涉及不同话题，尽管它们显示的是关于它们的相同内容：

（60）约翰是红皮肤，彼得也是红皮肤。

（61）英国参战了，法国也参战了。

我们通常说人物（character）是一组命题中共同的话题（或“逻辑的参与者”），这意味着他一般都（至少在某些特征上）与人类相关联：逻辑的参与者被赋予人的某种自然属性，如思考、愿望、说话、笑，等等。逻辑参与者的性质显然并非都是重要的，尽管它常被等同于一个人，但如果一匹马被加以哲学化描绘，或一张桌子被描绘成会思想、会说话，那它们便也是人物。[8]

需要注意，因为对于同一组命题有着不确定多数的（实际）预设、暗示与内涵，不同读者对于特定人物的描绘可能会多种多样。例如，他们都将孤立出同一组，但他们将想到不同的含义。还要注意，对于一个发挥人物功能的逻辑参与者，它在叙事中必须至少一次处于前景中，而不是降格到背景上，成为总体语境或环境的一部分。给定

（62）集市上有成千上万的人，在交谈，说笑，喊叫，约翰感到很大的乐趣。他走到其中一个商业中心，玩起了钉球游戏机。

我想，说它展示了成千上万的人物，这就比较牵强。给定

72 （63）他想到玛丽，她总是告诉他穿得好点；他想到了琼，她就人生问题和他谈过很多；他想到了比尔，他有很多笑话；他开始哭起来。

我们也将犹豫于说玛丽、琼和比尔是人物。

依据占优势的谓语类型，人物要么主要由其行动来界定，要么主要由其语言来界定，要么主要由其感情来界定，等等。我们还可以进一步依据文类来区分他们，行动、语言与感情是文类的例证。例如，在喜剧中，我们发现了近似于“施讽者”（eiron）或“自我贬损者”的人和近似于“吹牛者”（alazon）或冒名顶替者的人。① 更重要的是我们可以依据其履行的功能来区分它们。这样，依照普罗普②的观点，特别是在民间故事的领域内，我们可以把主人公同假英雄、对头、帮助者、捐献者（神奇媒介的提供者）、寻人者、发送者（送主人公踏上冒险之旅的人）区别开；更一般地分类是依照格雷马斯的观点，我们可以分出主体（期望客体）、客体（被主体期望）、发送者（发动期望）、接受者（客体的领受者）、（主体的）帮助者、（主体的）反对者；[9]而依照布雷蒙的观点，我们可以称他们为行动者（agents）或受动者（patients）、保护者或挫败者、唆使者与威胁者、报信者与包庇者等等。甚至更根本地，我们还可以根据文本的突出情况加以分类，简单地区别出主要人物（们）与程度不等的次要人物们。一般而言，主要人物不仅被大量的命题所涉及，而且它在品质上与其他人物不同（他用与众不同的方式表达自己；他有名字，而别的人物无名；他是唯一一个与特定道德价值相联系的人）。他也可能在功能上不同（如果有一项困难任务，则他是承担者；如果有一种缺失，则由

① eiron与alazon均为希腊语，eiron也译为“伪装者”、“佯装无知者”；alazon指愚蠢的吹牛者。

② 普罗普（Vladimir Yakovlevich Propp，1895—1970），俄苏文学理论家。其《俄罗斯民间故事形态学》（1928）深刻启发了当代叙事理论。

他去消弥之)。另外，他在叙事中的出现与战略上的重要节点相一致，像各种各样的序列中的开头和结尾。

无论他们是不是主人公，是发送者还是接受者，是英雄还是恶棍，主要由行动界定还是感情界定，人物都要么是动态的（当他们变化、成长时），要么是静态的（当他们不变化、不成长时）；要么是前后一致的（当与之相关的诸谓语不导致表面矛盾），要么是前后不一致的；他们可能是圆形的也可能是扁平的，也就是说，是复杂的或简单的，多面的或单面的，能使我们惊奇或者不能。 73

需要注意，特定人物的有些属性（其身体外貌、智力与道德品质等等）可能是在效果强烈的片段展现中连续介绍的：

> 他长着一条狮头鼻，额头扁平，其貌不扬，而且这少年的邋遢委实罕见，可是他偏要摆出一副十足的大人气派……他的帽子在头顶上戴得极不牢靠……（《奥利弗·退斯特》）[1]

或者相反，一点一点散布在整个叙事中：例如，在萨特的《亲密》[2] 中，我们首先知道露露有个非常漂亮又平坦的小腹；稍后提及了她的乳房小巧这一事实；再后面，说她苗条而精致；然后提到她的黑头发，等等。还要注意，展现可能是有顺序的（物理属性的描绘在心理属性之前，过去行动的提及在现在行动之前，等等），也可能是杂乱无序的。最后还要注意，尽管人物是叙事中的一个重要维度，他们却不是必不可缺的。事实上，有些叙事完全是关于非人（貌）的主体。

（64）一片黑暗与寂静。然后有一天，太阳升起，小鸟开始唱歌，黑暗与寂静消失了。

（65）水开始沸腾，结果，米饭开始烧焦。

---

① 《奥利弗·退斯特》(*Oliver Twist*)，又译《雾都孤儿》，英国小说家查尔斯·狄更斯的长篇小说，1837—1839 年以连载形式发表。此处采荣如德译文，见［英］狄更斯：《奥利弗·退斯特》，64 页，上海，上海译文出版社，1984。

② 《亲密》(“Intimité”)，萨特的短篇小说。

**8. 环境**

一般所称的环境（setting），相当于指涉同一（背景下）时空综合体的一组命题。同样，不同读者对某一特定环境的描述也是多变的。也是同样，环境可能在文本上突出，也可能在文本上微不足道；可能是动态的也可能是静态的；可能前后一致，也可能前后不一致；可能含糊也
74 可能精确；可能以顺序化的方式呈现（一座房子前脸按从左到右顺序描写，一堵墙从顶部到底部展现，一座城堡从内部到外部显示，或者反过来），也可能以杂乱无序的方式呈现。像人物的属性一样，环境的属性既可以被连续地介绍（这时我们称之为“描绘”），也可以一点一点散布在整个叙事中。最后，像人物一样，环境也不是叙事所必不可少的，尽管它们在很多长篇与短篇小说中扮演非常重要的角色。[10]

**9. 主题**

如果说若干事件因关乎同样的人物与环境而被联系在一起，那么它们也可以是因关乎同一主题（theme）而被联系在一起。主题是一种总体的思想意识，它的一组（准）命题（或一组主题）被看作对它的阐明。例如给定

(66) 约翰爱玛丽，彼得爱南希。

(67) 德国发动对法国的战争，法国发动对英国的战争。

(68) 他喜欢剪苍蝇翅膀，她喜欢看人受苦。

我们可以说其主题分别是爱、战争和虐待狂。

当然，主题的重要性程度、被突出程度、表达清晰程度都有高有低，在一个特定叙事中的分布是多变的。而且当然地，主题的观念使我
75 们有可能去讨论，在最概括意义上，一个叙事是“关于”什么的：它是“关于”这一主题的，而所有（或大部分）其他主题都被当作对它的图解。

**10. 功能关系**

多个事件或多组事件之间可能有明显的共同特征——它们发生在同

一时间或完全不同的时间，它们发生于相同的地方或极为不同的地方，它们以变化的方式被叙述或者以不变的方式被叙述，它们关乎同一主题 76
或不同主题——同样也可以在其功能意义上被联系起来。这样，我们可以发现，某些迥然不同的状态与行动在功能上却相同：它们构成需要完成的困难任务及其完成，缺失及缺乏的消除，禁令及禁令的违背等等。在

(69) 众神不准人们去看电影，但约翰却去看了。

和

(70) 政府禁止努力工作但彼得努力工作。

当中，

(71) 约翰去看电影。

(72) 彼得努力工作。

有相同的功能。

**11. 复合序列**

迄今为止，我的谈论似乎是说每个叙事中最多只能有一个事件序列。显然事实常常如此。例如在（73）与（74）中，只有一个事件出现：

(73) 简很快乐，后来她碰上了玛丽，然后她很不快。

(74) 琼很穷困，然后她发现了金子，然后她很富有。

但在很多叙事中有着一个以上的序列；事实上，在一个给定叙事中可以有不定数目的序列（两个、三个、十个等等），它们之间有或多或少的共同性（在人物、主题、环境等方面），并以各种方式结合起来。因此，一个序列可以与另一个序列结合，如下例这样：

(75) 简很快乐，后来她碰到了玛丽，后来她不再快乐；后来她又碰见琼，她又重新快乐起来。

另外，一个序列也可以被嵌入另一个中：

(76) 简很快乐而玛丽不快乐，后来玛丽碰到彼得，她就快乐起来；然后简碰到琼，她就不再快乐。

77 最后，一个序列也可以与另一个序列形成交替：

（77）简很快乐而玛丽不快乐，后来简遇到琼，玛丽遇到艾丽丝，然后简不再快乐，而玛丽快乐起来。

需要注意，多种多样的序列可以有或大或小的共同性，并能构成凝聚力大小不同的叙事。同样需要注意，特定叙事中运用的结合方式构成该叙事的重要特征。例如，它至少可以部分地决定各种序列展开的速度。如果一个序列 A 被嵌入另一序列 B，那么 B 序列的发展显然被延缓了。如果另一序列 C 再嵌入序列 A 中，那么它更被延缓了，等等。最后还要注意，所运用的结合方式常常是所采用的媒介的一种功能。交替式在口头叙事中很罕见但在书面叙事中很普遍。同样，当表现媒介是口语或活动画面时，复合嵌入式很少出现，但当媒介为书面语时出现得很普遍。毕竟，受众会发现对一个复合嵌入式和交替式大量存在的口头叙事或电影很难加工，但加工一个以同样方式为中心组织起来的书面叙事就不感觉困难。

对事件及其关系的考察，使我们能够在其被叙之结构的意义上描绘叙事的特征并对叙事加以比较。给定有着不同命题内容的两个叙事，在其各自命题当中可以得到同样的联系，例如：

（78）约翰很穷困，后来他遇见比尔，于是变得富有。

（79）彼得不快乐，后来他看了场电影，于是快乐起来。

相反，两个叙事尽管其命题内容是相同的，却可能有不同的被叙结构：

（80）约翰吃了个鸡蛋，彼得喝了杯牛奶，然后他们去剧院。

（81）简吃了个鸡蛋，然后彼得喝了杯牛奶，然后他们去剧院。

78 一旦我们确定了特定叙事以某类事件或它们的某种结合方式为特征，我们就可以开始追问为什么如此。换句话说，我们不仅可以问特定叙事偏爱何种被叙可能性，也可以问它为什么这样做（并且是成功而有意义地）。

如果说对被叙及其各种各样的因素的研究有助于我们解释和界定任意给定叙事的特异性，那么它也有助于我们解释无限多样的可能性叙事。不仅前后连贯的成套命题被叙事地表达，并且它们之间的可能性关系也能以无限多的（可陈述的）方式被利用和结合。

总之，对被叙的研究给我们一种眼光，我们借此洞察我们如何组织叙事以达到加工它们的目的，也借此洞察我们能够如此加工它是为什么以及有多么容易。我们之所以能够对情节予以概括，不仅是因为我们能从一个叙事中提取出被叙，而且因为我们能够分离出相关事件并把它们结合进各种各样的状态与行动中。同样，我们之所以能把序列作为关乎一个或多个环境中的一个或多个人物的一系列状态与行动来加工，是因为我们能够辨认被清晰界定的多组特定话题—评论结构。当然，某些故事、短篇小说或长篇小说可能被证明更容易围绕人物而不是围绕其他来组织，更易于主题化、更易于概括化。也是当然地，我们的阅读经验就加工之可能而言也是多变的。概言之，对被叙的研究有助于阐明我们理解和回应叙事的方式，它构成对叙事语法予以说明的过程中的一个最重要步骤。

# 第三章　叙事语法

79　并非每个人都知道怎样才能叙述得好，但在历史学与人类学已知的任何人类社会中，每个人都知道怎样叙述，而且从很久以前就如此。[1]而且，每个人都能把叙事与非叙事区分开来，也就是说，每个人对于什么构成叙事、什么不构成叙事，都有一种直觉——或者说有某种内在化了的规则。最后，关于给定的一组特定要素是否构成叙事，是有一种共识的，这正如在生来就说英语的人当中，关于一组特定要素是否构成一个英语句子，是存在共识的一样。这样，

(1) 他吃饭，然后睡觉。

与

(2) 有个人很不快乐，后来他娶了个聪明又漂亮的妻子，后来，作为结果，他变得很快乐。

都是叙事，尽管它们可能琐屑。相反，

(3) 原子由电子组成。

(4) 男孩终归是男孩。

及

(5) 有些批评家发现布朗肖的《叙事》很晦涩，而所有批评家都认

为里拉的小说很晓畅。

虽然颇有意义，但它们却不是叙事。事实上，文化背景极为不同的人们，常常都承认特定的相同的多组要素是叙事而另一些不是叙事，而且他们经常讲述十分相同的叙事。例如，俄罗斯、北美洲和印度的民间故
事，就有很多相同特点。[2]此外，如果我（从我自己的文化或另一个不 80
同的文化）给某人讲一个故事，他常常不仅可以转述，而且可以改述、详述或概述它；如果他给我讲一个故事，我也可以做同样的事。看来，至少是在很大程度上，关于叙事的本质每个人都有一种直觉——或者是有某种内在化了的规则。

叙事语法就是描述这些规则或能够产生同样结果的一系列的表达与公式（或者换一些术语说，语法描述一些规则与运行过程，这些规则与运行过程使人能够处理作为叙事的特定表达：如果你把 X 作为叙事来处理，那是因为你利用了后面的语法，或者利用了某一个形式上与之对等的语法）。换言之，它系统化地说明了我在前两章中讨论过的、为每个人所（隐含地）知悉的那些叙事的特征。语法应当明晰：它要以留给其使用者最少的解释的方式，指示出叙事是如何通过运用一套特定规则而生产出来的，它还应该对该叙事予以结构上的描述。它还应该是彻底的，它要说明所有的可能性叙事、而且仅仅是可能性的叙事，而不只说明现存的叙事、好的叙事或文学叙事。至于有些人确认为叙事、另一些人则不认为是叙事的那些成组要素，无疑这样的成组要素有很多，语法应当阐明这些成组要素与构成广为接受的叙事的那些要素之间有哪些特征是共同的，哪些是不同的。还应确切地说明其不合语法的程度。[3]

需要注意，伴随着俄国形式主义的再发现，伴随着诸如民俗学与文学批评等学科语言的巨大影响，伴随着结构主义之到来和随后的符号学之发展，许多叙事学家开始把他们的（以及他人的）一些对叙事的直觉与发现加以形式化，以更好地理解叙事，并希望这样的形式化能导致新的发现。[4]

同样需要注意，尽管取得了无可争辩的成就，但在叙事的语法方面的一些工作并不完全令人满意。事实上，对于参与这一工作的那些叙事

学家们来说，其弱点是显而易见的。[5]正如我在这里的主要目的不在于
81 写一部始于普罗普，中经罗兰·巴特与列维-斯特劳斯①，一直到范·迪克、托多罗夫与布雷蒙的叙事语法的简史一样，我的主要目的也不在于提交一份关于叙事语法学家们充满智慧、富有意义的研究之批评性考察。不过，我愿意指出，我刚才所提及的弱点在我看来源自和/或关乎下列因素：(a) 缺乏彻底性，由于所提出的语法有时受有限的素材所束缚，结果，它们只能描述那一素材本身；(b) 缺乏明晰性，因为那些语法所处理的基本结构单位有时不能精确辨识，还因为没有给出一些程序以将（抽象的）叙事结构与它们所予以实现的那些符号系统结合起来；以及 (c) 阐明叙事语法所不能（或不必）阐明的观念之雄心——例如，叙事的要点，或其美学力量，就语法来说，不存在伟大的，或优美的，或深刻的，或琐碎的叙事；只有叙事。现在，我将试图呈现的，就是一套相对来说克服这些弱点的语法。[6]

## 结构成分

我已指出叙事可以用各种各样的方式表达。事实上，一个叙事可以通过语言、电影、哑剧、舞蹈等形式来呈现。假设某个特定叙事以书面语言表达，这一语言可以是英语：

(6) John was very happy, then he lost all of his money, then as a result, he became very unhappy（约翰很快乐，结果，他丢了所有的钱，后来，作为结果，他极不快乐）。

也可以是法语：

(7) Jean était très heureux, puis il perdit tout son argent et il en devint très malheureux.

---

① 列维-斯特劳斯（Claude Lévi-Strauss，1908—2009），法国思想家与人类学家，结构主义思想的奠基人。在人类学、神话学等方面的研究著述，对当代叙事学有重要影响。著作有《结构人类学》等多种。

或者其他某种语言，假设该叙事用英语。它可以像（6）那样，也可以是

（8）约翰丢了所有的钱，结果，他极不快乐。过去他是很快乐的。

或者还可以像其他的改写。需要注意，非叙事也同样可以通过语言或电影、英语或法语等方式呈现出来。这样，用叶尔姆斯列夫①的术语[7]，82
一个叙事，它表达方面的质料（substance）（声音、图像等）和形式（form）（如某个特定的英语句子）都不能界定它。

同样，一个叙事可以处理任意数量的题材和任意数量的主题。有关于爱情的叙事，关于死亡的叙事，关于金钱、关于鸟、关于树的叙事，不一而足。甚至还有关于叙事的叙事。此外，一个叙事、一首诗或一篇散文可以处理同一题材并发展同一主题。有关于拿破仑的叙事，但也有关于他的诗歌与散文。因此，叙事的题材和它所处理的主题——或者还是用叶尔姆斯列夫的术语说，其内容方面的质料——也不能界定它。

假设我们有特定数目的内容单位，每一个单位用一条符号连串（a string of symbols）代替，例如，假设

内容单位 A＝约翰吃了一个苹果

内容单位 B＝比尔吃了一个梨

内容单位 C＝和，而（and）

内容单位 D＝然后（then），

那么，依据模式 P 安排的一组三个单位，将构成一个叙事：

（9）约翰吃了一个苹果然后比尔吃了一个梨。

同样一组单位，按照模式 $P'$ 则构成另一个不同的叙事：

（10）比尔吃了一个梨然后约翰吃了一个苹果。

相反，同样还是这组单位，再依据模式 $P''$ 则不能构成叙事：

（11）然后 约翰 吃了 一个 苹果 比尔 吃了 一个 梨。②

另一组三个单位依据任何模式安排都构不成叙事，例如

① 路易斯·叶尔姆斯列夫（Louis Hjelmslev，1899—1965），丹麦语言学家。

② 原文为 Then John ate an apple Bill ate an pear。此处系把原英文句子逐词译出。虽然这样译出后的中文表述仍有意义，但英文原文句子并不成立。

（12）约翰吃了一个苹果，而比尔吃了一个梨。

或

（13）比尔吃了一个梨，而约翰吃了一个苹果。①

综上所述，可以说，随机选出、以随机方式安排的一组单位并不必
83 然构成一个叙事。只有具备一定特征并依据一定模式安排的那些单位组——只有具备一定结构的那些单位组——才能够构成叙事。语法的结构成分将说明这些结构，或用叶尔姆斯列夫的术语，它将描述叙事的内容方面的形式。

**1. 核心叙事**

让我们来看一组完全是核心叙事（kernel narratives）的例子，也就是说，全部叙事讲述 $n$（$n \geqslant 2$）个事件，而且事件的局面（situation）或状态（state）的改变不超过一个。[8] 根据这个定义，则（1）、（2）以及

（14）约翰很丑，后来他去做了温泉治疗，结果，他变得英俊。

都构成核心叙事。相反，

（15）约翰很丑，后来他去做了温泉疗养，结果，他变得英俊，后来他去另一地做了温泉治疗，结果他变得很丑。

就不是核心叙事，因为它讲述了两次状态变化（约翰从丑变俊，又从俊变丑）。同样，（3）、（4）和

（16）约翰很富有。

都不是（核心）叙事，因为它们仅涉及一个事件。最后，（5）、（12）、（13）和

（17）约翰很高，彼得很矮，而比尔中等个头。

也都不是（核心事件），因为它们所涉及的事件中没有一个在时间上先于其他事件。

① 按作者前文的观点，这里面没有时间因素事件，不成叙事。

## 2. 改写规则与核心叙事的结构

正如同能够建立一种语法来说明所有的英语句子且仅仅是英语句子，那么也可以建立一种语法用以说明所有的核心叙事且仅仅是核心叙事的结构。这种语法将由一套符号组成，符号由一套有顺序的规则来解 84 释，每条规则都采用 X → Y 的形式（读作把 X 改写成 Y），而且每次只运用一条规则。[9]规则遵守下列限定：（a）任何单个规则中都只有一个符号被改写；（b）被改写的符号和替换字符符串不能为空；（c）被改写的符号和替换符串不能相同。例如，假设我想表示某叙事中的事件可能是状态或行动，那么我会写作以下规则：

事件 → 状态性事件（stative event）

事件 → 行动性事件（active event）

为简明和易于把握规则起见，我将用下面这套记号：

N＝核心叙事（kernel narrative）

NSec＝叙事片段（narrative section），包含 *n* 个插曲（episodes）和一个叙事性插曲

CCL ＝一个或多个连接性因素（conjunctive features）构成的群集（cluster）

Nep ＝叙事性插曲，包含 *n* 个事件（events）和一个叙事性事件（narrative event）

Ep＝ 插曲之符串，不包括任何叙事性插曲

Ep Stat ＝状态性插曲之符串，不包括任何叙事性插曲

Ep act ＝行动性插曲之符串，不包括任何叙事性插曲

ep stat ＝ 状态性插曲（属于同一时间序列的、结合起来的状态性事件组，不包含叙事性事件）

ep act ＝ 行动性插曲（属于同一时间序列的、结合起来的行动性事件组，不包含叙事性事件）

$CF_t$＝ 指示两个插曲或事件之间的前后关系的时间连接性因素

sub CCL＝CCL 的完全子集，不包含时间的连接性因素

e stat ＝ 状态性事件

e act ＝ 行动性事件

85 Ne stat ＝ 状态性叙事事件

In Ne stat ＝ 将被改变的状态性叙事事件

In Ne $stat_{mod}$ ＝ 改变了的状态性叙事事件

Ne act＝ 行动性叙事事件（改变中的 In Ne stat）

$CF_c$＝ 指示某事件为前一事件之结果的连接性因素

$CF_n$＝ 不是时间与结果之一的任意连接性因素

prop stat ＝ 状态性命题

prop act ＝ 行动性命题

Nprop stat＝ 状态性叙事命题

Nprop $stat_{mod}$ ＝ 改变了的状态性叙事命题

$LT_t$ ＝ 时间的逻辑用语

$LT_c$ ＝ 结果的逻辑用语

$LT_n$ ＝ 不是时间与结果之一的任一逻辑用语

符号“＋”表示一条符串中多种不同符号的连接，当没有混淆危险的时候就隐藏之。

圆括号用来括起任意选择的项目。对下面两项规则

A → B

A → B+C

（但不是 A→ C）

我们可以写作

A → B（C）

一个符号的可供选择的替代项（每个单独运用中只选择其一），用大括号垂直地罗列出来。这样，对于三个规则

A → B

A → C

A → D

我们就可以写作

$$A \rightarrow \left\{ \begin{matrix} B \\ C \\ D \end{matrix} \right\}$$

如果我们希望在仅仅一个特定的语境中给特定的非终结符号（出现 86
于箭头左侧的符号）运用一个替代项，我们就会在适当的规则中详细说明之。例如，如果 A 仅仅当其在任一特定符号连串的初始位置上可以被改写为 B，那我们就有以如下规则：

$$A \rightarrow B \;/\; \#\ ——$$

如果 A 仅仅当其在任一特定符号线索的结尾位置上可以被改写成 B，则有

$$A \rightarrow B \;/\; ——\ \#$$

如果 A 仅仅当其不早于 C 或不马上紧跟 C 时可以被改写为 B，则有

$$A \rightarrow B \;/\; C + \cdots + ——$$

在所有情况下，“——”表示特定替代项允许出现之位置。

描绘核心叙事之结构——从现在起我将称之为“成分 C”——的整套规则如下：

$$1.\ N \rightarrow \left\{ \begin{matrix} NSec + CCL + NSec + CCL + NSec \\ Ep\ stat + CCL + Ep\ stat \\ Ep\ act + CCL + Ep\ act \end{matrix} \right\}$$

$$2.\ NSec \rightarrow \begin{matrix} Nep\ (CCL + Ep)\ /\ ——\# \\ (Ep + CCL)\ Nep \end{matrix}$$

$$3.\ Ep \rightarrow \begin{matrix} Ep\ stat \\ Ep\ act \end{matrix}$$

$$4.\ Ep\ stat \rightarrow ep\ stat\ (CCL + Ep\ stat)$$

$$5.\ Ep\ act \rightarrow ep\ act\ (CCL + Ep\ act)$$

$$6.\ CCL \rightarrow \begin{matrix} CF_t + sub\ CCL / \cdots + Nep + \cdots + Nep + \cdots + —— + Nep \\ CF_t\ (sub\ CCL) \end{matrix}$$

$$7.\ \text{Nep} \left\{ \begin{array}{l} \text{(ep stat+sub CCL) Ne stat (sub CCL+ep stat) / ——+} \\ \cdots + \text{ Nep} + \cdots + \text{Nep} \\ \text{Ne stat (sub CCL+ep stat) / Ne stat} + \cdots + \text{Nep} + \\ \cdots + —— \\ \text{(ep act+sub CCL) Ne act} \end{array} \right\}$$

8\. ep stat → e stat ( sub CCL +ep stat )

9\. ep act → e act ( sub CCL+ep act )

$$10.\ \text{Ne stat} \rightarrow \left\{ \begin{array}{l} \text{In Ne stat/——+} \cdots \text{+Ne stat} \\ \text{In Ne Stat}_{mod} \end{array} \right\}$$

87

$$11.\ \text{sub CCL} \rightarrow \left\{ \begin{array}{l} CF_c\ (CF_n)\ /——+\text{In Ne stat}_{mod} \\ (CF_c)\ CF_n \\ CF_c \end{array} \right\}$$

12\. e stat → prop stat

13\. e act → prop act

14\. In Ne stat → Nprop stat

15\. Ne act → prop act

16\. In Ne $stat_{mod}$ → Nprop $stat_{mod}$

17\. $CF_t \rightarrow LT_t$

18\. $CF_c \rightarrow LT_c$

19\. $CF_n \rightarrow LT_n$

换言之，组成成分C的改写规则说明，任何核心叙事都由一个连接性因素群集联结起来的三个叙事片段组成，或由两条状态性或行动性插曲之符串联结而成。每个叙事片段包含一条 $n$ 个插曲和一个叙事性插曲之符串。每条插曲符串都由状态性或行动性插曲构成，每个连接性因素群集都由至少一个时间连接因素构成，等等。

如果我们运用成分C规则，就会得出任意核心叙事结构的一种衍生。例如，我们能得出（1）、（2）、（14）及下面（18）的结构之衍生：

（18）约翰很快乐，后来约翰遇见比尔，后来，作为结果，约翰不快乐。

需要注意，在下面的（18）的结构之衍生中，每行右侧的数字指的是，从前一行建构出这一行时所运用的成分 C 的第几条规则：

N

NSec + CCL+ NSec+ CCL + NSec　（1）

Nep + CCL+ NSec+ CCL + NSec　（2）

Nep + CCL + Nep + CCL + NSec　（2）

Nep + CCL+ Nep + CCL+ Nep　（2）

Nep + $CF_t$+ Nep + CCL+ Nep　（6）

Nep + $CF_t$+ Nep + $CF_t$ + sub CCL + Nep　（6） 88

Ne stat + $CF_t$+ Nep+ $CF_t$+ sub CCL+ Nep　（7）

Ne stat + $CF_t$+ Ne act + $CF_t$+ sub CCL + Nep　（7）

Nep stat + $CF_t$+ Ne act + $CF_t$+sub CCL + Ne stat　（7）

In Ne stat + $CF_t$+ Ne act + $CF_t$+ sub CCL + Ne stat　（10）

In Ne stat + $CF_t$+ Ne act + $CF_t$+ sub CCL + In Ne $stat_{mod}$　（10）

In Ne stat + $CF_t$+ Ne act + $CF_t$+ $CF_c$+ In Ne $stat_{mod}$　（11）

Nprop stat + $CF_t$+ Ne act + $CF_t$+ $CF_c$+ In Ne $stat_{mod}$　（14）

Nprop stat + $CF_t$+ Prop act + $CF_t$+ $CF_c$+ In Ne $stat_{mod}$　（15）

Nprop stat + $CF_t$+ Prop act + $CF_t$+ $CF_c$+ Nprop $stat_{mod}$　（16）

Nprop stat + $LT_t$+ Prop act + $CF_t$+$CF_c$+Nprop $stat_{mod}$　（17）

Nprop stat + $LT_t$+ Prop act + $LT_t$+ $CF_c$+ Nprop $stat_{mod}$　（17）

Nprop stat + $LT_t$+ Prop act + $LT_t$+ $LT_c$+ Nprop $stat_{mod}$　（18）

该衍生显示，（18）讲述了三个事件（三个命题）。第一个事件是状态性的，在时间上先于第二个事件；第二个事件是行动性的，在时间上先于第三个而且导致了第三个事件；第三个事件是状态性的，它是对第一个事件的改变。

### 3. 综合转换与非核心事件的结构

很多叙事不是核心叙事，因为它们讲述的事情的局面与状态的改变超过一次。具体地说，很多叙事由一个（核心）叙事与另一（核心）叙事结合构成；或者由一个（核心）叙事嵌入另一（核心）叙事构成；再或者由一个（核心）叙事片段和另一（核心）叙事片段的交替构成。例如，

（19）约翰很穷，后来他在自己的地里发现了金子，后来，作为结
89 果，他富有了。后来，作为结果，彼得很伤心，然后他在自己的地里找
到了油，然后，作为结果，他很快乐。

就可以说是由

（20）约翰很穷，后来他在自己的地里发现了金子，结果，他富有了。

和

（21）彼得很伤心，后来他在自己的地里找到了油，然后，作为结果，他很快乐。

结合而构成。同样，可以把

（22）约翰很富，琼很穷。后来琼赚了钱，然后，作为结果，她富起来。后来约翰丢了钱，然后，作为结果，他变穷了。

看作将

（23）琼很穷，后来琼赚了钱，然后，作为结果，她富起来。

嵌入

（24）约翰很富，后来约翰丢了钱，然后，作为结果，他变穷了

当中而构成的。最后，像

（25）约翰很快乐，琼不快乐，后来约翰离了婚而琼结了婚，然后，作为结果，约翰不快乐了，琼很快乐。

这样的叙事，可以说是起因于

（26）约翰很快乐，然后约翰离了婚，然后，作为结果，他不快乐了。

中的一个事件与

（27）琼不快乐，然后琼结了婚，然后，作为结果，她快乐起来。

中的一个事件之交替。

很显然，成分C不能说明非核心叙事的结构。为了说明它，有必要

在我们已有的规则之外增加一套新的规则。这些新规则将是转换性的，并将在两条线索上运行，假如这两条线索有一个特定结构的话。[10]转换性规则的第一部分是一个结构分析（SA，structural analysis），这一分析明确（说明）规则所运用的符串（就其结构而言）之种类。例如，一个规则可能会运用堪作如下分析的任意两条符串：

SA：对（a）：Nep— CCL—Nep—CCL—Nep 90

对（b）：Nep—CCL—Nep—CCL—Nep

结构分析常常会含 X 或 Y 这样的符号以代表任意一组要素。假如每条线索中仅有一个 Nep 需要明确，以使规则运行，结构分析就是如下这样：

SA：对（a）：X — Nep — Y

对（b）：X — Nep — Y

规则的第二部分通过涉及结构分析中的要素的数目，来明确结构变化（SC，structural change）。这样，给定上述的 SA，1—3 涉及（a）中的要素，4—6 涉及（b）中的要素，则结构变化为：

SC：（1—2—3；4—5—6）→1—2—3—4—5—6

需要注意，有时除了描述在结构分析中明确了的条件之外，还有必要描述（其他）必须满足的特定条件。例如，对于运用上面的转换来说，假设有必要明确 3 和 4 不能相同，那我们就需要加一个条件：

（此处 3≠4）

还要注意，从现在开始，我将把在两条线索上运行的转换性规则称为“综合转换”（generalized transformations），而将其产物称为一个“转换”（transform）。

如果我们运用下列综合转换（$GT_1$），那么像（19）这样的叙事结构就能得以明确：

SA：对（a）：X—NSec—Y

对（b）：X—NSec—Y

SC：（1—2—3；4—5—6）→ 1—2—3—CCL—4—5—6

（此处 3 和 4 为空）

这一规则表明，包含有一个叙事片段的符串，可以与由一个连接性因素之群集构成的另一相似的符串结合起来。同样，像（22）这样的叙事之结构可以用下列的综合转换（$GT_2$）来说明：

91 SA：对（a）：X—NSec—Y

对（b）：X—NSec—Y

SC：（1—2—3；4—5—6）→1—2—$CF_n$—4—5—6—3

（此处 1 和 4 或 6 可能为空）

这一规则表明，包含一个叙事片段的符串如何能嵌入另一条相似符串中。最后，像（25）这样的叙事之结构，则可以用下列综合转换（$GT_3$）予以说明：

SA：对（a）：NSec—CCL—NSec—CCL—NSec

对（b）：NSec—CCL—NSec—CCL—NSec

SC：（1—2—3—4—5；6—7—8—9—10）→ 1—$CF_n$—6—2—3—$CF_n$—8—4—5—$CF_n$—10

（此处 2=7；4=9）

该规则表明一条线索上的叙事片段，是如何与另一条线索上的叙事片段交替的。

当然，运用与各种各样的结构完整的双线索之间的结合、嵌入和交替及其他综合转换，还能说明其他种类的结构。另外，尽管在上例中我已显示某些叙事的结构可以通过运用一次某转换规则就得以说明，但还是有一些叙事，它们的结构只有通过重复运用一个综合转换或运用更多综合转换才能予以说明。因此，综合转换必须以这样的方式运行——它们不仅可以运用于由成分 C 产生的符串，而且可以运用于已经被转化了的符串。此外，一次转换之产物应该能够接受更进一步的变化。例如

（28）约翰很穷，后来他遇上琼，然后，作为结果，他富了。然后，作为结果，彼得很穷，后来他遇上玛丽，然后，作为结果，彼得富了。然后，作为结果，杰克很穷，后来他遇上埃塞尔，然后，作为结果，杰克富了。

这一叙事的结构可以如此说明：(a) 将 $GT_1$ 运用于两条适当符串；

(b) 将 $GT_1$ 运用于由此得到的转换及另外一条符串。换言之，(28) 可以被展现为源于 92

(29) 约翰很穷，后来他遇上了琼，然后，作为结果，他富了。

与

(30) 彼得很穷，后来他遇上了玛丽，然后，作为结果，彼得富了。然后，作为结果，杰克很穷，后来他遇上了埃塞尔，然后，作为结果，杰克富了

的结合。而 (30) 本身又源于

(31) 彼得很穷，后来他遇上了玛丽，然后，作为结果，彼得富了。

与

(32) 杰克很穷，后来他遇上了埃塞尔，然后，作为结果，杰克富了。

的结合。

最后还要注意，像成分 C 的规则一样，综合转换在数量上将是有限的，而且可能必须（部分地）是顺序化的。不过在这里，在我们制定出一套更周全的语法之前，尚不可能确定它们必须遵从的顺序究竟如何。

由成分 C 加上综合转换构成的语法之结构成分，能够说明任何叙事的结构。另外，它有助于说明叙事或叙事片段的这样一些特征：凝聚性（在其他方面相同的情况下，有着几个连接性群集的片段将比有着 $n-1$ 个连接性群集的片段更有凝聚性）、速度（在其他方面相同的情况下，一个有 $n$ 个插曲的片段将比有 $n-1$ 个插曲的片段运动得更快）及事件关联性的层级（例如，叙事事件比非叙事事件更具有关联性）。结构成分还使我们能够就其结构方面比较任意两个叙事。这样，它就能使我们展示出 (29)、(31) 和 (32) 在结构上相同，而 (1)、(2)、(19) 和 (25) 在结构上不同。不过，还是有很多叙事特征不能为结构成分所描述。特别是它不能告诉我们关于叙事命题内容的任何东西，也不能使我们就这一内容对它们进行比较。

## 逻辑成分

93 我所称的语法之逻辑成分，恰好使我们能够做到上面所说的那一点。它由多个语义要素之群集组成，这些语义要素构成逻辑用语与命题之实例（或者毋宁说，构成融入命题的基本论点与谓词的实例）。例如，它会包括诸如“然后”（$LT_t$的实例）、“结果”（$LT_c$的实例）或“约翰吃饭”（命题的实例）之类的群集。

一旦我们有了一个由成分C（加上转换）产生的终极符串（terminal string），我们就可以用它的适当实例替代符串的上每一个要素：给定如下符串

(33) prop act $+LT_t+$ prop act

我们可以用“约翰吃饭”这一命题代替第一个要素，用逻辑用语“然后”代替第二个要素，用“约翰睡觉”这一命题代替第三个要素，就得到

(34)“约翰吃饭”“然后”“约翰睡觉”。

(34) 呈现了下列叙事的命题内容：

(35) 约翰吃饭然后约翰睡觉。

替代遵循下列限制：(1) 它首先在符串的第一个要素（最左端）上运行，然后在第二个要素上，然后在第三个要素上运行，以此类推。(2) 一个命题可以替代符串上的一个要素，当且仅当在下列条件下：(a) 它与它之前的一个命题不相同也不矛盾，且二者未被“然后”分离开来；(b) 它与它之前的一个命题不相同，而且二者间马上被“然后”分离开。换句话说，每个被替代的命题都应该提供新的语境信息，而所有替代都完成之后得到的符串应当是前后一致的。(3) 一个命题可以替代 Nprop $stat_{mod}$这一要素，当且仅当在下列条件下：它的初始论点与替代相应的 Nprop $stat_{mod}$的那一命题的论点相同，而它的谓词是后者的谓词

的改变。

(36)“约翰不快乐。” 94

或

(37)“比尔很穷。”

可以替代一个 Nprop $stat_{mod}$，当且仅当

(38)“约翰很快乐。”

或

(39)“比尔很富”。

替代了同一核心中的 Nprop $stat_{mod}$的时候。

语法的逻辑成分说明了任意叙事的命题内容。此外，和结构成分一样，它还有助于说明诸如凝聚性（其他方面等同的情况下，多套论点或谓词的共同特点越多，获得的凝聚性越大）这样的一些叙事或叙事片段的特征，它还使我们能够概括任何叙事的内容（一个充分概括应当包括叙事性事件的内容，并包括那些作为叙事性事件之原因与结果的事件，以及那些导致了或源自这些原因和结果的事件之内容）。最后，逻辑成分还使我们能够在其内容方面比较任意两个叙事。这样我们可以说

(40) 约翰感觉不舒服，然后他睡了 24 个小时，然后，作为结果，他感觉好了。

与

(41) 约翰很胖，后来他吃了一种药，然后，作为结果，他瘦了。

结构相同但有着不同的命题内容，而

(42) 约翰很好，比尔很坏，后来比尔遇见了玛丽，然后他变好了，然后约翰遇见了琼，然后他变坏了。

与

(43) 比尔很坏，约翰很好，后来比尔遇见了玛丽，然后约翰遇见了琼，后来比尔变好了，然后约翰变坏了。

结构不同，但有着相同的内容。不过，仍有很多叙事之特征，既未由结构成分描述出，也未由逻辑成分描述出。特别是，两者均不能告诉我们 95
关于叙事中的叙述过程（narrating）的任何信息，且两者均不能使我们

在其叙述过程方面比较它们。[11]

## 叙述成分

我已指出，事件可以按其出现的顺序讲述，也可按照另外的顺序讲述。例如

（44）约翰很快乐，后来，约翰遇上了玛丽，然后，作为结果，他非常不快乐。

和

（45）约翰遇上了玛丽，然后，作为结果，他很不快乐。在约翰遇上玛丽之前，他是很快乐的。

我也已指出，对一系列事件的讲述，可以在这些事件之后，也可以在之前，或与之同时：

（46）约翰当时在沿街行走，他遇见了琼。

（47）约翰将要沿街行走，他将遇见琼。

（48）约翰现在正沿街行走，他看见了琼。

另外，同一事件（或一系列事件）可以被数次提及，例如

（49）玛丽很善良：她帮助了穷人。玛丽很善良：她照顾了病人。

另一方面，特定叙事可以不明确陈述。我可以不写

（50）约翰很富，后来股市大跌，然后约翰变穷。

而代之以只是写作

（51）约翰很富，后来股市大跌。

尽管

（52）约翰变穷。

96 没有明确陈述出来，以及尽管在（51）中没有任何事件（组）将它逻辑地限定——毕竟（51）本来可以续之以“但约翰仍然很富……”，（52）却无疑是（51）的貌似有理的结果。[12]需要注意，叙事中的任何事件都可以删除（都可以说已被删除），当且仅当满足下列条件：（a）它不与

另一事件（之部分）相同；（b）它不被另一个事件所预设（如“约翰不在房间里了”就被“约翰进了房间”所预设）；（c）它不与暗示了它的第一个事件同时（如“约翰是欧洲人”就被“约翰是法国人”所暗示）；（d）在考察叙事（及其语境）中之剩余部分的基础上，它可以被恢复。这样，在

（53）约翰很好看，后来他吃肉，然后他吃鱼，然后，作为结果，他很难看。

中，

（54）他吃鱼。

就不能被删除，因为它将不会被恢复。同样，在

（55）约翰很快乐，然后他吃鱼，然后，作为结果，他变得很富。

中，

（56）他变得很富。

不能被删除，因为

（57）约翰很快乐，然后他吃鱼。

中没有什么能使我们说约翰吃鱼导致了他变富。当然，如果给定一个（文化）语境，在这一语境中，“吃鱼通常导致富有”是众所周知的事实，那么，对于熟知这一语境的人来说，（56）完全可以不必明确陈述就能恢复。事实上，在很多叙事中，大量的事件被删除了，因为它们可以由语境得以重构。甚至有一些（非凡的）叙事，其中只表述了一个事件：

（58）杰拉德·福特是水门阴谋的领导者之一！

它完全可以作为一个叙事发挥作用，如果像下面的重构——提供新的信息——是可能的：

（59）多数人认为杰拉德·福特把法律置于自我之上，后来有些人发现他是水门阴谋的领导者之一，然后，作为结果，多数人认为杰拉 97
德·福特把自己凌驾于法律之上。

最后，也是更一般地说，我已指出，叙事不仅由被叙构成，而且由叙述过程（narrating）构成，诸如视点、“我”信号或“你”信号这样

的特征也影响其形式与功能（functioning）。

## 单一转换

为了说明叙述过程（narrating），有必要提出一套新的规则以建立我所谓的叙述成分（narrating component）。这套规则将是转换性的，它将允许我们用特定的符串或转换来完成某种改变，前提是这些符串或转换具有某种结构。请注意，综合转换在两条符串上运行，新规则却只在一条符串上运行，而且是单一转换。

单一转换的第一部分是结构分析，它明确规则所适用的符串之种类（就其结构而言）。例如，一个规则可以适用于如下所分析的任何符串：

e act ＋ $CF_t$＋ e act

规则的第二部分通过指出结构分析中的要素数目，来明确结构的改变。给定上述 SA，1、2 和 3 分别指出 e act、$CF_t$和 e act ，那么结构变化为

SC：1—2—3→3—before 3—1 ①

像在综合转换中一样，结构分析可以包含像 X 或 Y 这样的符号，代表任意一组要素。此外，除了那些结构分析中已经明确的以外，有时还有必要描述必须满足的特定条件。

对于像（45）这样的一个故事，如果我们在其结构衍生物中将下列单一转换（$ST_1$）运用于 0 特定的符串，那么，被叙与叙述（narrating）二者的顺序之不同就可以得到说明：

98 SA：X—Str ep—$CF_t$—Str ep—Y

SC：1—2—3—4—5→1—4—BEFORE 4—2—5

（此处 Str ep 是任意结合起来的插曲和/或叙事性插曲的任一符串；1 和 5 为空）

该规则显示，一条结合起来的插曲和/或叙述性插曲的符串，可以出现于另一条结合起来的插曲或叙事性的符串之后，尽管第一条符串在时间上先于第二条，条件是没有任何插曲或叙事性插曲先于第一条符串或后

① before，介词，在……之前。

于第二条符串，而且引入常项 BEFORE 以指示诸要素的原始顺序。

同样，如果我们分别将 $ST_2$、$ST_3$ 和 $ST_4$ 运用于其派生结构中的一条特定符串，那么（46）中的事前叙述（anterior narration）、（47）中的事后叙述（posterior narration）、（48）中同时叙述（simultaneous narration）这一事实也将得到说明：

$ST_2$：SA：X—Str ev—Y

SC：1—2—3→1—2—POST—3

（此处 Str ev 是任一条事件组合的符串；1 和 3 可能为空）

$ST_3$：SA：X—Str ev—Y

SC：1—2—3→1—2—ANT—3

（此处 Str ev 是任一条事件组合的符串；1 和 3 可能为空）

$ST_4$：SA：X—Str ev—Y

SC：1—2—3→1—2—SIM—3

（此处 Str ev 是任一条事件组合的符串；1 和 3 可能为空）

该规则显示，一个叙述（narration）可以后于、先于或同时于任何事件组合的符串，条件是引入常项 POST、ANT 或 SIM 以指示这一事实。[13]

另外，（49）中对玛丽的善良的多重提及可以运用 $ST_5$ 加以说明：

SA：X—Str ev—Y

SC：1—2—3→1—2—3 REP 2

（此处 Str ev 是任一条事件组合之连串；1 和 3 可能为空）

$ST_5$ 显示一系列事件组合可以被讲述不止一次，条件是引入常项 REP 99
（repetition）以指示这一重复。

另一方面，

（60）彼得变得富有。

被从

（61）彼得很穷，后来他继承了巨额财产，然后，作为结果，彼得变得富有。

中删除，这可以运用 $ST_6$ 加以说明：

SA：X—CCL—Ne stat—Y

SC：1—2—3—4→1—$2_0$—$3_0$—4

（此处 2 和 3 是从符串中恢复的；下标的 0 指示其所属的任意一个因素在叙事中未被明确陈述）

当然，将其他的单一转换运用于各种各样众所周知的符串，将会说明叙述的其他特征（视点、前景化、叙述者介入、受述者信号等等）。另外，尽管在上例中我仅指出在一些叙事中叙述过程的某些特征可以由一个转换规则的单一运用加以说明，但还是有很多这样的情况：叙述只有通过一个单一转换的重复运用或通过运用不止一个这样的规则，才能加以说明。这样，单一转换必须以这样的方式运行：它们可以运用于已经由叙述成分转换过了的符串；而且，单一转换的产物应该能够经受进一步的改变。如下例：

（62）约翰在他的地里发现了油，然后，作为结果，他变得十分富有。在约翰发现油之前，他很贫穷。

100 假设这一结构成分已经产生了其结构的一个衍生物，其命题内容被嵌入。其叙述将通过以下方式得以（部分地）说明：(a) 运用 $ST_1$；(b) 将 $ST_2$ 运用于由此获得的转换。最后，需要注意，像结构成分的规则一样，单一转换在数量上是有限的，而且可能不得不是（部分地）顺序化的。但在此处，在我们制订出更完善的语法之前，还不可能确定它必须遵循何种语法。

语法的叙述成分使我们能够在其叙述过程（narrating）方面比较任意两个叙事（或叙事片段）。因此，它使我们能够指出（62）和

（63）约翰很穷，后来他在他的地里发现了油，然后，作为结果，他变得很富有。

有着相同的结构和命题内容，但却有着不同的叙述；或者

（64）他去了剧场然后他去了电影院。

与

（65）他要去剧场然后他要去电影院。

有着相同的结构和不同的内容；或者

（66）玛丽吃了饭然后她出去。

与

（67）琼洗了个澡，然后，作为结果，她感觉很舒服。

有相同的叙述过程与不同的结构和内容。

## 表达成分

迄今我所描述的三种成分还不能产生出一个特定叙事；它们只能产生出叙事的结构、内容和叙述这三个维度。为了获得叙事，还必须有一个表达成分。这一成分将等同于某种特定语言——比如说，书面英语，或者毋宁说，等同于它的语法，它使我们能够以那种语言改写其他成分所提供的信息。换句话说，如果我们把后者的特定产物看作一组指示，表达成分用书面英语实现了这些指示。如果任意两组之间有任何区别，就会产生出两个不同的叙事。[14]

例如，假设结构成分已经产生出有下列终极符串（terminal string）的一个衍生物：

$\text{Nprop stat} + \text{LT}_t + \text{prop act} + \text{LT}_t + \text{LT}_c + \text{Nprop stat}_{mod}$ 101

再假设该符串之命题内容是：

（68）“约翰很快乐”“后来”“约翰遇见玛丽”“然后”“作为结果”“约翰不快乐”。

最后，再假设一个单一转换 $ST_2$ 已在所讲述事件的符串上进行。那么表达成分将产生出

（69）约翰很快乐，后来约翰遇见了玛丽，然后，作为结果，约翰不快乐。

另一方面，假设命题内容为

（70）“约翰感觉很不舒服”“后来”“约翰洗了个澡”“然后”“作为

结果”“约翰感觉健康”。

并假设转换 $ST_1$ 与 $ST_2$ 已进行，那么，表达成分将产生出

（71）约翰洗了个澡，然后，作为结果，约翰感觉健康。在洗澡之前，约翰感觉不舒服。

我所提出的叙事语法由四个主要成分构成：一是说明所有叙事结构且仅仅是叙事结构的一个有限组的改写规则与综合转换；二是说明任何叙事之命题内容的一个成分；三是说明叙述（narrating）的一个有限组的单一转换；四是能够把其他成分的指示翻译为书面英语（之类的表意系统）的一个成分。

事实上，很显然这个语法需要更加精密的推敲，而其最终建构不是指日可待的。尤其是，为能充分运转，逻辑成分与表达成分依赖于一个适当的语义学理论和一部适当的英语语法，而这两者目前都不敷应用。[15]不过，说实话，这个语法能够为任何叙事分配一个结构描述，能够获得叙事的许多重要特征，能够在一定程度上描绘命题内容的本质和它变化的方式，还能够使任何两个叙事能够进行（有限的）比较。事实上，这一语法不仅是一个比较适合的描述与解释的手段，而且是一个有
102 启发性的手段，它使我们能够追问关于叙事的界定明晰的问题，而且也可以帮助我们回答它们：民间故事之结构是否与更“不落俗套”的故事之结构有显著区别？就结构和叙述而言，特定社会偏爱哪一种故事？为什么有一些根据此语法，理论上是可能的一些结构，事实上（即使有的话）却很少碰到？一个孩子，在叙述能力发展过程中会经历哪几个阶段？精神失常的孩子或成人是否始终偏爱正常孩子和成人所不偏爱的某些模式？因此，该语法不仅可以加深我们对叙事的理解，也加深了我们对人的理解。

当然，即使这一语法被完善地制定出来，它也不能告诉我们关于诸如叙事的人物、主题、意义等重要方面的且我们想知道的所有（或者某些、任何）事情。尽管它能指示叙事中的人物可能是谁——我们只需孤立出一个具有共同逻辑的参与者并包含“＋人”这一特征的多组命题，而且尽管它能产生出关于这些组命题之构成的信息，它却不能提供关于

它们被认为具有的言外之意或者它们被视为充当的角色（发送者还是接受者？帮助者还是反对者？报信者还是包庇者?）之信息。同样，尽管它能指示某种语义学特征（组）比其他特征（组）更有优势，它却无法明确它们被认为阐明的总体思想和意识。最后，它不能描述叙事的意旨，因为该意旨依赖于“叙事被接受”所处的语境（在特定环境中无意义的，在另外的环境中可能极为重要；在一种情况下具有某种特定意义的，可能在其他情况下具有完全不同的意义）。换言之，像主题、象征或意义这些方面不是叙事语法的范围。因为它们应当至少部分地在接受者意义上得到解释，而这就是阅读理论的范畴了。

# 第四章　阅读叙事

103　近年来，一般文学研究尤其是叙事研究正在经历从关注作者或文本向关注读者的转变。例如：文学研究者不再建立给定文本就其作者意图而言或就一套文本模式而言的意义，而是越来越经常地聚焦于以期待与解释的惯例为武装的读者是如何建构一个文本并赋予它意义的。理想读者（ideal readers）、虚拟读者（virtual readers）、隐含读者（implied readers）、知识读者（informed readers）、胜任读者（competent readers）、经验化读者（experienced readers）、超级读者（super readers）、主要读者（archreaders）、平均读者（average readers）以及普通读者（plain old readers）现在大量存在于文学批评中，我们似乎进入了这样一个时代：作家、写作过程和作品的重要性低于读物、阅读过程和读者的重要性。[1]

但是，何谓读者，何谓阅读？极一般地说，阅读可被定义为这样的一种行为：该行为以一个文本（一套可视化表现的语言符号，意义可从这套符号中提取出来）、一个读者（一个能够从那套符号中提取出意义的行动者）以及文本与读者的互动为前提，使得后者至少能够正确地回答关于前者的意义的某些问题。事实上，阅读一部文本可以说约莫相当于通过提出关于文本的问题并在文本基础上回答它们，来逐渐地处理文本数据的过程。

需要注意，根据这一定义，阅读一部文本（reading a text）和一部文本的一次阅读（a reading of a text）不应该等同：后者可能存在于（的确常常存在于）对在前者的过程中得出的答案之选择、发展与重新排序。同样，阅读一部文本并对之作出反应未必完全达成同样的事情。 104
给定一个潜文本如

（1）约翰是吉姆的哥哥。

我可以想象关于约翰和吉姆的一切方面的特点——他们都很高，肤色黝黑而英俊，他们都喜欢玩牌，他们都擅长运动，然后可以相应地作出反应。然而，想象（和反应）并不是我阅读（1）的组成部分——它并不涉及任何的意义提取，即便它可能出现于我在阅读（1）之时，甚至即便它可能引起我关于文本其余部分的一些问题和我想出的一些答案。

此外，显然不是任何一套可视化表现的语言符号都能被阅读：例如一系列随意选出撒到一页纸上的字母这样一些符号就不构成一个文本。从它们当中提取不出任何意义，它们也没有意义，最多是在意义和无意义之间画上了一些界限。同样，很显然，为了成为一名读者，仅仅辨认出作为语言的可视化表现符号是不够的。辨别一系列作为特定（对应于特定发音的）符号的字母，和从它们当中抽取出意义不是一回事，除非开玩笑，我不会说，我读德语（或罗马尼亚语，或俄语）读得很好，但我不懂它。另外，我读一个文本意味着我从中抽取出的意义至少部分地以它为条件。给定

（2）约翰很快乐。

与

（3）约翰很老。

对我来说很难把它们分别读成下列意义：

（4）约翰不快乐。

与

（5）约翰很年轻。

换句话说，我为问题想出的答案不能与文本相矛盾。最后，阅读一个文本意味着提出的问题是适切的。适切性（relevance）这一概念需要比此处我所给予的更多的关注。我将简单地指出，如果问题的可能答案是适
105 切的，也就是说，如果说可能答案承载着关于文本所发展出的话题的新旧信息，问题就是适切的。有些问题不适切，因为它们与意义提取没有关系。追问《太阳照常升起》第1页中有多少个辅音将不会对阅读理解那一页有什么帮助；另一些问题，像下面的仿拟谜语所显示的，也不适切，因为它们不能在文本基础上予以回答：

（6）第三层甲板长600英尺①，宽200英尺。请问船长多大岁数？

还有一些问题不适切是因为我们已经知道答案。当然，阅读一个文本绝不意味着提出所有适切的问题给出所有可能的答案。事实上，它倒经常意味着相反的情况。一组适切的问题（及答案）经常是一个很大的问题，在我阅读时（为了保持阅读），我必须选择特定问题而不选择其他的。同样当然地，学习如何阅读，也就是——除了其他——学习怎样提出越来越适切的问题。创造性读者不仅是善于为老问题提供新答案的读者，而且是善于想出新的问题的读者。

## 书面叙事的符码

适切的问题可能关乎组成一个（叙事）文本的符号之外延意义、它们的内涵意义、它们的主题或象征意义、它们的功能意义、它们对其他文本或非文本世界的重要性，以及在作出的各种回答之间可能建立的联系。现在，很显然，为了阅读和理解一个叙事，为了提出问题并回答之，我们必须知道更多关于它的建构所用的符码的知识。例如，如果完全不懂英文，我们就不能阅读一部英文小说。因此，在一定程度上，任
106 何书面叙事的符码在本质上都是语言的。然而，它不是铁板一块。它融

① 1英尺约等于0.3048米。

合、联结和指令一套符码或亚符码，多套规范、约束和规划，叙事依赖这些才（多多少少）是可解释和可理解的。例如，假定一个故事中出现下列句子：

（7）他从左到右摇了几下头。

为了解释它，为了回答像

（8）他摇头有什么含义？

这样的问题，我只懂英语（英语组成的符号）是不够的，我还必须要知道句子所叙述的行为之意义。依据一些文化符码，这一行为暗含着断言或认可；依据其他文化符码，它则暗含着反驳、否定或不认可。因此我的理解依赖于我用以建构故事的文化符码，根据这一符码，一套句子所叙述出的行为、事件与状态意味着一个特定文化语境中的某些东西。

但不仅如此。很多的（如果不说是所有的）叙事，都可以看作从一个或几个问题或秘密（为什么那个年轻人被杀？凶手是谁？他是怎样被抓住的？）导向其答案或解决（年轻人是为钱被杀；凶手是他最好的朋友；他被用一个高明的计谋抓获）。同样，许多叙事表现的状态与行动，我们可以分为有特定命名的几组，因为我们知道此类状态与行动怎样结合产生出更大的状态与行动。事实上，就如我已指示的，部分地正是这一点，使我们能够概括一个特定的小说或故事。另外，很多叙事包含各种各样起象征作用的因素（我们把它们视为其自身，又视为其所代表的更宏大、更一般和/或更重要的某物）：给定适当语境，那么如对从法国到阿尔及利亚的旅程之讲述可能也是对精神探求之讲述（《违背道德的人》），对一座花园的描绘唤起伊甸园的联想（《老实人》[①]），提到雪可能指的是拯救（《堕落》）。罗兰·巴特因此理论化地指出，每当我们阅读一个叙事，我们都是依据若干符码或亚符码来组织它、解释它。意素 *107*
符码（linguistic code）[②] 和文化符码（cultural code）是当然的；但还

① 《老实人》（*Candide*），也译《赣第德》，法国哲学家、文学家伏尔泰（Voltaire，1694—1778）的小说，1759年出版。

② 从屠友祥译法，见［法］巴特：《S/Z》，81页，上海，上海人民出版社，2000。也有人称为“内涵语码”（connotation code）。

有阐释符码（hermeneutic code）①，就它而言，给定文本的特定部分作为待解的谜团发挥作用，而其他一些部分则作为对这个谜团的解决，或解决的开端，或失败的解决；情节符码（proairetic code）②，赖此我们能够把特定叙事情节纳入一个序列，而把其他特定情节纳入另一个序列，等等；象征符码（symbolic code），我们通过它理解各种段落的象征维度，等等。[2]书面叙事的符码就是所有这些符码的组合。

需要注意，关于意素符码的性质与功能我们知道很多——尽管绝不是全部，但关于构成叙事的其他符码或亚符码我们却所知甚少。

比如下面这个例子：

(9) 9点了。女郎站在第17大道一个黑暗污秽的街角。9点10分，天开始下雪。但女郎一动不动。她是一个间谍，她必须要在9点20分见到她的老板。她已决定要杀了他，因为她恨他，但她不知道如何做，她很紧张。9点20分，老板出现了。雪已停了。她掏出枪，杀死了他。

对这一叙事信息的很多接受者来说，第二句无疑会引发某些问题（女郎是谁？她站在黑暗污秽的街角干什么？）；第四句功能类似（下雪了，为什么她一动不动？）；第五句为提出的问题提供了一个答案；第六句会引发新的问题（她能杀了他吗？她将怎么去做？）；最后一句回答了这些问题。但第一、三、七、八句丝毫不构成、也不暗含谜团或谜团的解决。[3]一些特定段落作为阐释符码起作用，而另一些则不是这样了，为什么呢？我们最多只能提供一种轮廓性的解答。一个段落，如果它暗示或断言有一个秘密待解，如果它说明了这个秘密，如果它宣称了一种（可能的）解决方法，如果它构成了那一解决，促成了它或意味着对解决的障碍，它就能起到阐释的作用。换言之，一个段落，如果它引发关
108 于某人或某物的身份的提向（他是谁？它是什么？），例如通过一个指涉不明的用语，引发关于某人或某物的状态的提问（它什么样？），例如通过暗示某种情况不正常并需要一个解释，引发关于一个行动或状态的结

---

① 也译为“疑问语码”。

② 屠友祥译为“布局符码”，其中含有“情节符码”和“动作符码”。见屠友祥译，[法]巴特：《S/Z》，78～87页，上海，上海人民出版社，2000。

果以及这一结果的招致方式的提问（它会怎么结局？如何到达这样的结局?)，或如果它为这些问题提供（部分的和/或可能的）答案，它就能阐释性地起作用。

关于特定叙事在情节符码、文化符码或象征符码等方面的组织的问题，同样难以解答。例如，为什么某些特定叙事段落被看做情节符码而另外一些不是？我将同样只提供一个笼统回答：如果在被叙之世界中事件只是引入一个初始情境（的必不可少的要素）以供改变，或者如果它们构成了改变（被改变）初始情境的行动（这些行动可以结合成更大的行动)，或者如果他们是这类行动的原因或结果或与它们有任何方式的相关性，或者如果它们构成初步解决之最终状态（的必不可少的因素)，它们就能起到（部分）情节单位的作用。[4]

叙事符码的高度复杂性部分地解释了对于特定文本的反应与解释的多样性。在任何叙事交流中，居于中间的不是作为整体的叙事符码——不管它如何，而是发送者与接受者，从符码中吸取了什么以及（特别是）他们双方各自从自己存储中选择出什么来为信息编码和解码。这些符码子集有或多或少的共性，但未必是相同的。[5]给定一个叙事信息，发送者对它向接受者所说的话，对它承载给接受者的、对它所揭示和泄露的，并不总是全部知悉，反之，对于没说的、没承载的、没揭示和泄露的，也是如此。因此两个人——或同一个人在两种不同情况下——可以迥异地解释那个信息。尽管他们都认为各种各样的段落构成了谜团，但那些段落可能是不同的；而且，尽管他们可能将一些特定事件纳入同样的序列并给予这个序列以同样的名字，但它们又可能将其他一些事件纳入完全不同的序列或用不同的名字称呼同一个序列（正如我所指出的，我们不会用完全相同的方式概括一条故事线)；尽管有时候他们可能理解到同样的主题或象征维度，但另一些时候他们又可能对所涉及的主题或象征有极为不同的意见。另外，他们当中的一方可能将某给定信息看作（比如）情节符码，而另一方则将它看作阐释符码。如下面这个信息： 109

(10) 约翰走进一家小咖啡店，要过电话，拨了一个号码，简短聊了几句，挂上电话就离开了。

可以被看作一个“打电话”序列，或可以导致下述提问：

（11）约翰给谁打电话？

（12）为什么他在咖啡店打电话？

（13）他和谁说话？

等等。[6]

## 最大阅读、最小阅读及具有叙事适切性的问题

阅读过程中可以提出的具有适切性的问题（relevant questions），在种类和数目上显然是多种多样的，至少在一些文本中是无限的。例如给定以下出自佩罗的《小红帽》中的一段：

（14）“小红帽马上动身到她外婆那里去，她外婆住在另一个村子里。穿过一片树林时她遇上了狼兄，他很想吃她；但他不敢吃，因为森林里有很多伐木工人。他问她要到哪里去。可怜的孩子，不知道停下来听一只狼说话是危险的，就告诉他：‘我要去看我的外婆，带给她一个烤蛋糕和一小罐奶油，那是我妈妈送给她的……’”

我可以问如下问题：

（15）小红帽要去哪里？

（16）她为什么去？

（17）为什么狼没有吃她？

110 （18）他得到另外的机会了吗？

（19）他得逞了吗？

（20）可怜的孩子不知道什么？

（21）烤蛋糕是什么？

（22）它有什么特别的内涵吗？

（23）“狼兄”这一名称有什么内涵？

（24）“小红帽”这一名称有什么内涵？

(25)“狼兄”的欲望可以被理解为性吗?

(26) 孩子的外婆保护她了吗?

(27) 外婆叫什么名字?

等等。自然，即便所有问题在我阅读过程中都有一定的相关性，我也不可能给出所有的答案，例如(27)就将永远无法回答。

由以上观之，确定什么是最大的阅读是不容易的：我们只能确定地说，因为我过去已指示的一些原因，它并不总是存在于提出所有相关性问题并提供出所有的正确答案之中。[7]谈及对特定叙事的总体阅读(total reading，作为完成的产物而不是进行过程)也不总是有很大意义，因为关乎文本意义的相关问题与答案可以是无穷无尽的。另一方面，确定什么是最小阅读也不容易：我们只能说，它要求理解语言的意义，或者换句话说，它要求改述与概括文本(及其组成部分)的外延意义内容的能力。

需要注意，在叙事文本的情况中，有些问题比另外一些更具有叙事适切性：它们特别地关乎叙事之典型特征而不是非叙事之典型特征。例如关于情节(plot)的问题，关于所叙述事件的编年的问题，关于发生了什么和将要发生什么的问题，都是在叙事这一意义上的适切性问题，而关于给定事件之内涵意义或象征意义的问题则不是(至少，不必然是)。事实上，叙事地读一个文本(“为了故事”而读它)，意味着提出上述所有具有叙事适切性的问题——总体上会指向情节维度和故事线的问题——并提供出答案。如果说试图最大化地阅读一个叙事涉及关于任一和所有它的意义方面的问题与答案，最小化阅读则涉及所发生事情的 111
问题与答案。例如给定《小红帽》，即便我可以搜集关于母亲与外祖母的相似性、狼的象征和主人公的恋父情结①的一大堆资料，但如果我没有同样处理狼吃了外婆、爬上她的床然后吃掉外孙女这些信息，那我就

① 恋父情结(Electra complex)，或译作“厄勒克特拉情结”，是弗洛伊德在精神分析学理论中提出的一种心理现象，指的是女儿亲父反母的情结。它源自古希腊神话中的厄勒克特拉故事。厄勒克特拉的母亲与其情人谋杀了她的父亲，她决心替父报仇，最终与兄弟一起杀死了自己的母亲。

是没有叙事地阅读它。相反，仅仅通过聚焦于事件的编年顺序并理解它，我也算已经叙事地阅读了它。

## 文本限制

有些特定的（亚）文本对提出的一些问题只容许唯一的正确答案。例如

（28）约翰 25 岁了。

这一文本，只容许是

（29）约翰多大了？

这一问题的唯一正确答案。而

（30）约翰没有兄弟姐妹。

这一文本只容许是

（31）约翰有几个兄弟姐妹？

这一问题的唯一正确答案。又如

（32）约翰很高。

这一文本只容许是

（33）约翰很矮吗？

这一问题的唯一正确答案。如果有人看到（28）、（30）与（32），却分别用以下答案回答（29）、（31）和（33）：

（34）约翰 28 岁。

（35）约翰有三个兄弟和三个姐妹。

（36）是的，约翰很矮。

那么我们可能多半不会断定他在以高质量的方式读（28）、（30）与（32），而是会断定他在误读它们，或者完全没读它们。这样在至少一定
112 程度上，像我已经暗示过的，我所读的文本起到了限制我的阅读的作用。

注意，文本可能只容许一个正确答案对应一个给定问题，但不把答

案明确给出。给定

（37）哈里比琼大 5 岁，琼 25 岁。

或

（38）所有的教授都很古怪，而玛丽是一名教授。

很显然，哈里 30 岁了，玛丽很古怪。还要注意，有时文本不仅为各种各样的问题提供答案，而且明确地提出读者本人可能以不论何种方式提出问题。例如在《追忆似水年华》中，当马塞尔品尝了浸泡在茶水中的玛德莱娜点心后，一股强烈的快感侵入他的感觉之中，有关这一奇异事件的好几个问题被提了出来："这股强烈的快感是从哪里涌出来的？我感到它同茶水和点心的滋味有关，但它又远远超出滋味，肯定同味觉的性质不一样。那么，它从何而来？又意味着什么？哪里才能领受它？"① 在《蒂博一家》② 中，叙述者发现年轻的雅克拥有对达尼埃尔·德·方丹不同寻常的权力，他写道："为什么这个有思想的大男孩不反抗小顽童的影响？他的教育和他所喜爱的自由没有给他超过雅克的长子权吗？"而在《高老头》中波阿莱的出场似乎需要说明："什么工作使他这样干瘪缩小的？什么情欲使他生满小球刺儿的脸变成了黑沉沉的猪肝色？……" ③ 事实上，至少有一部现代小说，即罗伯特·品盖特的《审讯》④，是大量地由这类明确的问题与答案构成。

如果说文本通过给予我的一些问题以毫不含糊的答案限制了我的阅读，那么它也会以各种其他方式限制它。这样，它可以或快或慢地回答我的问题（或它自己提出的问题）。在

（39）约翰变得很急切。他在努力与吉姆取得联系超过一个小时了。

中，

① 采李恒基等译文。见李恒基等译，［法］普鲁斯特：《追忆似水年华》（上），35 页，南京，译林出版社，2008。

② 《蒂博一家》（*Les Thibault*），罗歇·马丁·杜伽尔的长篇小说，创作于 1922—1940 年，1937 年作者因这部作品而获诺贝尔文学奖。

③ 采傅雷译文，见［法］巴尔扎克：《欧也妮·葛朗台 高老头》，196 页，北京，人民文学出版社，1980。

④ 《审讯》（*L'Inquisitoire*），法国小说家、剧作家罗伯特·品盖特（Robert Pinget，1919—1997）的小说，出版于 1962 年。

113 （40）为什么约翰变得急切？

马上就得到了回答；但在《追忆似水年华》中，把小说从第一页读到最后一页的读者，要等待一段漫长的时间，他的（也是马塞尔的）关于玛德莱娜小点心的问题才得到答案。事实上很多叙事可以看作一个问题及其答案之间的空间延伸，它们之展开，部分地以找到问题的答案所采用的延缓之种类为特征。[8]例如在一部经典侦探小说中，最重要的早期问题常围绕凶手的身份展开，而正确的答案通常是在其他几个假定答案被证明不正确之后才揭晓。

另外，文本还可以迫使我用大小不等的频繁程度更新我在通过对介绍性材料的阅读时搜集到的信息，这些信息使我将得出的某些答案（及我提出的某些问题）淘汰。看下例：

（41）约翰有很多朋友，但后来他犯了罪，于是他失去了所有的朋友。

（42）琼非常想去参加宴会，后来她改变了主意。

（43）吉姆23岁，他陷入了对玛丽的不顾一切的爱恋，但她甚至都不愿看他一眼。三年过去了，吉姆结束了屈辱与绝望的三年。有一天，吉姆正走在大街上，看见玛丽沮丧地坐在路边。

问题

（44）吉姆是否有很多朋友？

（45）琼想去参加宴会吗？

和

（46）吉姆多大了？

分别可以从我对（41）、（42）和（43）的阅读中的不同点上得到不同的答案。当然，在阅读叙事文本时信息的更新尤为重要，因为其时间维度的改变经常意味着所表现的环境与人物有很多的变化。

需要注意，有时，文本提供的毫不含糊的答案在后面却被改变，因
114 为它成为了错误的。例如假定信息由一位叙述者提供，他开始撒了谎，后来又决定讲出真相，或由一个认为自己理解了某些情况的人提供，后来他发现自己并不理解。我可能被告知约翰23岁，然后被告知他实际是

25 岁，然后被告知他只有 16 岁，只是长相比年龄老；或者被告知玛丽爱琼，后来被告知她实际上恨她，只是很好地掩饰了她的憎恨。在这些事例中，我可能感觉我被误导了，特别是如果我认为那个改变表明叙述者的不诚实，而不是他无知的时候。当然还有另外一些阅读情况，我可能觉得被欺骗了：叙述者不是给我错误信息，他可能省略了最重要的信息；或者它可能给我太多的信息并引我离题；又或者，它可能允许我达成某一个结论，但直到后来才告诉我这些结论虽然貌似有理，其实却不正确。

另一方面，文本可能显示得特别有帮助性而不是欺骗性。它可能唤起此前我们对它曾给我们的信息的记忆，如果这一信息对于理解某些新的事物与状态是必要的。想一想这样的句子："读者还记得……"，"记住……这一点很重要"或"像我早已指出的那样……"。它可能解释新提供的资料——看上去与前面已经处理过的有冲突，但事实上绝没有与旧材料不一致。在《追忆似水年华》中，当斯万——他被描述为最温和、得体、谨慎——表现出了粗鲁行为，叙述者马上说明，这并不矛盾。毕竟，"谁没见过一点都不张扬的王室公主也会自然地运用古老的令人讨厌的语言呢?"。而在《乡村牧师日记》[1] 中，当不会处理人际关系的主人公突然在与伯爵夫人的冲突中占了上风，其中也并无矛盾：文本明确显示了上帝站在他这边。通过元叙事信号（metanarrative signs）的运用，文本也能为我们概括一个较长系列的事件，或给我们关于一个复杂议题的要点，或指明各种各样的行动的相对重要性，或揭示不同的 115
情境的象征内涵。事实上，一个文本可以恰当地评论其组成部分的任意方面，并部分地为读者做他该做的工作。

## 元叙事信号

当一个话语的主题是语言，有时我们就说该话语是元语言（metal-

---

① 《乡村牧师日记》(*Journal d'un curé de campagne*)，法国作家贝尔纳诺斯（Georges Bernanos，1888—1948）的小说，1936 年出版。

inguistic）。同样，当一个话语的主题是叙事，我们就可以说该话语是元叙事（metanarrative）。根据对该术语的这一极为笼统的界定，有很多种话语都是元叙事，例如：一篇关于叙述之本体论的哲学论文，一部关于俄罗斯长篇小说或其当前研究的历史。显然，文字叙述本身就可能是元叙事：一个特定故事可能会提及其他一些故事；它会对叙述者或受述者予以评价；或者它可以讨论叙述行为本身。同样显而易见的是，一个特定叙事可以提到它本身，也可以提到组成它的与传达它的那些因素。比如下面的例子：

（47）“在这整个事件中，读者能够注意到，有一个人物尽管处境不妙，大家却对他并不关心。这个人物就是博纳希厄先生，政治阴谋和爱情密谋的可敬的受害者。在那个富有骑士精神，同时又充满了风流韵事的时代里，政治阴谋和爱情密谋总是错综复杂地相互交织在一起。幸好，读者记得也罢，不记得也罢，我们曾经答应过不把他忘掉。”（《三个火枪手》）①

（48）“也许我应该删去前面那一章。原因除了别的，还因为，在最后那几行里，有一些可能被理解为是我的错误。”（《一个小赢家的祭悼文》②）

（49）“尊敬的读者，我这里已经把十六年零七个多月以来的旅行经
116 历老老实实地讲给你听了。我着重叙述的是事实，并不十分讲究文采修饰。我也许可以像别人一样述说一些荒诞不经的故事使你惊奇，但我宁愿使用最简朴的文笔和文体把平凡的事实叙述出来，因为我写这本书主要是向你们报导而不是供你消遣。”（《格列佛游记》）③

叙事中的这些自涉性（self-referential）特点近来吸引了很多注意，一

---

① 采郝运、王振孙译文，见［法］大仲马：《三个火枪手》，129～131页，上海，上海译文出版社，1995。

② 《一个小赢家的祭悼文》（*Epitaph of a Small Winner*），巴西作家马查多·德·阿西斯（Machado De Assis，1839—1908）的小说。

③ 《格列佛游记》（*Gulliver's Travels*），英国作家乔纳森·斯威夫特（Jonathan Swift，1667—1745）的小说，1726年出版。采张健译文，见［英］斯威夫特：《格列佛游记》，265～266页，北京，人民文学出版社，1962。

些理论家已经成功地指出许多叙事根本上讨论了其自身，实际上构成了元叙事。[9]

对于元叙事这一术语，还有另外一种可能性的界定。这是一种更加严谨，而且也许是更有意义的界定。在一篇关于语言与诗学的著名论文中，罗曼·雅各布逊①对于任意文字交流行为中的组成要素进行了巡礼式考察：

> 发话人（addresser）发送一个信息给受话人（addressee）。为了有效，信息需要指涉到一个语境（context）[用另一个稍模糊的术语叫“指示对象”（referent）]，它能够为受话人所捕捉，它是言语的，或者是能够被言语化的；需要一个符码（code），它完全地或至少是部分地为发话人与受话人（或换言之，为信息的编码者与解码者）所共享；最后，它还需要一个交际（contact），即发话人与受话人之间的物理通道与心理联系，它使双方都能进入交流并保持交流。[10]

这些要素中的每一个，都对应于语言的一个不同功能。如果一个言语行为主要被定向于指示对象或语境，像在

(50) 约翰英俊又聪明。

中，它就具有基本的指示（referential）功能。如果它聚焦于发话人并表达它对自己所说的话的态度，像在

(51) 我讨厌谈论它。

中，它就具有情感（emotive）功能。如果它集中于受话人，像在

(52) 喂，你！好好听着！

中，它就具有意动（conative）功能。一个言语行为也可以以交际为首要目标。例如它可被用于检查通道是否工作或建立和延续交流，如

(53) 喂！你能听见我说话吗？

(54) 你明白我的意思了吗？ *117*

---

① 罗曼·雅各布逊（Roman Jakobson，1896—1982），俄罗斯语言学家、符号学家，布拉格学派创始人。

在这种情况下，它主要有一种应酬（phatic）功能。它也可以为了信息自身的目的而聚焦于信息，并把我们的注意力引到其发音方法、措词、语法、结构等方面，如在

（55）彼得·皮珀挑了一堆腌辣椒。①

中，它在此履行的是一种所谓的诗学（poetic）功能。最后，它还可以被定向于符码并传达关于它的信息，如在

（56）“flicks”是“电影”的意思。

中，这里它履行的是元语言（metalinguistic）功能。[11]

像任何言语行为一样，事实上也是和所有的意义阐述过程一样，对任何叙事都可以用同样的要素加以描述。这样，如果叙事的特定部分关乎叙述者及其对他所叙述之事的态度［“我们这样说可没错，不过这种初次的狂欢很快就受到了干扰”（《巴黎圣母院》）②］，我们就可以说它们具有某种情感功能；如果它们集中于受述者［“读者想必已经仔细欣赏过伦勃朗的作品了”（《巴黎圣母院》］，我们就可以说它们具有某种应酬功能；如果它们被聚焦于叙事的符码，我们就可以说它们首先履行的是元语言功能。换个说法，一个给定叙事的元叙事成分并不是由任一或所有指涉那一叙事或其组成部分的段落构成，也不应该把它们与自指涉成分混淆。毋宁说，它是由那些明确指涉其符码、我称之为“元叙事信号”（metanarrative signs）的段落构成的。

让我们通过模仿“元语言信号”的定义来更精确地界定“元叙事信号”。看下面由语言信号构成的陈述：

（57）破坏是可怕的。

（58）“破坏”是可怕的。

（59）谋杀是不好的。

（60）“谋杀”③ 是一个现在分词。

---

① 原文为 Peter Pipers picked a peck of pickled peppers，系所有实词都由同一个辅音打头的绕口令。

② 出自原作第一卷第二章。采陈敬容译文，见［法］雨果：《巴黎圣母院》，27 页，北京，人民文学出版社，1982。

③ 原文为“Killing”。

(61) 新生总是友善的。

(62)“新生”的意思是一年级学生。

(57)、(59)和(61)告诉我们一些关于世界(某一特定世界)的信息。特别是，破坏、谋杀和新生都派定了那个世界的一定对象或行为。像基 118
于它们的那些谓词一样，它们向我们提到那个世界。相反，(58)、(60)和(62)没有告诉我们多少关于那个世界的信息，毋宁说，它们告诉我们的是关于词语、关于语言中的信号的信息。特别是，“破坏”、“谋杀”和“新生”没有派定词语“破坏”、词语“谋杀”和词语“新生”这三个词语之外的任何别的什么，而基于它们的那些谓词，仅仅向我们提及作为词语的这些词语，作为信号的这些信号。(58)、(60)和(62)都是元语言陈述，其中的谓语是元语言信号。换句话说，一个信号，当它基于一个被视为语言符码之要素的语言单位时，它就是元语言信号。[12]

在一个给定叙事中，有很多因素——很多系列的信号——告诉我们关于某个特定世界的信息。但也可能有一些因素明确评论到叙事中的这一因素或另一个这样的要素 x，并为诸如“x 在叙事赖以发展的(亚)符码中有何意义”或在“该(亚)符码中 x 被用作什么”又或者“x 在该(亚)符码中是如何发挥功能，以便叙事依赖于它才能够被阅读”之类的问题提供答案。这些评论性要素中每一个都构成一个元叙事信号：每一个都是基于一个被视为叙事符码之要素的叙事单位的信号。[13]

请注意，根据这一界定，像

(63) 莎丽，过去一直是兴高采烈的，现在却终日哭泣。

这样的叙事段落就不包含任何元叙事信号(尽管它也可能暗示了有一个秘密待解，并导致“莎丽怎么会终日哭泣”之类的问题)。相反，

(64) 莎丽，过去一直是兴高采烈的，现在却终日哭泣。这是个谜。

却包含了元叙事信号：“这是个谜”明确告诉我们，莎丽的行为是建构该叙事的阐释符码中的一个单位，并告诉我们，它必须被视为一个谜。

另外还要注意，叙事中可能有些段落给我们展示的是关于被叙世界 119

中的惯例的信息，而不是元叙事。例如，

(65)“一想到延续——尘世的不朽，我们便对自己的肖像产生了如此神秘的兴趣。瓦尔特与埃莉诺当然抱有同感。他俩急忙赶到画家的住处。”(《会预言的肖像》①)

(66)“泼奥德的行为仿佛是表示他对里凯特负有永久的义务……到处都是如此，不想尽力向你隐瞒你是一个傻瓜的人……在你陷入病痛或其他麻烦时总是从你的利益出发去做事情。”(《幽灵“人力车”》②)

(67) 公寓居民总是恨邻居，因此约翰恨彼得。

告诉我们的是支配特定世界的一定规律，并说明对于这些规律的感觉与态度；但（65）～（67）中并没有哪一部分是基于一个被视为仅仅是符码之一个要素的叙事单位。它们没有回答下面这样的问题：

(68) 在建构叙事的（意素、情节、阐释）符码中，单位 x 的意义是什么？

或

(69) 在建构叙事的（意素、情节、阐释）符码中，单位 x 有什么功能？

(65) ～（67）有些部分回答了像“为什么 x”这样的问题（为什么瓦尔特和埃莉诺急忙赶到画家的住处？为什么泼奥德仿佛被里凯特置于永久义务下那样行事？为什么约翰恨彼得?）。同样，就像我之前表明的那样，有各种各样的突出了被叙之组织或叙述之行为的段落，但它们并不构成元叙事信号。在

(70)“读者大概已经注意到，达尔大尼央绝不是一个普通的人。”(《三个火枪手》)③

与

① 《会预言的肖像》(“The Prophetic Pictures”)，美国小说家纳撒尼尔·霍桑（Nathaniel Hawthorne，1804—1864）的短篇小说。

② 《幽灵“人力车”》(“The Phantom Rickshaw”)，英国作家拉迪亚德·吉卜林（Rudyard Kipling，1865—1936）的短篇小说。

③ 采郝运、王振孙译文，见［法］大仲马：《三个火枪手》，46 页，上海，上海译文出版社，1995。

(71)“我们刚才说过，伽西莫多在埃及姑娘和副教主死去的那天就从教堂失踪了。”(《巴黎圣母院》)①

中，没有哪个要素能精确回答像（68）或（69）那样的问题。[14]

也要注意，有些段落含蓄或直接地指涉与评论其他段落的性质、意义与功能，所以不一定要把它们看作元叙事。毕竟，一个系统中的任何信号都可以说本身承担对于系统中其他所有信号之意义（或本质、功能）的某种隐含的评论，因为它只有在与它们的关系中才有意义，反之亦然。事实上，一个特定要素的意义能够达成，不是通过指涉符码，而是通过指涉语境，通过考察它与组成它置身其中的那一序列的其他要素之间的联系。看下面摘自《太阳照常升起》中的一例： 120

(72)“她从裙边挂着的皮兜里掏出一封电报。……‘Por ustedes?’我看了下电报。封皮上写的是：‘布尔戈特，巴恩斯收’。‘对，是给我们的。’”②

“对，是给我们的”显然是对“Por ustedes?”的回答，因此可以断言，后者的表达带有像“是给你们的吗”这样的意思。但“对，是给我们的”在意素符号中不可以替换“Por ustedes?”，因为它不是基于“Por ustedes?”的，它也不直接回答一个像“在所用的意素符码中‘Por ustedes?’的意义是什么”这样的问题。“Por ustedes?”之意义主要通过语境作用来表达的。

最后还要注意，使一个要素成为元语言的，或者更一般地说，使它成为元叙事的，不是要素的状貌，而是它与其他要素之间的关系。在

(73) 慢跑很有趣。

与

(74)“慢跑”很有趣。

中，我们发现二者有同一个谓语。但在前者中

---

① 采陈敬容译文，见［法］雨果：《巴黎圣母院》，572页，北京，人民文学出版社，1982。

② 采赵静男译文。见［美］海明威：《太阳照常升起》，140～141页，上海，上海译文出版社，1984。“Por ustedes?”为西班牙文，意为“是给你们的吗?”。

（75）很有趣

是一个特定世界中的一个特定事件的谓语，它给我们指点那一世界；而在后者即（75）中，它是一个语言信号的谓语，因此，它在此处是元语
121 言。同样道理，完全相似的多组要素，在不同的叙事段落中可能发挥不同的功能。给定

（76）约翰很英俊，他已成年。

与

（77）约翰拥有自己的房子，这意味着他已成年。

其中

（78）他已成年

仅仅在（77）中才元叙事地（元文化地）起作用。

最明显的元叙事信号——但未必是最大量的与最重要的——也许是那些论及意素符码单位的信号。文本可能要界定一个深奥的表述，一个技术术语，一句方言土语，甚或是一个极为常用的成语。在《欧也妮·葛朗台》中，叙述者写道：

> 在安育一代，俗语所说的馅子，是指涂在面包上的东西，包括最普通的牛油到最贵族化的桃子酱。[1]

而在《高老头》中，解释了多个属于小偷的行话的术语：

> 他用的博士和老根这两句土话是贼党里极有分量的切口，他们早就懂得一个人的脑袋可有两种看法：博士是一个活人的头脑，是他的参谋，是他的思想；老根是个轻蔑的字眼，表示头颅落地之后毫无用处。[2]

叙述者还可能解释他所用词汇中的某一要素，因为他是以特殊方式来运用它的：因为害怕最亲近的家人发现自己的私人日记——因此也就发现

---

① 采傅雷译文，见［法］巴尔扎克：《欧也妮·葛朗台　高老头》，55页，北京，人民文学出版社，1980。

② 同上书，351页。据情况略有改动。

了他对圣徒的渴望，《塞利文日记》的主人公决定用“游客”（tourist）和“游客主义”（tourism）来分别代替“圣徒”（saint）和“圣徒品位”（sainthood），但他告诉了我们这一决定。有时，一个外语单词或成语被译为文本所用的语言。例如在《太阳照常升起》中，叙述者说“西班牙语 afición 的意思是‘热烈的爱好’；aficionado 是指对斗牛着迷的人”[①]。在《巴黎圣母院》中叙述者给出了散见于他的叙述中的很多意 122
大利语词的法语说法。有时，给出的是文本所用的缩略语的意义：《塞利文日记》的主人公发现“游客主义”可笑而不恰当，就选用“S.”和“St.”来代替，并在日记中有所声明。此外，在提及自己的工作时，他解释道：

> 从去年十一月开始，我在 Icpom 办公室担任广告秘书工作。这个古怪单词的意思是“消毒与氧化牛奶工业公司”。

最后，文本也可能为出现于其中的各种各样的独特名称下定义。事实上，当叙述者并不特别倾向于给出解释时，这种定义更为普遍。例如，在福楼拜的《一颗简单的心》的一些页码里，我们发现：“罗勃兰，住在热福斯的佃户……利埃巴尔，住在图克的佃户……德·格莱芒维尔侯爵，她的一位叔叔……布雷先生，前诉讼代理人……基约，在区公所当差的可怜虫……”[②] 需要注意，在

(79) 约翰起床离开了。

这样的段落中，没有元语言定义，因为谓语指涉的是叫约翰的那个人；但在

(80) 约翰，制鞋匠，起床离开了。

中，“制鞋匠”可以说具有一种元语言功能，因为它是基于“约翰”这一符号，而且指示了如

(81) 约翰是那个制鞋匠的名字。

---

① 采赵静男译文，见［美］海明威：《太阳照常升起》，145 页，上海，上海译文出版社，1984。

② 采郎维忠译文，见［法］福楼拜：《福楼拜短篇小说选》，285～286 页，长沙，湖南文艺出版社，2001。

或

（82）“约翰”指“那个制鞋匠”。

之类的信息。

在很多叙事中，还能见到各种各样的指涉到归于叙事符码之下的非语言符码的段落。在这种情况下，文本并不评论（例如）一个句子在所采用的语言系统中的意义；它告诉我们的是这一句子的所指在构成叙事的另外（一些）符码中的意义。如果我读到

（83）法布利斯一时慌张，竟说起意大利语来了：“L'ho comprato poco fa。”（“我刚刚买的”）（《巴马修道院》）[①]

123 那么，它给我的是就一个意素符码的意大利语句子的意义。但如果我读到

（84）她有一支来复枪，这意味她曾在战争中参战。

或

（85）她带一把红伞，这意味着她是共产党员。

那么在这两种情况中文本都没有回答关于语言的性质或构成文本的任何词句的含义的任何问题。毋宁说，在两个句子中，文本明确指示了在社会文化符码方面呈现对象之身份意义，换句话说，它明确回答了像

（86）她有一支属于自己的来复枪。根据相关社会的文化符码，这意味着什么？

和

（87）她带一把红伞。根据相关社会的文化符号，这意味着什么？

这样的问题。同样，在《萨拉辛》中，在对由一位漂亮的年轻女郎陪伴的丑陋的老人进行细致描绘之后，我读到

（88）“唉，这是实实在在的死亡和生命！”[②]

这里向我揭示的不是一个语言学的意义，而是这对男女在一个符号系统中的含义。给定任何叙事段落，元叙事信号能够表明其在一系列符码中

① 采郝运译文，见［法］司汤达：《巴马修道院》，58页，上海，上海译文出版社，1979。

② 采屠友祥译文，见［法］巴特：《S/Z》，352页，上海，上海人民出版社，2000。

的作用。它们也可以解释其语言的、社会文化的或符号的意义。它们能指出一定行为或事件状态代表着一个谜团或该谜团之破解：在《追忆似水年华》中玛德莱娜点心那一插曲的整个过程中，马塞尔几次突出了他的奇异感觉之神秘性质；在《重现的时光》[①] 中，大量段落都是作为对这一奥秘的权威答案而表现出来的。元叙事信号也能显示一系列事件属于同一情节序列而且它们可以为这一序列命名：想想一个叙事中那些指示一系列行为的诸多意义中的至少一个意义的章节标题；又或者，想想那些概括一系列句子或段落的“指示词＋名词”组合，如 124

(89) 约翰打了吉姆一拳，吉姆踢了约翰一脚，然后他们互掷瓶子。打斗仅仅持续了几秒钟。

简言之，元叙事信号能够例证一个叙事之构成信号的任何方面。

无论它们主要是出现于文本的主体部分中（《高老头》《欧也妮·葛朗台》）还是出现于脚注中（《动物寓言集》[②]），无论它们表面上是由叙述者还是由人物引介出来（例如在对话过程中，或者在一封由一个人物发给另一个人物的信中），也无论它们在它们所解释的信号之前（“‘恐惧’，我说，那就是 miedo 一词的含义”）还是像通常情况下那样在它之后

> [每场斗牛，我都订购六张票。其中三张是 barreras（斗牛场看台的第一排座位），紧靠斗牛场围栏的头排坐席，三张是 sobrepuertas（斗牛场看台上位于出入口上方的座位），座椅带木制靠背，位于圆形看台的半坡上（《太阳照常升起》）][③]

无论它们详尽、精确或者相反的，笼统模糊，无论它们指涉的是意素单位、阐释单位还是文化单位，也无论它们评论的是一个给定单位的形式、意义还是切当性，元叙事信号都可以履行多种功能。

---

① 《重现的时光》(*Le Temps retrouvé*) 是《追忆似水年华》的第七部（最后一部）。

② 《动物寓言集》(*Les Bestiaires*)，法国寓言诗人让·德·拉·封丹 (Jean de La Fontaine，1621—1695) 作品。因作品涉及人物故事、思想言论甚多，作者加了很多脚注。

③ 采赵静男译文，见［美］海明威：《太阳照常升起》，167 页，上海，上海译文出版社，1984。

例如，它们可以通过有规律地放缓新事件出现的步伐，从而助成叙事的节奏：显然，它们带给被叙以新信息方面，就不如对旧信息予以解释方面那样多。它们也可以发挥性格化策略的作用：一个陈述事件象征意义或解释外国风物的人物，与一个从不做出类似行为的人物有明显区别。它们也可以帮助界定一个叙述者、他的受述者及二者之间的关系。首先，叙述者的元叙事评论之数量、种类与复杂度，可能有助于使他自身成为浮夸的或沉静的，谦虚的或自负的，狡猾的或坦率的等等。其次，这类评论的出现本身，就可能构成对受述者特征的精确信息，并最终突出该叙事的一个重要维度。在《塞利文日记》中，大量的元叙事信
125 号密集散布在主人公的日记中（“巴拉提夫人、公寓管理员……梅耶先生、人事主管、阿米戈莱纳先生、副主管会计……”等等）。这表明，塞利文绝不像他再三宣称的那样只是为自己写作，他也许是在为其他的读者而写，他希望他们能理解他、同情他的困境。不然，他为什么还要解释他所完全知道的情况？这不是纯粹的个人日记，它也许是塞利文写下的一种故事，在这一故事中他可以扮演主人公角色，依赖于该故事，他日常生活中的琐事获得了重要意义。因此《塞利文日记》不仅呈现了一个现代世界不幸灵魂的历程，而且呈现了对于讲述自身与叙述一个人的生活之魔法的沉思；正是小说的元叙事成分向前推进着这一点。最后，元叙事信号倾向于揭示给定叙述者如何看待他面对的受众的知识与世故。他感觉必须要提供的元叙事解释，与他在提供这些叙事解释时所表露出来的老练程度，显示着他如何看待他的受述者，他是否尊重他们，是否对他们有好感，是否觉得自己有极大优越感。这些解释的分配，可能意味着两者之间关系的变化。例如，如果叙述者停止进行元语言的陈述，那可能是因为他理解到他的受众不需要它们。[15]

但它们最显著和最重要的功能也许在于其组织和阐释功能。毕竟，元叙事信号是对文本中各部分及潜存于其下的符码的注解。至少在一定程度上，它们提出了一套规范与限制，文本根据这些规范与限制展开自身，并产生意义；它们为它的解读提供了示范；它们提出一个解码方案。换言之，它们部分地展示了一个给定文本如何才能被理解，应该如

何理解，它期望被如何理解。正像我早已指出的那样，阅读一个叙事并理解它，暗含着在几个符码意义上组织它和阐释它。元叙事信号为我们部分地做这一工作。如果缺少了它们，就需要由我们来决定一个给定段落的各种各样的内涵、一个给定事件的象征意义、一个给定状态的阐释 126
功能，等等。元叙事信号为我们提供特定内涵；它们明确某个象征的意义；它们界定某些状态的阐释地位。这样，元叙事信号一方面帮助我们以一定方式理解一个叙事；另一方面它们（努力迫使我们）以此种方式（而不是彼种方式）来理解它。于是，它们就构成了文本对于这样一个问题的回答："我们该怎样诠释你?"

需要注意，这永远只是个不完全的回答。我们不知道有哪一种叙事能使组成它自身的那一符码完全地、绝对地明确，而且是因为一个很好的原因：一个人怎么能创造这样一种叙事——其中每一个要素或要素序列都伴随其定义，而且在各种各样的符码中发挥作用？还要注意，这不完全的回答也未必有启发性。元叙事信号可能在我们最期待它们时并不出现，或者在我们不再期待它们时反而出现；在很复杂的段落中，它们可能从不出现，相反在那些看起来没有任何特殊难度的段落中，它们却可能出现。事实上它们提供的解释可能是琐碎、多余而重复的。在这种情况下，其最终任务与其说是阐明其所评论的特定要素的意义，毋宁说是强调它们的重要性（或使其他未被注解的因素之意义最小化）。例如，在布列东的《娜底雅》[1] 中有着堪称丰富的元叙事信号。然而它们并不具有解释的特点。当叙事者写到"缠住"（haunt）一词"远比它本身的意思丰富"，当他声明对于"咒语"（incantation）一词"必须文学性地看待"，当他用了"邪恶对象"（perverse objects）这一说法并补充说必须以"我所理解的和所喜欢的方式"去解释它，他并不是真正在解释这个词、这个术语、这种说法；毋宁说，他提供了一个评论，这个评论增大（而不是缩小）了它们的费解程度。同样，当叙述者把事件确认为秘密却毫不暗示"为什么"，或者当他将一个谜团"我是谁"在另一个确

① 安德烈·布列东（André Breton，1896—1966），法国作家，超现实主义的创始人。1928 年发表的《娜底雅》（*Nadja*）是其小说代表作之一，也是超现实主义运动的经典之作。

实更为古怪的谜团“我纠缠住了谁”中加以再次阐释时，他倾向于隐藏
127 而不是凸显他的叙事运动所依据的那些各种各样的阐释性语词。最后，当他用“奇异冒险”为一个明显奇怪的事件序列命名，他最多也不过是平庸而冗繁的。布列东的元叙事干预并不增加我们对于它们所指涉的符号之理解，但它们的确吸引我们的注意力并坚持自己的符号价值——它们的符号本质。《娜底雅》中的元叙事不是使一个段落明朗化，而是增加其晦涩性。它们与其说强调了信号的意义，不如说强调了信号本身。布列东的小说，像超现实主义者眼中的生活，充满了符号象征，又像生活，表面看上去像是密码。

还要注意，元叙事信号可能间接将我们引向对于特定文本的确凿阅读。因为可能有此种情况——它不是作为恰当解码的帮助，反而是它的障碍。假如是由一个误报信息的（或意图错误的）叙述者或一个无知的人物提出，那么所提供的解释有时是不完整的——尽管是作为完全令人满意的解释给出的——并以错误途径解码。也有时，它们与其他元叙事评论相矛盾，并因此增加了破译的难度。通常它们提供完全错误的信息，如果这些错误信息被接受，就只会导致错误的结论。在这些情况下，由文本明确提出的阅读只是肤浅的阅读，我们只有通过认清它才能获得更满意的结果。

最后还要注意，如果说元叙事信号引导我们的阅读，那么它们也同样帮助我们更好地理解叙事所持的姿态——对于其自身的可交流性与易读性（legibility）的姿态，以及对于总体上的阅读行为的姿态。它们在文本中的出现本身强调了一个事实：至少其某些部分，在某些方面是易读的。它们之出现类似于文本中一段（碎片）文本之出现，在文本之语言中描绘另外一种语言，并建立交流情境中的一些人际协调关系。由于它起到对各种段落的破译的作用，还有与此类似的起到它们的部分替代的作用，所以它们有助于坐实文本的假定及由它所认可的解码契约。换句话说，它们阐明文本的可交流性之前提（如果你根据阐释符码来阅读我，你将看到一切事物如何变得清晰起来；如果你基于一个象征符码来解释我，你将理解到，我说出的要远比看上去的多；我会为你概括事件

的这一序列与那一序列，但你将不得不概括另外一些序列）。而且，如果阅读一个叙事意味着为它增加一个元叙事评论，那么它们不仅指示这样一个评论可能由什么构成以及它可能如何干预，而且它们有助于指明一个文本自身的元评论与某特定读者的元评论之间的距离。毕竟，无论文本还是个别的读者，都能基于同样的（亚）符码来解释特定段落并达到同一结论。但也会发生这样的情况：文本以一种方式概括一系列行动，而读者以另一种方式概括之；或者文本发现一个特定事件难以理解，而读者却不如此认为；或者文本仅仅指示一个情境的一个象征侧面，而读者却想到其他的很多个。一言以蔽之，元叙事信号告诉我们如何阅读。 128

## 读　者

尽管文本可以明确地、毫不含糊地、精确地回答我的很多问题，但我的阅读中还是经常可能有这样一些地方：为了找到答案，我必须不仅依赖于我的语言学知识和所提供的文本信息，而且依赖于我对逻辑运作的精通、对解释惯例的熟悉和对世界的知识。我已指出在（37）与（38）中文本如何提供一个关于给定问题的答案却不详加解释。不过我常常还需要比文本材料及算术或逻辑学的操作更多的东西，以达成这一答案。看下列例子：

（90）约翰 7.2 英尺高。

（91）吉姆去参加一个大型宴会，玛丽去商店买了些苏格兰威士忌。

给定（90），我可以确定地回答

（92）约翰很高吗？

因为我相信，任何超过 6.5 英尺的人都很高，也因为我知道我的信念并不罕见。至于（91），它提供了下列问题的精确答案：

（93）谁去参加大型宴会？ 129

（94）玛丽去了哪里？

以及

（95）她去买什么？

但为了回答

（96）玛丽为什么去买苏格兰威士忌？

而且用如下方式回答：

（97）她去买苏格兰威士忌，因为吉姆去参加一个大型宴会。

我就不仅必须假定吉姆的宴会与玛丽的行为有某种方式的关联，而且我必须知道人们在宴会上经常要喝酒。因此，阅读不仅仅等同于通过提问与回答以处理文本明确提供出的或逻辑地暗示出的语义学材料。

事实上，如果说阅读显然依赖于被阅读的文本，那么同样显而易见的是，它也依赖于阅读该文本的阅读者。首先，即使我在阅读过程中提出的问题因为必须与之有点关联而（至少在一定程度上）受到文本约束，我们也必须记住，这一组可能性问题也是很大的，尤其是超出孤立句子及其外延意义的层面。而我，正是在最终分析中决定提出哪些问题、不提哪些问题的那个人。例如给定一个叙事文本，我可以倾向于提出这样的问题：它们将某些被叙述的行动合并成更大的行动所经由的方式；或者我可能决定聚焦于文本中组成待破解谜团的那些因素并为这些谜团找到解决答案；或者，我可能试图弄清被叙之世界中的特定因素是否有象征功能，等等。读到

（98）驼背人走进邮局，买了一个代币（jeton），走向电话机，说了很长时间。

130 我可能问驼背人的身份或 jeton 一词的意义，也可能两者同时问，还可能问其他问题。依赖于所问的问题，我将获得特定答案，这一答案可能引导我修正我收集到的某些信息，也可能以某种尺度控制我在继续阅读过程中将提出的一些问题。换句话说，依赖于所提出的问题，我的阅读过程将或多或少地变化。

此外，如果一个文本对于所提的某些问题经常只允许唯一正确的答案，那么它也会经常允许另外一些问题有不止一个答案。事实上，对于给定问题它可以允许有无穷多的确凿回答。毕竟，文本可

能部分由有着很多语言学意义可能性的词语、句子组成，其中仅有少数被它指明为非适切性的（例如通过元语言评论）；它可以引向既非互不相容又非互相依赖的大量指涉；它可以用多种方式加以概括；它可以适用于多个象征解释；等等。例如，如果我们问《塞利文日记》是关于什么的，那么

(99) 它是关于现代世界的一个不幸灵魂的。

及

(100) 它是关于对一个人生活的叙事过程中的戏法的。

均能构成可接受的答案。同样，如果我们问《等待戈多》中的伯奈利（Bonnelly）这一名字的内涵是什么，那么

(101) 伯奈利暗示着“动听的谎言”（bon et lie）。

及

(102) 伯奈利暗示着“优秀的伊莱”（bon Eli）。[1]

都有充分理由；如果问《芬尼根守灵夜》的前 50 页应该如何概括，我们能够想出数量巨大的完全适切的答案。当然，这些答案将在一定程度上决定将会出现哪些进一步的问题和答案并因此影响阅读。给定

(103) Starving children can be fun and John loved fun. [2]

如果我对下列问题

(104) 什么有趣？

我给出这样的回答：

(105) 使孩子挨饿。

而不是下列的答案： 131

(106) 挨饿的孩子。

---

① 《等待戈多》（*En attendant Godot*）是爱尔兰戏剧家、小说家萨缪尔·贝克特（Samuel Beckett，1906—1989）荒诞派戏剧的名作，1952 年发表。贝克特曾在葡萄酒产地沃克吕兹的鲁西庸村帮一个名叫伯奈利的农场主采摘葡萄，后来他在最初的《等待戈多》（法文版）中借弗拉基米尔之口提及这个名字。但在英文译本中他删掉了该名，只是让弗拉基米尔称“想不起那个人叫什么名字了”。伊莱（Eli）是男子常用名，来自希伯来语，有“伟大、杰出”之意。

② 该句有歧义：一为“挨饿的孩子可能很顽皮，约翰喜欢顽皮的孩子”；一为“让孩子挨饿很有趣，约翰喜欢娱乐”。

那么对下面的问题

（107）约翰对孩子的态度如何？

我将给出这样的回答：

（108）他喜欢让他们挨饿。

而不是如下的答案：

（109）他喜欢围着挨饿的那些孩子转。

这样一个文本就可以适用于很多种方式的阅读，这些方式互相之间有多少不等的差异，读者可以用这诸种方式中的任意一种来阅读。

正如我前面已指出的，任何读者在他阅读任何文本的过程中都做出重大贡献。首先，就一般而言，他必须能够视觉地感知所呈现的符号；他必须能够存储信息，唤起它并根据需要修正它；他必须具有做出推理和论断的能力。同样重要的是，他将对正在破译的那组符号做出某种基本假定。一方面，他要假设它们是可解释的，它们具有某种意义；另一方面，他要假设它们聚合或被聚合成进入各种各样的转换命题（trans-sentential）模式中去，即使它们可能一开始看上去全无联系。最后，他必然将各种知识和阐释策略带入他的阅读。正如（90）～（97）所示，读者必须具备关于世界（特定世界）的特定知识，以回答特定问题（或提出它们）。另外，他必须熟悉多个符码或亚符码。他可能明显运用意素符码（linguistic code），这将使他能够理解组成文本的那些词语和句子的语言学意义；但他也可能运用象征符码（symbolic code），这使他能够在其他意指系统（社会学存在主义的、精神分析的等等）上为该语言学意义定位；他可以运用阐释符码（hermeneutic code），这引导他走向谜团的破解；可以用人物符码，赖此他可以围绕英雄、反英雄、坏人、帮助者、捐献者或其他角色来组织文本；可以用文学符码，这使他
132 能够确认文本属于某种叙事文类——罗曼司、诗学或神话故事——并能够基于此种文类的惯例而被阅读，等等。[16]

自然，特定读者可能很疲惫也可能一点也不疲惫，可能很年轻也可能很年老，可能情绪极好也可能极坏；他的记忆力可能极佳也可能极差，他的去中心化（decentration）能力可能很大也可能很小，

他的态度跨度可能相当之大也可能不大；他可能一无所知，也可能知道得惊人之多；他可能是个经验丰富的读者，也可能是经验很少的读者；他可能是第一次读该文本，也可能是第二次，或第一百次；他可能只为消遣而读或不带责任感地读；他可能表现出对于语言、情节、人物或象征的特殊兴趣；他可能持有一套信念也可能持有另一套信念；等等，不一而足。换句话说，他的生理学、心理学与社会学条件，他的素质，感情与需要极为多变，他的阅读也可能如此：他的知识、他的能力、他的兴趣和他的目标（部分地）决定着他用以支持文本的习惯与预设、他特别希望结成的联系、他决定提出的问题与为它们找到的答案。事实上，同一个读者，在不同场合对同一文本的阅读是不同的。

## 易读性

我们经常基于可读性（readability）来描述（叙述）文本的特征：我们说它有高度可读性，或者它缺乏可读性，或者简直没有可读性。我们通常的意思是多少不等地易于破译或理解，以及它有大小不等的趣味性与愉悦性。很显然，正如阅读一个文本是文本与读者的一种功能一样，该文本的可读性也是这二者的一种功能。尤其是，正如阅读因读者个体而有变化一样，可读性也因读者个体不同而有多种变化。毕竟，一个读者可能发现从特定小说中提取意义比另一个读者更难，因为他关于各种符码与阐释惯例的知识更为有限。同样，一个读者可能发现阅读特定故事时比另一个读者更为乏味，因为他缺乏心理动机。因此要衡量特定文本的可读性实际上是不可能的。然而尝试（至少部分地）确定我所 133
称的易读性（legibility）也许没有那么复杂和无望：x 的易读性相当于从 x 中得出意义的容易度，这一容易度可以用得出意义所花费的操作数目、它们的复杂性、它们的多变性及它们赋予 x 之可能性来计算。换言之，要确定一个给定文本有多大的易读性，我们就必须确定我们需要提出多少个问题才能得出特定答案，这些问题必须有多大的复杂度，它们彼此之间有多大不同，如何能回答它们，甚至究竟是否能够回答它们。这样，我们就不关心特定读者是否分享特定文本之假定，他是否懂得破译那个文本所必需的惯例与符码，他是否有经验，或他的精神状态是否对劲，毋宁说我们关心的是诸如对任何读者来说要从那个文本中得出意义所必需的惯例与符码之数量这样的问题。当然，如果我们试图为一个叙事文本的叙事易读性下定义，我们必须特别注意文本如何适用于具有叙事适切性的操作（直接关系到诸如情节、事件顺序、阐释单位等等的那些操作）。

看下面的例子：

(110)“Apportez-moi une bième.”那人说。[1]

(111)“给我一罐啤酒。”那人说。

(112) 背阴处是 110 华氏度[2]。“小子！今天真是冷啊！”琼挖苦地说。

(113) 背阴处是 110 华氏度。“小子！今天真是热啊！”琼真诚地说。

依据上述讨论，(110) 的易读性小于 (111)，因为要想理解它，需要两个意素符码知识，而 (112) 的易读性小于 (113)，因为为了确定琼的意思，需要更多的操作。同样，我们说像

(114) 约翰遇上琼，然后，作为结果，他不幸福；在约翰遇到琼之前，他是幸福的。

134 这样的故事其叙事易读性小于像

(115) 约翰很幸福，然后约翰碰上了琼，结果，约翰不再幸福。

这样的叙事，因为其事件的编年顺序更难以得出。我们可以说像《法尔萨勒之战》[3] 这样的小说比《欧也妮·葛朗台》之类的小说少一些叙事易读性，因为它不适于沿着情节线索很容易地加以解释；或者说，因为

---

① 原文为法文，意为“给我一罐啤酒”。

② 110 华氏度相当于 43.3 摄氏度。

③ 《法尔萨勒之战》(*La Bataille de Pharsale*)，法国作家克洛德·西蒙 (Claude Simon, 1913—2005) 发表于 1969 年的小说。

同样原因，《万有引力之虹》① 的叙事易读性比《拉格泰姆时代》② 要小。

注意，在估计文本易读程度时，必须要把许多文本因素都计算在内。事实上，这样的因素有很多，以至于我将不试图全部处理它们（就算我有此企图，也做不到）。因此，我将不去考察材料对易读性的影响。尽管众所周知，诸如构成它的那些象征的规模、它们的形态或它们的间隔之类的文本因素，都会影响到其易读性的大小。我也不会讨论风格问题，尽管仍是众所周知的，诸如句子长度、句子结构这类因素程度大小不一地影响到我们阅读一个文本的能力（和倾向）。毋宁说，我将聚焦于在我看来与叙事文本特别相关的那些特定因素，尽管经常并不全是如此。[17]

为求一个文本被理解所需要做的工作（每个构成部分的数目）[18] 越多，文本的易读性越小。在其他条件相同时，模糊文本比不模糊文本的易读性小，因为对它所承载的信息进行处理当然更为复杂。同样，一个需要许多信息更新的文本，一个极少有已给出的信息但仍在持续特定状态的文本，其易读性比给出的信息较为稳定的文本要小。例如，设想一部小说，其主人公的名字频繁变化（且没有任何预示）；或者同一背景在几个不同的地方予以完全不同的描绘；或者我们永远不能确认一个事件是否已经发生，因为文本不断地发送矛盾信号。一般而言，如果文本与它已经说过的话相符合（如果它与自身一致），它就比不如此更为易读。另外，这种“一致性原则”不仅适用于文本呈现的世界，也适用于这一世界被呈现之方式。例如，一部在叙事话语与抒情诗之间交替的文本，就比一部自始至终采用叙事话语的文本难于处理；一部用多种语言写成的文本，就比一部用单一语言写成的文本难于阐释。[19] 文本的同质性越大，它的易读性就越大。 *135*

如果说当文本信息不清晰（模糊文本）或不一致（异质性的或矛盾

---

① 《万有引力之虹》(*Gravity's Rainbow*)，美国作家托马斯·品钦（Thomas Ruggles Pynchon，1937— ）的小说（1973），被认为是后现代主义文学的经典之作，并因其晦涩闻名。

② 《拉格泰姆时代》(*Ragtime*)，美国作家多克特罗（E. L. Doctorrow，1931— ）发表于 1974 年的著名小说，以“一战”前夕的美国社会现实为题材。多克特罗被认为是美国当代最优秀的严肃小说家之一，也是畅销书作家。

性的文本）时易读性降低，那么当文本信息不充分或不够明确（隐晦文本、模糊文本），以及当信息被证明不正确或不适切（欺骗性文本）时，易读性也会降低。其他情况相同的条件下，一部小说如果没有把对于理解特定环境和事件极为重要的信息给出，那么它的易读性比提供出所有必要信息的小说要低。一些现代叙事（甚至一些不那么现代的）难于阅读，尽管它们采用了类似色情故事或侦探故事的传统形式。其原因之一在于它们保持过度沉默：在雷蒙·格诺的《我的朋友皮埃罗》[①] 中，很难准确理解究竟发生了什么，这部分地源自这样一个事实——它是一个不提及侦探、罪恶、刑犯的侦探小说；巴塔耶[②]的小说——《眼睛的故事》《艾德沃坦夫人》《死亡》——的干扰因素在一定程度上是由所呈现的事件与背景中的很多漏洞导致的；我们知道《阿尔芒斯》[③] 引起了多少麻烦，仅仅因为司汤达没有过多地提及他的主人公是性无能。同样，如果一个文本提供了必要信息，但却是以含蓄和暗示的方式提供而不是明确、直接地提供，那么它的易读性也受到影响：重建被归零处理的、恢复被删除的、通过推断得到意义，这些都需要实施更多的操作。例如，给定（112），为了理解琼的意思，我必须通过一系列问题与答案，如

（116）气温多少？110 华氏度。

（117）很热吗？是的。

136 （118）琼说什么？天气很冷。

（119）但她不知道天气很热吗？当然。

（120）那么她到底是什么意思？她在开玩笑，真正意思是天气很冷。

反讽文本、典故性文本、暗示性文本都被视为晦涩难懂，其易读性小于

---

① 雷蒙·格诺（Raymond Queneau，1903—1976），法国诗人、小说家，被认为是后现代主义的先驱之一。《我的朋友皮埃罗》（*Pierrot mon ami*）发表于 1942 年。

② 乔治·巴塔耶（Georges Bataille，1897—1962），法国后现代思想家、小说家。小说作品有《眼睛的故事》（*Histoire de l'oeil*）、《艾德沃坦夫人》（*Madame Edwarda*）、《死亡》（*Le Mort*）等。

③ 《阿尔芒斯》（*Armance*）又译《爱的悲剧》，是司汤达的成名作，发表于 1827 年。

它们的对立面文本。

文本的易读性也依赖于文本有多大的欺骗性，而文本欺骗性可以采取很多方式。例如，一个叙事中的两个事件可以呈现为时间上邻近，其实它们并不邻近：有其他事件发生于两者之间，但因各种各样的原因，文本似乎不适合在那一时刻提及它。或者，叙述者可能暗示某一条信息对于理解给定情境特别重要，但该信息后来被证明完全不重要。又或者，叙述者可能作出一些陈述，这些陈述被假定为有帮助，且在各种各样的事件之间确认或者形成一定程度的连贯性，但这一陈述其实没有任何意义：例如叙述者说

(121) 正如我们前面指出的，约翰深深地爱上了玛丽。

但其实这一信息根本未曾提及，以及

(122) 正如我们后面将会看到的，琼将余生用于旅行。

但其实后面再也没有提到琼的旅行。更常见的是，叙述者可能提供各类信息，但当他“远不可信任”这一点逐渐明朗之时，这些信息必须被予以抛弃或重释：他是个说谎者，他愚蠢，他迟钝，他不能真正意识到将会发生什么。简而言之，一部欺骗性文本，通过鼓励错误的假设与结论，通过导向错误的问题与错误的答案，只能造成更加困难的阅读。

显然，还有许多其他因素助成文本的含糊性、异质性、不充分性或欺骗性——并因此助成易读性的降低，这些因素相对易于分离和描述。137
如果一个叙事中的事件是文本上而不是时间上的含糊，或者如果它们在文本中的出现顺序与其时间上的发生顺序不一致，就需要做更多工作来建立叙事之展开所循的编年顺序。童话故事、神话传说、民间故事与寓言都密切遵循编年顺序，这绝非偶然；而现代故事——以其对建立纯粹消费与领悟对象的拒绝态度——经常偏爱所表现事件编年顺序上的意味深长的混乱，这同样绝非偶然。像时间失序一样，空间的变化无常也影响到易读性：在文本空间上邻近但在被叙空间上并不邻近的事件，行动在空间上的频繁突转（尤其是当它们并未被明确指示出时），都能够误导，并需要频繁的再整理与再改编。试看

(123) 十点钟了，约翰最后吻了玛丽。彼得叹了口气，廖妮特

笑了。

并试想亲吻动作所处的环境被证明与叹气及笑的环境并非同一个。当然，叙事时间与空间组织上的混乱可以凌驾于被叙层面之上：例如每当在叙述上的“此时此地”与被叙的“彼时彼地”之间未作出清楚的区别，每当我们不知道自己处于此一层面还是彼一层面之上，像在

(124)“我现在指出这一点，是因为我当时沉浸在一阵强烈的舒适感当中。”(《正当其时》[①])

中这样，易读性也将被严重干扰。

视点的多样性也有同样后果，尤其是当所用的不同视点代表不同程度的权威性与可信性时，或者，也许造成更大困难的是，当难以或不可能将某一特定段落确切地与某一具体视点相关联时。同样，即便时空的邻近与文本邻近相一致，即便始终保持同一视点，一个围绕多个不同的中心以平行方式生成多个行动（例如，通过表现几个主人公，每一个都
138 有自己独特的故事）的叙事，其易读性将比围绕一个中心、表现一个行动的叙事要小。最后——这在一定程度上也是我关于时间、空间和视点扰乱的论述之必然推论——当文本招致一个明确度或大或小的问题，却延迟提供回答问题所必需的信息时，文本材料的处理就变得更为费力。因此，如果一个叙事引入一个人物却不立即给出他的名字，或者如果开启一个行动序列却迟迟不终结它，其易读性就会降低。

还有其他的一些严重混乱，会在阐释思路上出现。例如，有很多处指涉到某一谜团，但它究竟存在于何处，却始终不明了；或有一个谜团和一个破解，但它们其实是同一个；或者甚至存在一个答案，我们却始终不知道问题是什么。还有时，严重混乱在情节枢纽上出现。所讲述的主要行为（早晨起床，刮胡子，准备战斗，等等）可能仅通过纯粹枚举其组成部分（“他伸出手臂，扭动脚趾，开合嘴巴三到四次，把左手放在脸上，等等”）来加以表现，也可能一时辨认不出它们是什么；又或者，所讲述的动作可能如此地异质化以至于难以将其结合成更大的行动

① 《正当其时》(*Au moment voulu*)，法国思想家莫里斯·布朗肖（Maurice Blanchot，1907—2003）作品。此处“现在”和“当时”在英文原著中作者用的都是“now”这个词。

并联结为有意义的序列——可能提供了很多信息，但却无适切性，因为它与文本上先于它或后于它的内容并无关系。[20]

但最显著的扰乱（一般地由现代文本，特别是现代叙事运用最多）也许是出现于我们可以称之为文本的指涉系统中的那些。比如我前面曾提到由于叙事用很多不同的名字指称同一人物却不说明它们指的都是他而造成的阅读困难。相反的现象可以引起更多的问题：想象一个叙事——或想想福克纳的《喧哗与骚动》及尤奈斯库的《秃头歌女》① ——其中两个、三个或十个不同人物共用一个名字。人物的名字之作用正像是对于其属性的概括，它的稳定性部分地保证了它所表现的世界之稳定 139
性，并使我们能够围绕它组织那一世界的更宏大部分；如果它被怀疑或消失，那么作为整体的叙事稳定性也将受到威胁。

这种指涉问题可以扩展到人物及其名字之外，通过用不同名词指涉同一对象，或用同一名词指涉不同对象，尽管（或者说因为）那样会危及连贯性与明确性。如果我读到

（125）那本蓝书很厚。

稍后，在同一语境下，又有

（126）那本蓝书很漂亮。

那么我可以很容易地推断两个判断之话题指涉同一对象，尤其是因为“厚”和“漂亮”并不必然矛盾。但（125）与（126）可能指的是两个不同对象，文本也可能如此发展：

（127）两本蓝书都很有趣。

同样，如果我读到

（128）约翰走出了饭店。

几行之后又提及一座饭店，那么我可能完全相信两次提到的是同一饭店，我也可能错了。另外，假设我在一个欺骗性段落中读到

（129）椅子很舒服。

（130）座位很好。

---

① 尤奈斯库（Ionesco，1912—1994），法国荒诞派剧作家，《秃头歌女》（*La Cantatrice chauve*）是其最重要作品之一，发表于 1950 年。

以及

（131）扶手椅很小。

那么这三个判断可能涉及同一对象；假设我读到

（132）老妪和年轻女子工作努力，尽管她很累，但那位母亲还是哼着歌。

那么我们可能逐渐发现“那位母亲”指的不是老妪，而是年轻女子。

最后，特定的代词的用法也可能是导致各种含混性与不一致性的原因。例如，

（133）约翰把一个漂亮的橙子放进一只豪华的盆中，又将盆搁在起居室架子上，她想吉姆会喜欢它的。

此处“它”（it）可以被想当然地认为是指橙子、盆的位子或约翰的举
140 动；或者想一下像萨特的《缓期执行》这样的“同时情事”体小说（si-
multaneist novels）①，其中相邻的句子甚至同一句子中的同一代词，都
指的是不同对象：

（134）“我的父亲，我的父亲，你说，而我变成石头，我不再想任何事情，我不再需要任何东西，我只是你的声音，我将在出口处等他，我将在心中射杀他，但我是所有德国人的发言人的第一位，我说的话也是为了德国人，说我不再想做个沉静不活跃的旁观者而这个布拉格来的疯子认为他能，我要做这个殉道者，我没有动身去瑞士，如今我除了忍受这个磨难什么都不想做，我发誓做这个殉道者，我发誓，我发誓，我发誓……”

正如有很多文本因素降低了易读性一样，反过来也有很多因素通过使文本同质化、明确化、易于阐释而提高易读性。我已讨论过非欺骗性元叙事信号如何呈现部分解码程序，并在一定程度上通过明晰确定特定段落的内涵、一个事件的象征维度、一个外语说法的含义，从而为我们的阅读做一些工作。另外，在很多叙事中，非元叙事性的议论可能有显

① “同时情事”一语系采钱钟书译法，出“毛诗正义·七　卷耳”条，见《管锥编》，第一册，68页，北京，中华书局，1986。钱著该节举中西方诗歌小说实例，对此种叙述技法论述甚详，可参见。

著的文本性意义并起到重要的阅读指南功能。它可以通过由叙事者解释人物动机、理顺纷乱的局势、评价行为的道德价值或消除各种各样的歧义性等方式直接提供；或者它可能出现在人物沉思冥想的过程中，或一段对话过程中，或一系列书信中，等等。[21]和解释一道，文本的辩护也使本来显得不清晰的变得清晰：被认为是特定模式的突然的、根本的断裂，可能被显示为该模式的组成部分；被视为毫不相干的跑题，可能被显示为完全不是跑题；被认为是违背了文本所遵循的规则的东西，可能被证明是基于某一套法则或另一套法则。各种各样的组织性因素也可以帮助确保一定程度的易读性。一些元叙事信号突出文本情节与阐释的表达；回指与前指性的指涉增加同质性，并有利于平稳过渡；叙事者介入使我们记起已经发生过什么并预告将要发生什么，确定我们的问题并证 141
实我们的答案；人物之间、时空背景与情节之间的强烈区别显示出信息处理与储存的简单模式。最一般地说，文本冗余——建筑学层面上的和内容层面上的、深层结构中的和表层结构中的——是文本一致性的最重要组成部分。它可能存在于音系学与笔迹学特征（例如押尾韵和头韵）或语义特征（如同义词、近义词、反义词、下义词与译释）的（模式化）重复中；它可能通过频繁界定所用术语或周期性概括所表现的材料显露自身；它可能导源于特定修辞格的持续运用，等等。冗余可能具有更严格的叙事学本质。有时，特定模式中的亚情节平行于小说中的情节，运用“叙事内镜”（mise en abyme）① 技巧，它甚至可以在一个低等级上完全复制它。同样，也可能发生多个情节单位被重复（主人公执行一个困难任务，然后执行另一个，然后执行下一个；他违反各种禁令；他弥补一系列缺失）或多个人物实施相同或相似的行为。又或者，一个地名突出了其象征意义，一个人物的名字记录了他的基本品质，他行动的背景强调了其深层情感，等等。最后，如果文本所提出或暗示的

① “叙事内镜”又译为“套层结构”，指嵌入文本中的、对于该文本的微型模仿；文本中的部分复制、反映了文本整体（的一个或多个方面）。例如在纪德的小说《伪币制造者》中，主人公爱德华写作一部名为《伪币制造者》的小说。参见普林斯《叙述学词典》（*A Dictionary of Narrative*，1987 年版）中该词条。

问题与该文本所提供的答案之间的距离相对较小，则易读性倾向于较高。例如，如果提到一个人物，他马上就被介绍；如果给出一个秩序，它马上就被执行；如果开启了一个行动序列，它很快就结束；如果引起了谜团，它就迅速得以破解。简言之，我们又一次看到，文本中任何使信息处理与储存变得容易的因素，都助成该文本的易读性。

需要注意，文本可能有较高的易读性却没有可读性，或者相反。在
142 讨论可读性概念时，我曾指出通常一个文本被认为有可读性不仅仅是因为其易于解码和得出意义，而且是因为它有趣、悦人。现在我们可以说，一个文本可以是如此易读以至于变得无可读性。太大的同质性、太多的冗余与太强的明确性可能导致趣味性和愉悦性的缺乏。由一个句子重复一千遍构成的文本会很乏味；如果一个叙事中有极少的情节和变化，其中给出的内容多数都保持给定状态，惊奇、秘密和问题性段落都太少，那么它很快会变得枯燥无趣。[22]相反，因为同一原因，一部富于模糊性或偏爱不连贯性并因此不具有很高易读性的文本，会十分有刺激性。事实上，大多数被视为有可读性的叙事——如果不说是大多数叙事——都倾向于打破太多易读性与太少易读性之间的平衡。例如在经典侦探故事中，阐释线索的错综常被大量的元叙事评论（特征描写的一致性、情节清晰性的强度）所抵消。根本问题及其答案之间、谜团及其解决之间的距离可能很大，但它被提出的其他问题的（相对）简单所抵消。同样，在所谓的冒险小说中，可能产生自复杂情节发展中的困难，常因其他线索上的文本的简单清晰而获得补偿。

同样需要注意——正如上文一再表明的那样，说一个文本比另一个文本更有易读性，未必意味着它更好（或更坏）。易读性可能被不同的人在不同的文化中、为不同的目的评价得或高或低。对于可读性也是同样：因为没有令人信服的理由声称作品激发的兴趣和它提供的愉悦感构成其价值的合理尺度。事实上，先锋派作家坚决追求非可读性（或最小可读性），不仅通过努力地不制造意义（而不是“制造意义”），而且恰恰是通过对文本应该具有愉悦性、趣味性、娱乐性这一观念提出质疑。

将阅读计入其内来研究叙事，使我们能够理解为什么一部特定的小

说或故事可以而且事实上经常被以很多的方式加以阐释：情节维度，像
主题维度或象征维度一样，不仅依赖于文本材料，而且依赖于读者。它
还提供一种基于易读性来比较文本的方法：有复杂的与简单的文本，正 *143*
如有复杂的与简单的句子；有些文本沿一条轴线（如情节轴线）有高度
易读性，而沿另一条（象征轴线）则没有；有些文本在展开自身时越来
越多具有易读性，另一些则越来越少。另外，基于易读性描述特定文
本，通过具体指出它如何考虑某些——但不是全部——阅读惯例，它如
何适用一定的阐释策略而放弃另一些，可以阐明其可理解性、其特殊
性、其**差异性**的运转。另外，对易读性的考察也有历史学与人类学意
义：通过阐明文本可交流性的条件和特定文本能被译解之前提，它能帮
助我们依据它们认为的哪些最为易读或哪些完全无易读性，来理解不同
的时代与不同的文化。最后，将读者和阅读计入其中，至少对于某些助
成叙事性的语境性相关因素之描述也是必要的。

# 第五章　叙事性

145　关于什么构成叙事、什么不构成叙事，学界有着广泛的一致意见。特别是许多人赞同：任何对非矛盾性事件的呈现，如至少一个发生于时间 $t$ 的事件，与发生于其后的另一时间 $t_1$ 的另一事件将构成一个叙事（尽管琐碎）。根据这一极为笼统的界定，不仅像《尤利西斯》《幻灭》或《泽诺的意识》是叙事，下面这些也是叙事：

（1）水沸腾了然后第二次世界大战开始了。

（2）水沸腾了然后玛丽毕业了。

（3）水沸腾了然后酒沸腾了。

（4）约翰很幸福，后来约翰很不幸。

（5）约翰很富有，然后玛丽变贫穷。

（6）约翰很富有，后来玛丽富起来。

（7）约翰很富有，后来他丢了很多钱。

（8）约翰很富有，后来他变穷。

（9）约翰很幸福，后来他坠入爱河，然后，作为结果，他感到很不幸。

关于下面的事实也有着广泛的一致意见：不同的叙事有不同程度的

叙事性（narrativity），其中某些叙事的叙事性比另一些的大，可以说它“讲了个更好的故事”。事实上，甚至关于各种各样文本的可比较叙事性也有广泛的一致意见。很多读者会认为《三个火枪手》比《恶心》有更强的叙事性（尽管和大仲马的文本比起来，他们更喜欢萨特的），而且他们会认为（8）和（9）比（1）和（2）有更高程度的叙事性。

是什么影响到叙事性，并使一个故事成为一个好的故事？在我看来，无论它是什么，它必然与下列这些因素的利用和强调相关：它们是 146
叙事（作为“非叙事”的对立面的叙事，和/或像从亚里士多德到巴特、查特曼、拉波夫等叙事学家们所描述的叙事）的独有特征或典型特征。例如在其他情况相同的条件下，如果一个段落中的被叙之信号（指涉到事件）比叙述信号（指涉到事件的描绘及其语境）多，它就比相反情况的段落有更高程度的叙事性：

（10）约翰很不幸，后来他遇到玛丽，然后，作为结果，他很幸福。

比

（11）我坐在桌旁试图写下朋友刚给我讲过的故事。屋里很热，钢笔不太好使，但我必须开始了。约翰（我喜欢这个名字！）很不幸，后来他遇到玛丽，结果，他很幸福。

更具叙事性，而

（12）“她抽回自己的手臂，慢慢地走开，在门口停下来，战栗着向他长久地望了最后一眼，好像要刺破黑纱的秘密。”（《教长的黑面纱》）①

比

（13）“现在，请让我们问一问读者中间那些能用现今人们的方法把概念和想象综合起来的人，在我们请他们注意的时刻，从我们提供的情景，他们对那巨大的长方形的司法宫大厅是否能有个清楚的印象。”（《巴黎圣母院》）②

---

① 《教长的黑面纱》（“The Minister's Black Veil”），美国作家纳撒尼尔·霍桑（Nathaniel Hawthorne，1804—1864）的短篇小说，1836 年作。采聿牧中译文，见陈冠商编选：《霍桑短篇小说集》，376 页，济南，山东人民出版社，1980。

② 出自原著第一卷第三章，采郝运、陈敬容译文，见［法］雨果：《巴黎圣母院》，41 页，北京，人民文学出版社，1982。

有更高程度的叙事性。原因很简单，叙事是事件的讲述而不是对其呈现方式的讨论。同样，一个段落如果（主要）忠实于被叙，并表现比较多的时间序列，它就比呈现较少时间序列的段落有更多叙事性，因为叙事是讲述发生于不同时间的事件，而不是发生于同一时间的事件。例如，

（14）“朱萨克一心想赶快结束，于是一步跨前，膝部尽量向前一
147 屈，同时狠狠地一剑朝对手刺去；但是对手敏捷地挡开，就在他重新挺直身子时，像蛇一样钻到他的剑底下，一剑刺穿了他的身体。”（《三个火枪手》）[1]

（15）他很敦实，是一个只有二十二三岁的年轻人，显得相当天真而且过于温柔，黑眼睛十分温存，脸蛋儿粉红，像秋天的桃子一样长着绒毛，稀疏的唇髭在上唇以上勾画出一条笔直的线条。（《三个火枪手》）[2]

同样，一个描述各种冲突的叙事比完全不描述冲突的叙述有更多叙事性：典型地，叙事表现两组对立面之间贯穿于时间中的一次周旋。“猫坐在垫子上”[3]当然不无趣味性，但是，“猫坐在狗的垫子上”则可能是一个好故事的开头。

但要想指出、描述和评价叙事性及其来源，往往困难得多：（7）的叙事性比（8）多还是少？为什么？下面两个之间又如何呢？

（16）琼很健康，后来她遇到莎丽，然后她死了。

（17）琼很健康，后来她生病，然后死了。

在我看来，一个特定叙事的叙事性，不仅与该叙事的构成成分有关，而且与它们的排列有关。它也必定与该叙事之被接受所依赖的语境有关，尤其是与其接受者有关（因为我们的情况与兴趣不同，对你来说有高度叙事性的东西，对我却未必；此一时你觉得它适当，我发现它很好，彼一时你又觉得它不适当，我又发现它很糟糕）。

---

① 出自原著第五章，采郝运、王振孙译文：见［法］大仲马：《三个火枪手》，54页，上海，上海译文出版社，1995。

② 出自原著第二章，“他”指阿拉米斯。采郝运、王振孙译文，见［法］大仲马：《三个火枪手》，25页，上海，上海译文出版社，1995。

③ 原文为 The cat sat on the mat，其中“猫”、“坐”、“垫子”三词押韵。

为更好地理解叙事的区别性，下面我将力图通过既关注文本又关注语境、既关注生产方面又关注消费者方面，来析离出有利于叙事性的各种要素。尤其是在描述一个文本为了达成较高程度的叙事性所应该具备的一些特征时，我不希望被人认为仅仅是说“如果文本 x 显示出特征 y，它就构成一个好的故事（尽管有时如此）”。我反倒希望被理解成是说，如果接受者在文本 x 中发现 y，他将把 x 视为在叙事意义上具有价值。 148

## 事件描述

任何叙事，至少是很多叙事，都可以用不止一种方式来予以描述。为了表示约翰走了些路，我可以写作

（18）约翰走路。

但也可以写作

（19）约翰将左脚抬离地面两英寸①同时往前摆动，移动重心，脚落了地，脚后跟先着地，然后迈出右脚掌跨离，等等。[1]

在我（而且不仅是我）看来，像（18）这样的事件描述，比（19）更加有助于叙事性。不仅仅是由于（19）有着远超出描述一个简单动作所必需的信息（或少得多的经济性），而且由于（18）更为清晰地传达了直接关乎人与世界之关系的意义。典型地，叙事不仅表现状态与动作之时间序列（涉及多种矛盾），它还表现那些就人的特性和/或人化的世界而言有意义的状态和动作。[2]

给定一组提供同一条人化信息的叙事，如

（20）他去睡觉了，在饭后。

与

（21）他吃过饭，然后去睡觉。

① 1英寸约等于 0.025 4 米。

或

（22）他失去了所拥有的百万元钱。

与

（23）他拥有一百万元钱，后来失去了。

149 为什么（21）与（23）看上去分别比（20）与（22）更有叙事性？这仍然是一个描述的问题：无论是（21）还是（23），都保持事件组合的自律，当分离的状态与事件被时间性地联系起来时，一种叙事的组织模式更为清晰可感。

事实上，一个被单独详述的事件将更有助于叙事性，而未被单独详述的则不如此。叙事回避抽象而兴于具体。它聚焦于特殊而不是一般。与其说它在任意情况下都表现真实的序列，不如说它倾向于表现依赖具体情况的序列。或者换句话说，叙述偏爱选择紧张性陈述（或其等价物）而不是非紧张性描述：

（24）每个人都会死。

这句很不错（且常出现在叙事当中），但像

（25）拿破仑死于1821年。

这样的东西则更好，或者至少更具有叙事的特性。[3]

如果说叙事性是所表现事件（序列）之分离性与特殊性的一种功能，那么它也是将事件作为（特定世界的）事实给出而不是作为可能性或必然性给出的程度之功能。叙事的特点就是确信。[4]它存在于确定性当中：此事发生然后彼事发生；此事发生，是因为彼事；此事发生，它与彼事有关。尽管它不排除犹豫或猜测——事实上，犹豫和猜测能够导致悬念，或发挥客观性之信号的功能，或强调确实发生过的事件之性质——又尽管在其文字形式中，它适宜于疑问句，或推测句，或者甚至否定句（本应该发生却未发生的事；没有发生却应当发生的事），叙事也可能因持续的无知或犹疑而消失。[5]例如：

（26）他去了影院了吗？然后他就寝了吗？

或

（27）也许他去了影院，然后，他可能就寝了。

并将它们与下句对比： 150

（28）他去了影院然后就寝。

这可以部分地解释为什么事后叙述远比事前叙述、假定叙述甚或同步叙述都要普遍得多。就叙事性而言，（明显的）过去的比（可能的）未来性的、有条件的或者当前的更好："它确实发生了"比"它可能发生"、"它将要发生"或"它能够发生"有更多叙事性。这也可以部分地解释何以像食谱这样的边缘叙事文类缺乏叙事性；尽管食谱可以说表现了时间上彼此接续的事件，但不能保证这些事件将要发生。例如，比起措词

（29）你将取两只鸡蛋白，然后你将加入少许白糖与面粉，然后你将所有这些放进烤箱，然后你将得到美味的蛋糕。

食谱更倾向于用措词

（30）如果你取两只鸡蛋，之后加入少许白糖与面粉，将之置入烤箱两个小时，就会做成美味的蛋糕。[6]

一般地，当我们阅读一个作为叙事的文本时，我们把会它当作关于确定无疑地发生的事件的一系列断言来解决和加工。这一处理过程越简单，文本越容易地暗含和适应于叙事，则该文本的叙事性越强。

## 完整性

有着同等的分离性、具体性与确定性的事件，未必产生同样程度的叙事性。毕竟，（6）～（9）比（1）～（5）的叙事性更强，故事（包含至少三个叙事性事件的一个序列）之叙事性比事件的单纯编年排列之叙事性更强。例如：

（31）约翰病得很厉害，后来他吃了个苹果，结果他变得十分健康。

与 151

（32）约翰病得很厉害，后来他吃了个苹果，后来他去了德国。

叙事性还取决于所表现的事件在何种程度上构成（或涉及）一个整体，

一个有着起、中、结的完整结构。由（分离的、特殊的、确定的）开头和/或结尾组成的叙事，称不上是叙事。例如把

（33）开始，他吃饭，然后他散步，然后他跑步。

或

（34）最后，他吃饭，然后他散步，然后他跑步。

与

（35）他吃饭，然后他散步，然后他跑步。

或

（36）他很富有，后来他生病了，结果，他变得贫穷。

相比较。同样，一个叙事中如果没有（连续性）主题，没有开始与结尾之间的关系，没有对给定情境中某一变动的（说明性）描述，实际上可以说它没有叙事性。例如

（37）约翰去了德国，然后，玛丽吃了个桃子，然后水沸腾了。

或

（38）约翰起床，然后，作为结果，玛丽读了一本书，然后，作为结果，水沸腾，然后，作为结果，琼看见彼得。

叙事所能做的不仅是显示各种各样的事件被时间地（或因果地）关联起来，尽管某些叙事可能仅仅如此；它还可以显示某些事件结合成更大的事件（反之亦然）。状态与行为的时间排列未必导致高度的叙事性。后者部分地源自事件的总体化（totalizing）与去总体化（detotalizing），建构（constructing）与解构（deconstructing），总括（making sums）与非总括（unmaking sums）。例如法语中的动词 conter（讲述）源于拉丁语的 computare（计算）一词，在英语中我们用 recount 一词表示讲
152 述（narrate）而用 account 一词表示叙述（narration），这都不是偶然。[7]叙事通常不是一个简单的事件串联，而是一个具有层次结构的事件串联。

需要注意，如果某些事件是另一些事件的聚合（aggregates）（或其构成成分），那么它们在性质上可能与后者有区别，也可能没有：

（39）他跑了。

在一定意义上是由

（40）他跑，然后他跑，然后他跑。

组成的；相反，

（41）他写了一封信。

不是由

（42）他写了一封信，然后他写了一封信，然后他写了一封信。

组成的。[8]

当一个事件承载的信息超过组成它的若干事件之总和，当整体大于部分之和并与之相区别而不是与之相等时，叙事性就倾向于增强：叙事能够表明，相似的事件可以结合成相似的事件，但更有意思也更有意义的是，它还表明相似的（或不相似的）事件可以结合成更大的、异样的事件。

有些整体比另一些整体具有更高程度的叙事性。（31）或

（43）约翰很善良，后来他遇上了玛丽，然后，作为结果，他变得很不善良。

比

（44）约翰在底楼，然后他登上了电梯，然后，作为结果，他到了顶楼。

有更多的叙事性，这是为什么？答案之一在于，个体在健康与个性上的变化与他位置上的变化比起来不那么琐碎，而且我确信这一点通常是成立的。一系列事件表面上的奇妙性和重要性绝不能保证其有更高程度的叙事性：

（45）约翰掐死一个巨人，然后他杀死一条巨龙，然后他杀死一条鲸。

未必比（31）或（43）有更多叙事性；而（1）尽管涉及第二次世界大 153
战，却肯定没有（9）叙事性强。另外，位置（或其他方面）的变化也可能变得（比较）有趣。事实上，叙事中的任何事件（组）仅仅就该叙事及其环境而言才是奇妙和重要的。例如

（46）约翰过去一直在底楼，后来有一天他乘坐电梯，后来，作为

结果，永远都在顶楼了。

或者比较

（47）他站立着，后来刮来一阵狂风，后来，作为结果，他倒在了地上。

与

（48）他过去一直站立着，后来刮来一阵狂风，然后，作为结果，他将永远倒在地上了。

（46）与（48）分别比（44）与（47）有更多的叙事性，因为它们更有意味，它们的更多意味源自这一事实：所描述的变化不仅仅是从一个偶然状态到另一个偶然状态的改变，而是从一个根本状态到另一个根本状态的改变。（46）和（48）中的初始状态确实是初始状态，可以说，正是从那时开了头，甚至它比开头更早；最后状态的确是最后状态，它是最终结的，甚至还在最终之后。在约翰位于底楼之前，没有另外的场所，也不可能有；在他处于顶楼之后，将没有别的场所，也不可能有。我们感觉情况极为圆满，在所叙述的事件序列之前或之后，再没有什么事件会具有叙事上的重要性。具有高度叙事性的叙事不仅是描述变化及其结果，而且是描述根本结果。它们把我们从源头带到结局，从“很久很久以前”带到“从此以后他们过着幸福的生活”，从异质性和区别性的开头返回到同质性和无区别性。

需要注意，叙事是本体论评论的一种优先模式，它具有对开端与末
154 日的强烈偏好。还要注意叙事——像其他渴望自洽与完整性的意指系统一样——习惯于在人类生活的普通开端与结尾（出生与死亡，婴幼年与老年，起床与就寝）之间展开其自身。更一般地说，它偏爱转换：从内部到外部，从幸福到不幸，从贫穷到富足，从无知到知悉，等等。当然，有些叙事将努力表明：通常被看作开端的，实际上是结尾，或者相反，被看作转换的，实际上远远不是。同样当然，在一些表面是模仿叙事、目的却在于颠覆叙事的现代文本中，却拒绝以标记明显的引介与结论为特征的自洽，而虚假的开头与虚假的结尾却大量出现。

叙述所传达的完整感显然不仅是个出发点（terminus a quo）与终

结点（terminus ad quem）的问题。像开头与结尾一样，中间也很重要。如果说叙事表现了变化，那么它同样也经常解释它们：一个事件或多系列事件被显示为将一个初始情境改变为最终情境。如果改变者不属于被普遍视为影响所叙述的改变的那些事件种类，或者换句话说，如果在理解改变者与被改变者之间的联系时会经历困难，那么对变化的解释将不被接受，或不能服人，叙事也就受损。例如

（49）约翰很富，后来他打了个喷嚏，结果他变穷了。

与

（50）约翰很富，后来他做了失败的投资，结果他变穷了。

更一般地，像我已多次指出或暗示的那样，那些被看作对中间（或开头或结果）没有重要价值的事件，那些不能作为对所表现的变化富有意义重大的关联来加以分析的事件，都是没有叙事上的活力的，它们会危及叙述清晰性并损害叙事性。

## 叙述定向

叙述从一组状态朝另一组状态前进。开始——就时间而言——呈现 *155*
出一系列事件，每一个都引起一定数目的可能性。其中有些实现了，有些没有实现。在一定意义上，有很多叙事的阅读过程也就是追问哪些会实现，哪些不能实现，并弄清楚：能够发生什么？将要发生什么？什么正在发生？什么已经发生？例如，一开始给定

（51）约翰很幸福，很富有，很善良。

其中一个或多个状态可以改变：

（52）约翰很幸福，很富有，很善良，后来他遇上了玛丽，然后，作为结果，他变得不幸。

（53）约翰很幸福，很富有，很善良，后来他遇上了玛丽，然后，作为结果，他变得贫穷。

（54）约翰很幸福，很富有，很善良，后来他遇上了玛丽，然后，

作为结果，他变得不善良。

(55) 约翰很幸福，很富有，很善良，后来他遇上了玛丽，然后，作为结果，他变得不幸、贫穷、不善良。

又或者有这样的可能：看上去它们似乎越来越倾向于被改变，但最后它们没有被改变。同样给定

(56) 约翰买了一支枪。

约翰或者将用它，或者不会用它。给定

(57) 约翰决定离开。

他或者要离开，或者改变他的想法，或者被阻止离开。[9]

一种可能性的实现，显然依赖于那种可能性的存在。我只有抓住枪时才能使用它；只有在某人来电话时我才能应答；只有我活着才会死去。因此，叙事中后面要发生什么，（一定程度上）取决于前面发生了什么，结尾要取决于开端（尽管通向它的路上充满意外）。事实上叙事经常通过明确程度大小不一地指明一些事件（不可避免地）导致另外一些事件，来突出这一点，而叙事性是将某事件视为依赖于其之前的另一事件这一可能性的一个功能：

156 (58) 天开始下雨，约翰被淋湿了。

就比

(59) 天开始下雨，约翰打开橱柜。

更有叙事性。[10]

需要注意，任何事件都很容易被安排跟在其他任何一个与之不矛盾的事件之后，而依赖关系对于叙事并不是最重要的。如果我以

(60) 约翰骑马走进落日的余晖。

开头，那么我可以续之以

(61) 然后一只鸟鸣叫起来。

(62) 然后天开始下雨。

或者甚至续之以

(63) 然后玛丽成为百万富婆。

但不会续之以

(64) 然后他骑上他的马。

另一方面，很多叙事显然一心想显示两个（两套）看似相互独立的事件实际上却有一种因果的或从属的或互补的关系，它们通常能够毫无困难地做到这一点。例如给定

(65) 约翰骑马走进落日的余晖，然后玛丽成为百万富婆。

我可以在两个事件之间很容易地建立起坚固联系：

(66) 约翰骑马骑到日落，然后玛丽成为百万富婆，因为她用全部所有——50 万美元——赌他能这样。[11]

如果可以说叙事的开头经常能够在一定程度上支配其结尾，那么也就可以说其结尾规定开头。因此，如果一个叙事被用于解释时间 $t$ 上发生的事件 x，它的开头——按编年顺序说——就会被联系到 x。另外，给定叙事中的一个事件，其意义部分地依赖于其序列（如果有）。后面发生的经常阐明前面发生的。在

(67) 约翰遇上了玛丽，结果，他很幸福。

和

(68) 约翰遇上了玛丽，结果，他很不幸。

中，相遇的重要意味有极大的不同；同样，在 157

(69) 艾琳常常外出旅游，结果她变得很富有。

和

(70) 艾琳常常外出旅游，结果她变得很贫穷。

中，艾琳的旅行之意义依后果的不同而有重要的区别。[12]

许多叙事可以被视为目的决定的。[13]特定事件之发生并非因为之前的事件，取而代之的是：特定事件发生是因为别的事件必须发生。不是方法设定结局，而是结局设定方法。在某种意义上，并不是约翰因为遇上了玛丽而幸福（或不幸），而是他必须遇上玛丽，因为他要幸福（或不幸）；并不是艾琳因为旅行而富有（或贫穷），而是为了富（穷）起来而必须旅行。就像热拉尔·热奈特指出的：

> 逆推（retrograde）的界定恰恰是我们所谓的叙事的任意性——所缺乏的根本就不是决定，而是由结尾做出的方法之决

定……效果对原因之决定。正是小说（fiction）的这种貌似矛盾的逻辑，要求我们以其虚构的性质去界定叙事的任何要素、任何单位，这也就是说，除了通过别的，还通过其与另一单位的联系，以及用第二个解释第一个（在叙事时间顺序上），等等——由此导致最后一个支配其他所有，却又不受任何支配。这是任意性的最重要中心，至少在叙事本身的内在性上，因为这样就很容易为它找到我们所需要的所有心理学的、历史的或美学的决定性因素。[14]

叙事经常基于某个结尾而展开自身，该结尾起到其（部分）前提、其吸引力、其组织原则的作用。阅读一个叙事即等待结局，这种等待的性质即该叙事的性质。当我穿越了叙事中多数琐碎陈述，我（可能）感觉——或知道——这种琐碎仅仅是表面的和暂时的，因为它被定位为如此，因为它就即将到来的情况而言是富有意义的。叙事性就是这种感觉的功能，例如小说或故事越是能够助长这种感觉，这一小说或故事的叙事性就越强。

需要注意，这样一来，叙事的定向就可能是——而且经常是　双
158 向（路）的。叙事从开端到结尾往复运动，二者互为条件，这一运动构成叙事性的一个强大的动力。同样需要注意，由于结尾常常决定开端——如果不是多于它被开端所决定的情况，至少是二者同样多，由于从一开始，开端就被结尾（的打算）所决定[15]，我们可以断言：结尾在一开头就到来，甚至在开端之前就到来。在《恶心》中，洛根丁认识到他试图把自己的日子过得仿佛是个故事，并理解到为什么那是不可能的：在故事中，

事情以一种方式发生，而我们却按相反的方式讲述它。你看上去从开头开始了……事实上你却已从结尾开始……故事反向地发展：时间不再以漫不经心的方式一个叠一个地累积，它们被故事结尾抢先确定。故事结尾引导它们，它们当中的每一个依次引出它之前的那一刻。

为了维护事件在时间上的连续排列的力量（无疑也是为了别的原因），目的论结构的叙事通常在开始时仿佛在寻求一个结尾（仿佛那个

结尾尚未抵达)，它们前进以找到它、抵达它。但特定文本完全建立在这样一个前提的基础上——将要到来的结尾已然到来。例如布朗肖的《正当其时》，不是从一个开端发展到一个结尾：开端就是结尾，并且那样一个发展只能是个假象。它不会给它所提出的很多问题提供答案：这些问题已经被回答了。它不能满足我们的（或其自己的）等待：我们等待的是已经过去的东西。此时即彼时，开始即最后，“很久很久以前”意为“他们从此过着幸福的生活”。《正当其时》探索和建构的恰恰是叙事本身常常成为的那一矛盾。[16]

## 叙事要点

像其他意指系统一样，有些叙事有一个叙事要点（the point of narrative)，有些则没有。我们的语言表明这一点，我们对特定叙事的反应也表明这一点。正如拉波夫所说： 159

> 无要点的故事经常遇到毁灭性的反应：“那又怎样?”每个好的叙述者都持续地避免这一问题：当它的叙事结束时，对于旁观者来说问“那又怎样”这一问题是不可思议的。相反，合适的反应之标志应该是：“他真如此吗?”或表明叙事中事件的报道性质的类似意思。[17]

无要点的叙事的确具有较低程度的叙事性：如果我在 x 中不能发现作为故事的要点何在，那么我不会认为 x 是个好的故事。

但是什么决定了叙事的要点化与无要点化呢？我们可以说叙事的要点在于这样的事实：截然不同的事件被联结起来构成一个整体，它们被总体化进入或非总体化成为另外的事件；状态的变化得以描述与解释；先到来的决定着后到来的，并从其得到意义，这一点被显示出来。但这并不是一个很令人满意的回答，因为有些完足建构的叙事，其情节与阐释维度并非微不足道，其开端与结尾也互为条件，但它们称不上有要点：

（71）他买了一支枪，然后他回家，吃了一顿豪华大餐，拉上窗帘自杀了。

对时间中一系列事件的表现，尽管它们可能有强烈的联系，也未必（足以）形成一个要点。

叙事的要点与其说是可根据特定叙事的构成成分来加以界定的，不如说是其语境的一种功能。叙事应该是并非一目了然的，是值得讲述的。它应该再现、图解和阐释一些不寻常的、问题丛生的东西，一些被致使对其接受者有价值和有关系的东西：一个叙事的语内表现行为（illocutionary）力量应该等于关于时间中事件的一系列惊叹性的（不仅仅是信息性的）断言之力量。没有对接受者一方的欲求（desire）和这一欲求的满足，就没有叙事的要点（正如没有对发送者一方的“生产出叙事”这一欲求就没有叙事）。

160 这解释了何以同一叙事可能对某些人来说是无要点的，对另一些却相反：我可能想知道在时间 $t$ 上发生了什么以及为什么发生，而你可能不如此想。我可能发现对已发生事件的叙述十分有趣，而你可能不赞成。它也解释了为什么叙事信息的发送者经常极力地把某些事件强调为显著、重要、关键，以突出某些枝节而不突出其他，建立一个适切性之层次；接受者因此能够基于特定顺序处理或重排特定要点的信息。[18]它还进一步解释了为什么一个未经请求、主动提供的叙事首先要唤醒欲求，它也阐明了很多叙事中悬念的动力，为了存在，在维持欲求的同时也延宕了欲求之满足：一旦欲求得以满足，叙事必须停止，或者接受无要点这一现实。最后，它还解释了为什么叙事被视为一个交换的单位，而叙述（narrating）被视为一种商业行为，以及为什么某些典范叙事强调叙述者及其受述者之间、发送者及其接受者之间的契约（如果你让它值得，那么我将倾听；如果你承诺做个好的接受者，那么我会给你讲个伟大的故事）——叙事的要点所依赖的那一契约：讲一个传说以谋求一日之存活（《一千零一夜》），讲一个故事为了一夜的爱情（《萨拉辛》），写一部日记为了救赎（《毒蛇之结》）。[19]

文本的叙事性依赖于该文本通过表现定向时间整体、涉及多种冲突从而满足接受者的欲求的程度。这些冲突由分离的、具体的、确定的事件组成，就人类计划和人化的世界而言富有意味。如果说我在本研究中通篇运用的大多数例子很少作为叙事给出，也几乎不——即使有的话——被当作叙事接受，那不是因为它们在形式上缺乏：它们不是叙事。毋宁说，那是因为它们不能满足叙事性的必备条件。

不过，正如在易读性和可读性情况中一样，说一个叙事比另一个有更多的叙事性，并不意味着它更好或更坏。叙事性依赖于接受者，其价值也是如此。事实上很多叙事之有价值，不是纯粹是作为叙事，而是由于它们的妙语、它们的文体、它们的思想内容或它们的心理洞察力：在 *161* 大多数叙事中，有的远不仅仅是叙事！另外似乎矛盾的是，说一个文本有些叙事性，也未必意味着它是一个叙事。如果特定文本具有最低限度的叙事性，那么某些因为这样那样的原因而采用各种各样的叙事装饰的非叙事也可能达到高度叙事性，至少在其某些部分中如此：它们在事件之间建立编年联系，但这些联系证明是假象；它们似乎是被一个结局所吸引，但该结局并未到来；它们带着确定性前行，但这一确定性消失了；它们建立了层级，但这一层级破碎了；它们似乎渴盼形成一个要点，但却从未形成。

尽管这是事实，或者毋宁说因为这是事实，对叙事性的研究不仅可以阐明特定叙事（非叙事）的功能，而且可以阐明叙事重要性（narrative moment）之意义。

# 结　语

163　叙事学的目标很清楚：发现、描述和解释叙事的机制及对其形式和功能过程有重大意义的诸因素。上述讨论的结果也是如此。首先，对文本与语境之间的相互作用的研究强调了一个事实：文本的表面结构不足以将该文本界定为叙事。依赖各种条件，像“玛丽吃果酱”这样一个简单陈述也可以作为叙事起作用，我们都知道关于“电话簿是一部人物太多而情节太少的长篇小说”这一笑话。说“一个文本当且仅当它是时间序列中至少两个事件的表现，其中任何一个都不预设或包含另一个时才构成叙事”，也许不如说“一个文本当且仅当其被处理成这样时才是叙事”更有启发性。处理过程被证实越容易，文本要求于它和适用于它越多，该文本就越普遍地被作为叙事加以组织。

而且已证实，可能性的书面叙事之巨大而令人迷惑的布阵，可以用形式上由四部分构成的语法加以表现的、精确度较低的规则来说明。而进一步被证实的是易读性与叙事性的程度依赖于一套界定清晰的文本与语境要素。我想这是值得做的，因为它将从无序被引向基本的秩序。它也是富有启发的。这些规则与要素可以帮助我们界定任一给定叙事的特殊性，因为这一特殊性是这些要素所获得的、这些被利用的规则及其利用方式的一种功能。此外，它们可以帮助我们根据有叙事适切性的特征比较任意两个（组）叙事或建立叙事类别。例如，能部分地描述《毒蛇 164
之结》的特点并将它与《曼侬·莱斯戈》[①]《哈克贝利·费恩历险记》[②]《高老头》或《变》区别开来的，是它描画了一个自觉意识的第二叙述者，他同时也是主人公，他数次更换受述者，他的叙述开始跟在所叙述的事件之后，后来又插入其中；而部分地将个人经验叙事与希腊罗马史诗区别开的是，前者首先描述时间上第一的事件，而后者却不如此。当然，正如我一再指出的，叙事学考察成果使我们能够处理不仅关乎“作为叙事的叙事”（narrative qua narrative），而且关乎心理学、人类学、历史、文学批评或美学的各种问题。为什么口头叙事中回避“闪回中的闪回”？也许是为了使这些叙事的生产与接受更为容易。为什么普鲁斯特一直偏爱综合叙述（iterative narration）？也许是因为他想描绘本质。为什么我感到《包法利夫人》在美学上令人愉悦？也许是因为福楼拜在概述当中运用场景和在场景当中运用概述的方法。

最广泛地说，叙事学赋予我们一种既深入支配符号与意指实践系统，也支配我们对它们的阐释的原则之洞察力。研究所有的可能性叙事且仅仅是可能性叙事，解释它们的形式与功能，考察我们如何以及为什么能够建构它们、意释它们、扩展它们，或基于情节、叙述者、受述者和人物之类范畴组织他们，也就是研究这些根本方法中的一种（而且是独属于人类的一种）。通过这种方法我们获得意义。一言以蔽之，叙事学可以帮助我们理解何为人类。

---

① 《曼侬·莱斯戈》（*Manon Lescaut*），法国作家普列夫（Antoine François Prévost，1697—1763）的小说，1731年出版。奥贝、普契尼等都曾据此改编著名歌剧。

② 《哈克贝利·费恩历险记》（*Huckleberry Finn*），美国小说家马克·吐温（Mark Twain，1835—1910）的长篇小说。

# 注　释

## 导　言

165 ［1］罗兰·巴特：《叙事作品结构分析导论》，载《新文学史》，1975 年冬季号（VI），237～272 页。

［2］同样论点也适用于任何对一个单独行动的时态化描述，及包含意指过去之词语的陈述。

［3］当然，重构段落可以事实上为（15）所假定和包含，但那是另一回事。

## 第一章

［1］他们也可能同时描述受述者和叙述。

［2］在"我"信号问题上，参见：埃米尔·本维尼斯特：《一般语言学问题》（巴黎，1966），223～285 页，以及《一般语言学问题 II》（巴黎，1974），67～88 页；热拉尔·热奈特：《叙事的界限》，载《交流》，1966（8），152～153 页；罗曼·雅各布森：《著作选 II：词语与语言》（海牙—巴黎，1971），130 以后各页；诺米·塔米尔：《人称叙述及其语言学基础》，载《PTL》，1976（I），403～429页。

[3] 例如，热奈特的《叙事的界限》，162 页。

[4] 关于介入、自我意识、可信性与距离，参见韦恩·C·布斯：《小说修辞学》（芝加哥，1961），149～165 页。“可信叙述者”这一术语，我的用法与布斯的不完全一样。

[5] 任何话语事件中，任何第一人称总是暗示一个第二人称，反过来也一样。

[6] 关于受述者和“你”信号，参见（例如）：罗兰·巴特：《叙事作品结构分析导论》，260 页；热拉尔·热奈特：《辞格 III》（巴黎，1972），265～276 页；沃克尔·吉布森：《作者、说话人、读者与虚假读者》，载《大学英语》，1950 年 2 月号（XI），265～269 页；玛丽·安·皮沃瓦尔兹克：《叙事与一统情境：普林斯理论的再审视》，载《文体》，1976（IX），161～177 页；杰拉德·普林斯：《受述者研究概述》，载《诗学》，1973（14），178～196 页，以及《关于虚构“受述者”初步分类的札记》，载《文体》，1971 年 3 月号（IX），100～106 页。

[7] 此处我参照韦恩·C·布斯在《小说修辞学》中的观点，同时有所修正。参见韦恩·C·布斯：《小说修辞学》（1961），155 以后各页。

[8] 关于叙事中的时间关系，参见热拉尔·热奈特《辞格 III》中的卓越讨论。 *166*

[9] 预言性叙事的一种有趣形式是所谓的“假设叙事”（hypothetical narrative）。在这种形式中，叙述会预先讲出被叙，因为后者可能从未在任何（真实或虚构）世界中发生过。例如乔治·佩雷克（Georges perec）的《物》（*Les Choses*）就是在此种情况下讲述的。更一般地，可以说，无论何时，只要叙述者想象未来将会发生什么（但并不发生），假设叙事就产生了。

[10] 严格说来，可以把嵌入叙述看作一系列后面（或前面，或二者的复合）叙述的结合。

[11] 请注意，“我说”频繁用于口头叙事（或其书面转化）中。

[12] A. A. 门迪洛：《时间与小说》（伦敦，1952），94 页。

[13] 莱蒙·费尔南德兹：《信息》（巴黎，1962），60～61 页。关于叙事的过去时态，参见：凯特·汉伯格：《文学的逻辑》（斯图加特，1968），59～72 页；罗曼·英伽登：《文学性的艺术作品：对本体论、逻辑学和文艺学之间的边缘学科的研究》（哈雷、萨勒，1931）；让-保罗·萨特，《境况 I》（巴黎，1947），16；F. K. 斯坦泽尔：《小说中的叙事情境：〈汤姆·琼斯〉〈莫比·迪克〉〈使节〉〈尤利西斯〉》，第一章，布鲁明顿，印第安纳大学出版社，1971。关于叙事中的时态，参见：W. J. M. 布朗兹瓦尔：《小说中的时态：语言学批评若干潜能研究》（格罗尼根，1970）；哈拉尔德·魏因里希：《动词时态、被谈论和

叙述的世界》（斯图加特，1964）。

［14］不过有些传统的非西方叙事不是从“很久很久以前”开始，而是以“有那么一个地方”开始。

［15］在一些书面叙事中，可能涉及并区分出多达四种（或更多）空间类型：被叙空间、叙述者叙述过程中的周围空间、他的受述者阅读其所述事件时所处的空间、他写下这些事件时所在的空间（例如他写作所用的一摞稿纸）。当然，这四种空间的关系也可能既极复杂又极重要。

［16］关于日记叙事，参见杰拉德·普林斯：《日记体小说：关于一种亚文类之定义的札记》，载《新语文》，1975 年冬季号（LIX），477～481 页。注意，书面叙事之叙述媒介可以作为口头媒介来描述。

［17］参见威廉·拉波夫、乔舒亚·瓦莱茨基：《叙事分析：个人经验的口述版本》，载《语言与视觉艺术论集，美国人类学会年度春季会议会刊》，1966（21）。

［18］罗兰·巴特：《叙事作品结构分析导论》，237 页。

［19］关于预设之观点，除了其他，还可参见：奥斯瓦尔德·杜克洛特：《说和不说：语言语义学的原则》（巴黎，1972）（我遵从该书意见）；巴斯·C·范·弗拉森：《预设、蕴含与自我指涉》，载《哲学学报》，1968（LXV），136～151 页；乔治·拉考夫：《语言学与自然逻辑》，载《自然语言的语义学》，唐纳德·戴维森、沃克尔·吉布森合编（多德雷赫特，1972），569～588 页。我关于预设信息的早期讨论见拙著《预设与叙事策略》，载《中心》，1973，I（1），23～31 页。

［20］参见奥斯瓦尔德·杜克洛特：《说和不说》，1～24 页。

［21］着重号为笔者所加。

167 ［22］关于这一话题，除了其他，还可参见：安·班尼菲尔德：《叙事文体与直接和间接引语》，载《语言基础》，1973（X），1～39 页；热拉尔·热奈特：《辞格III》，191～194 页；皮埃尔·范·登·赫维尔：《话语关系》，载《新语文》1978 年 1 月号，IXII（1），19～38 页；马格利特·利普斯：《自由间接话语》（巴黎，1926）；布赖恩·麦克黑尔：《自由间接引语：晚近观点综述》，载《PTL》，1978（III），249～288 页；诺曼·比奇：《英语小说中的话语》（伦敦，1973）；君特·斯泰因贝格：《被体验过的言说及其在近代德语、法语、英语叙事文学中的特性和形式》两卷本（戈平根，1971）；杰拉德·斯特劳希：《近期对自由间接风格的若干解释》，载《英美研究》，1974（VII），40～73 页。

[23] 这一特点也见诸自由间接引语及“现实主义”对话中。

[24] 参见：劳伦斯·E·鲍灵：《何为意识流技巧》，载《美国现代语言学协会会刊》，1950（LXV），333～345页；路易斯·弗兰科尔：《内心独白叙事（句法、语义与实效）》，载《文学研究》，1976年8月号（LX），341～365页；麦尔文·弗里德曼：《意识流：文学方法研究》（纽黑文，1955）；罗伯特·汉弗里，《现代小说中的意识流》（伯克利，1954）。

[25] 关于俄国形式主义，参见：亚迪斯拉夫·马特吉卡、克里斯蒂娜·珀摩尔斯卡：《俄罗斯诗学读本》（坎布里奇，马萨诸塞州，1971）；罗伯特·肖尔斯：《文学结构主义导论》（纽黑文、伦敦，1974），74～91页；茨维坦·托多罗夫译编：《文学理论》（巴黎，1965）。关于情节的各种类型，参见：诺曼·弗里德曼：《情节的形式》，载《普通教育学刊》，1955年7月号（VIII），241～253页；罗伯特·肖尔斯、罗伯特·凯洛格：《叙事的本质》（纽约，1966），第六章。

[26] 关于视点，已有大量优秀著作。除了其他的，还可参见：米克·巴尔：《叙事与聚焦》，载《诗学》，1977（29），107～127页；西摩·查特曼：《故事与话语》（伊萨卡，1977）；卢伯米尔·多利泽尔：《捷克文学的叙事模式》（多伦多，1973）；诺曼·弗里德曼：《小说的视点：批评概念的发展》，载《美国现代语言学协会会刊》，1955年12月号（LXX），1160～1184页；热拉尔·热奈特：《辞格 III》，203～224页；让·普劳恩：《时间与小说》（巴黎，1946）；波提尔·荣伯格：《第一人称小说的叙事技巧研究》（兰德，1962）；弗朗西斯·范·罗素-古扬：《叙事的角度或视点》，载《诗学》，1970（4），476～497页；茨维坦·托多罗夫：《诗学》（巴黎，1973），59～64页；鲍里斯·乌斯宾斯基：《结构诗学》（伯克利，1973）。

[27] 诺曼·弗里德曼：《小说的视点：批评概念的发展》，1171页。

[28] 叙述者也可采用一个联合的视点（即诸人物的“合唱”，例如“公众观点”），就像在《1919》或《凡尔登》中那样。

[29] 关于萨特小说的视点，参见杰拉德·普林斯：《萨特小说中的形而上学和技术》（日内瓦，1968），17～40页。

[30] 在电影或口头叙事现象中，视觉持续或听觉持续对所有受众都是同样的。

[31] 给定一系列发生于时间 $t$ 或分别发生于时间 $t_1$，$t_2$，$t_3$ ，…，$t_n$ 的事件 $e_1$，$e_2$，$e_3$ ，…，$e_n$，如果其中一个事件未被述及，我们就称之为省略（ellipsis）。

［32］参见：热拉尔·热奈特：《辞格 III》，128 以后各页；西摩·查特曼：《热奈特的叙事时间关系分析》，载《精神创造者》，1974 年冬季号（XIV），353～368 页。“stretch”（延缓）是查特曼提出的术语。

［33］当然，当可能的中断或空隙并无重大意义时，我们通常不把它当作省略处理。

［34］参见热拉尔·热奈特：《辞格 III》，145～148 页。

## 第二章

168 ［1］同样的建议参见：杰拉德·普林斯：《走向小说的标准批评》，载《文体》，1969（II），8 页；查理斯·T·斯科特：《论谜语的定义：结构单位问题》，载《文体》，1969（II），137 页。关于基本线索的转换的讨论，参见诺姆·乔姆斯基：《句法结构》（海牙，1957）；《句法的转换分析法》，载《1958 年英语语言分析问题研讨会会刊》，A. A. 黑尔主编（奥斯汀，1962），124～158 页。请注意，在本书中为方便起见，我可能用一个并非单一基本线索之转换的句子来代表一个命题。

［2］从现在起，我将用“事件”表示“事件或状态”。

［3］关于这一话题，参见埃伦·F·普林斯：《“是”：共时与历时研究》，载《转换与话语分析论文集》（81）（宾夕法尼亚大学，1970）。我未在状态（states）与过程（processes）、事件（happenings）与行动（actions）等等之间作区分，因为这种区分与我的讨论无关。

［4］关于说明（exposition）的详尽讨论，参见梅尔·斯坦伯格：《小说的呈现模式与时间顺序》（巴尔的摩，1978）。

［5］E. M. 福斯特：《小说面面观》（伦敦，1927），130 页。

［6］变化问题已由茨维坦·托多罗夫作出详细研究，他称之为“叙事转换”。参见托多罗夫：《〈十日谈〉的语法》（海牙，1970）；《叙事的转换》，载《诗学》，1970（3），322～333 页。

［7］参见茨维坦·托多罗夫：《诗学》，82 页。关于序列的另一种区分，参见罗兰·巴特：《叙事作品结构分析导论》，252 以后各页。

［8］关于人物的观点，除了其他，还可参见：索伦·亚历山大雷斯库：《人物的逻辑》（巴黎，1974）；罗兰·巴特：《S/Z》（巴黎，1970），101～102 页；克劳德·布雷蒙：《叙事的逻辑》（巴黎，1973）；西摩·查特曼：《论形式主义—结构主义的人物理论》，载《文学语义学学报》，1972（1），57～59 页；E. M. 福

斯特：《小说面面观》（伦敦，1927），69～125 页；诺斯罗普·弗莱：《批评的剖析》（普林斯顿，1957）；詹姆斯·加维：《叙事中的人物》，载《诗学》1978（VII），63～78 页；菲利普·哈蒙：《论人物的符号学身份》，载《文学》，1972（6），86～110 页；W.J. 哈尔维：《人物与小说》（伦敦，1976）；茨维坦·托多罗夫：《〈十日谈〉的语法》（海牙，1970）；迈克尔·泽拉法：《人与性格》（巴黎，1969）。

[9] 根据普罗普与格雷马斯的模式，可以有一个以上的人物充当同一功能（例如可以有三个对头、四个帮助者）。另外，同一人物可以充当一个以上的功能（他可以同时是主体和发送者，或者客体和对头，等等）最后，不是所有功能都需要由一个人物充当（各种社会力量都可以构成发送者，或客体，或对头，等等）。参见：弗拉基米尔·普罗普：《民间故事形态学》（布鲁明顿，1985）；A.J. 格雷马斯：《结构语义学》（巴黎，1966），172～191 页，《论意义》（巴黎，1970），249～270 页，以及《行动元、角色与形象》，载《叙事与文本的符号学》，克劳德·夏布洛尔主编（巴黎，1973），161～176 页。

[10] 参照菲利普·哈蒙：《何为描述?》，载《诗学》，1972（12），465～485 页。

## 第三章

[1] 例如，参见：巴巴拉·利奥纳德：《孵化情节：故事创造之发生》，载《艺术与 *169*
认知》，戴维·伯金、巴巴拉·利奥纳德合编（巴尔的摩，1976）；彼得·F·纽梅耶：《作为故事讲述者的孩子：经由习惯知识的文学概念教学》，载《大学英语》，1969（XXX），515～517 页。

[2] 参见：弗拉基米尔·普罗普：《民间故事形态学》；阿兰·敦德斯：《北美印第安民间故事形态学》（赫尔辛基，1964）。

[3] 关于语法的要求，参见诺姆·乔姆斯基：《句法结构》；《论"语法规则"的概念》，载《第 12 次应用数学讨论会会刊》，1961（XII），6～24 页；《关于生成语法的若干方法论评论》，载《语词》，1961（XVII），219～223 页；《句法的转换分析法》，载《句法理论面面观》（坎布里奇，马萨诸塞州，1965）。又可参见：艾蒙·巴赫：《转换语法导论》（纽约，1964）；保罗·珀斯塔：《结构成分》（海牙，1964）。关于合语法程度，参见诺姆·乔姆斯基：《关于生成语法的若干方法论评论》。

[4] 例如，参见：克劳德·布雷蒙：《叙事的逻辑》；本杰明·N·科尔比：《爱斯

基摩民间故事的局部语法》，载《美国人类学》，1973（LXXV），645～662页；托伊恩·A·范·迪克：《文本语法的若干侧面：理论语言学与诗学研究》（海牙，1972），以及《叙事的宏观结构：逻辑与认识基础》，载《PTL》，1976（I），547～568页；卢伯米尔·多利泽尔：《从母题素到母题》，载《诗学》，1972（4），55～90页；热拉尔·热诺：《叙事计算问题》，载《CRLLI》，1976（10），以及《叙事计算问题 II》，载《CRLLI》，1977（10）；罗伯特·A·乔治斯：《民间故事的结构：整体转换方法》，载《海螺》，1970，II（2），4～17页；克劳德·列维-斯特劳斯：《结构人类学》（巴黎，1958）；托马斯·G·帕维尔：《高乃依悲剧的叙事句法》（巴黎，1976）；马里亚-罗利·赖安：《叙述、生成、转换：巴尔扎克的〈大望楼〉》，载《精神创造者》，1977年秋季号（XVII），195～210页；茨维坦·托多罗夫：《叙事的语法》，载《语言》，1968（12），97～102页及《〈十日谈〉的语法》；彼得·迪克·范·德尔·文：《从叙事文本到叙事结构》（多德雷赫特，1978年2月）。关于该领域的一般讨论，参见：乔纳森·卡勒：《结构主义诗学：结构、语言与文学研究》（伊萨卡，1975）；威廉·O·亨德里克斯：《符号语言学与语言艺术论集》（海牙，1973）；杰拉德·普林斯：《叙事信号及其他》，载《音调》，1974年秋季号，2～8页；罗伯特·肖尔斯：《文学结构主义导论》。

[5] 例如，参见克劳德·夏布洛尔主编：《叙事与文本的符号学》（巴黎，1973）。关于各种叙事语法的详尽批评，除其他以外，还可参见：克劳德·布雷蒙：《叙事的逻辑》，9～128页；波特尔·奈斯豪斯特：《对传统故事的形式或结构研究》（斯德哥尔摩，1969）；马里亚-罗利·赖安：《树上生长出文本》，载《音调》，1977年冬季号，VII（4），34～46页。

[6] 这一语法是对杰拉德·普林斯在《故事的语法》（海牙—巴黎，1973）一书中的语法作了大量修正后的版本。因为我主要对文字（书面）叙事感兴趣，为方便起见，我所用为例证的叙事都是文字叙事。这并不意味着我提出的规则不能适用于非文字叙事，或者其所表达的概念对于它们是不可转换的。

170 [7] 参见路易斯·叶尔姆斯列夫：《言语的层次》，载《语词》，1954（X），163～188页。

[8] 不超过我在《故事的语法》所定义的中“最小故事”，参见《故事的语法》，16～37页。正如结构成分将会显示的，尽管所有故事都是叙事，但并非所有叙事都是故事。

[9] 在建构我的语法的过程中，我参照了诺姆·乔姆斯基的《句法结构》、《论“语

法规则”的概念》、《句法的转换分析法》；艾蒙·巴赫的《转换语法导论》；保罗·珀斯塔的《结构成分：当代句法描述模式研究》。

[10] 在推敲我的转换规则的过程中，我又一次参照了诺姆·乔姆斯基和艾蒙·巴赫的著作。关于对叙事学中转换一词的运用的出色讨论，参见托马斯·G·帕维尔：《高乃依悲剧的叙事句法》，131～147 页。需注意，我们可以很容易地用改写规则解释“结合”与“嵌入”。不过迄今为止，如果不借助于转换，我还不能解释“交替”。因此，也是为方便起见，我倾向于用转换规则解释所有的复杂结构。另外，由两部分组成的结构成分，有利于强调这样的事实：很多叙事都可以看作是由更小的叙事组成的。

[11] 同时，结构和逻辑成分也解释被叙。

[12] 给定一个状态性事件 A 后面跟一个行动性事件 B，我们把 B 看作导向了 A 的改变，除非文本明确指出不是如此。另外，在缺少其他信息的情况下，我们选择 A 的最有道理的改变来获得。

[13] 如果 $ST_2$、$ST_3$ 或 $ST_4$ 未获运用，我们将得到这样一个叙事：其叙述时间与被叙时间之间的关系不能确定。

[14] 表达成分可以等同于一个非语言的意指系统。另外，可以想到，某些此类系统不能够执行所有的指令。

[15] 文本语法和叙事学方面的晚近研究表明，这一障碍是不可超越的，也许最需要的是容忍。例如，参见：托伊恩·A·范·迪克：《行动哲学与叙事理论》，载《诗学》，1976（V），287～338 页；卢伯米尔·多利泽尔：《叙事语义学》，载《PTL》，1976（I），129～151 页；托马斯·G·帕维尔：《文学语义学中的可能世界》，载《美学与艺术批评学报》，1976（XXXIV），165～176 页；亚诺斯·彼得斐：《话语语言学论文》（汉堡，1975）。

## 第四章

[1] 例如，参见：罗兰·巴特：《S/Z》；戴维·巴雷奇：《阅读与情感：主观批评导论》（厄巴纳，1975）；韦恩·布斯：《小说修辞学》；迈克尔·查理斯：《阅读修辞学》（巴黎，1975）；乔纳森·卡勒：《结构主义诗学》；斯坦利·费什：《读者的文学：效果文体学》，载《新文学史》，1970（II），123～162 页；诺曼·霍兰德：《五位读者的阅读》（纽黑文，1975）；沃尔夫冈·伊瑟尔：《隐含读者：从班扬到贝克特的散文体小说中的交流模式》（巴尔的摩，1974）；沃特

尔·J·昂：《作家的听众永远是虚构的》，载《美国现代语言学协会会刊》，1975年1月号（XC），9～21页；米歇尔·里法泰尔：《结构文体学论集》（巴黎，1971）；沃尔特·斯拉托夫：《关于读者：文学反应之维度》（伊萨卡，
171 1970）。请注意，关于阅读我后面所要说的，大多适用于接受和解释那些不把书面语言作为媒介的叙事。

[2] 参见罗兰·巴特：《S/Z》，23～28页；《对爱伦·坡的一篇故事的文本分析》，载《叙事与文本的符号学》，29～54页。

[3] 当然，有些接受者可能会问时间和雪在整体叙事策略中有什么意义，但那是另外一回事。

[4] 关于情节符码和阐释符码，参见：罗兰·巴特：《S/Z》；乔纳森·卡勒：《结构主义诗学》，205～224页；约绪·V·哈拉里：《最大叙事：巴特晚近批评之导论》，载《文体》，1974年冬季号（VIII），56～57页。

[5] 对于文字传达中的任何行为，这一点也是如此。

[6] 许多非叙事信息也容许多种多样的阐释，但电路信号中的信息不如此（例如交通信号灯）。

[7] 当然，心理学或许可以告诉我们，我们一次可以处理多少信息，并帮助我们澄清最大阅读的概念。

[8] 参见罗兰·巴特：《S/Z》，81～83页。

[9] 例如，参见：罗兰·巴特：《S/Z》，219；威廉·加斯：《小说与生活形象》（纽约，1970），24～25页；茨维坦·托多罗夫：《散文诗学》（巴黎，1971），81～83页。

[10] 罗曼·雅各布森：《最终陈述：语言学与诗学》，载《文体与语言》，托马斯·塞比奥克主编（坎布里奇，马萨诸塞州，1960），353页。有些学者喜欢说七个因素，例如戴尔·海姆斯把语境（context）分为论题（topic）和背景（setting），参见《言说的人种学》，载《语言社会学读本》，约舒斯·A·费什曼主编（海牙，1970），110～113页。

[11] 参见罗曼·雅各布森：《最终陈述：语言学与诗学》，353～357页。当然，文字行为可以有一个以上的功能。

[12] 关于元语言陈述和信号的出色讨论，参见乔塞特·雷-德波夫：《当代法语词典的语言学和符号学研究》（海牙—巴黎，1971），43～52页。

[13] 类似区分参见杰拉德·普林斯：《元叙事信号研究》，载《学位》，1977（11-12），e1-e10。也可参见：菲利普·哈蒙，《文学文本与元语言》，载《诗学》，1977（31），261～284页；皮埃尔·范·登·赫维尔：《叙事的叙述者或自身

话语的阅读叙述者》，载《亚哥拉》，1977（14－15），53～77页。

[14] 换句话说，叙述者的介入或解释，未必构成元叙事信号。

[15] 请注意，所有出自叙述者的解释（包括非叙事的）都同样起到指示其自身与受述者关系的作用。更一般地说，任何文本（包括非叙事文本）中的所有解释都提供关于发送者与接受者关系的信息。

[16] 我对于“读者究竟给文本带来什么”这一问题的描述，当然是很不完全的。

[17] 关于文本的易读性与可读性，参见：罗兰·巴特：《S/Z》；乔纳森·卡勒：《结构主义诗学》；菲利普·哈蒙：《受束缚的话语》，载《诗学》，1973（16），411～445页，以及《关于可读性文本的札记》，载《批评的使命与方法：J.A. 韦耶教授纪念文集》（雷恩，1973），827～842页；茨维坦·托多罗夫：《〈灵光集〉的文本复杂性》，载《诗学》，1978（34），241～253页，以及《作为建构的阅读》，载《诗学》，1975（24），417～425页。

[18] 我忽略了长度因素，尽管它并非不重要。

[19] 一部与作者熟悉的现实相一致的文本——如一部充满陈腐人物与环境的小 172
说——也更易于得出意义。

[20] 这些信息混乱在很多荒诞文本的策略中扮演重要角色。

[21] 关于可靠和不可靠评论，参见韦恩·布斯：《小说修辞学》，第II部分。

[22] 在重视新事物的文化中，文本在重读时不是很具有可读性，除非它相对复杂并允许提出新问题（或者除非我们忘记了它）。

## 第五章

[1] 该例采自乔纳森·卡勒：《结构主义诗学》，143页。

[2] 参见乔纳森·卡勒：《结构主义诗学》，143页。

[3] 因此事件的时空特性经常扮演显著角色。

[4] 在历史叙事中，假定讲述了一系列过去的事实，看似主观的信号被删除了。

[5] 从词源学来说，叙事（narrative）与知识有关。

[6] 我们通常把食谱当做要遵循的程序来读，而不是当做故事来读。

[7] 关于这一问题，参见让-皮埃尔·费伊：《叙事理论》（巴黎，1967），92～93页。

[8] 参见泽诺·温德勒：《哲学中的语言学》（伊萨卡，1967），97～121页。

[9] 关于这一问题，特别参见克劳德·布雷蒙：《叙述信息》，载《交流》，1964（4），4～32页；《叙事的逻辑》。

[10] 参见罗兰·巴特：《叙事作品结构分析导论》，248页。

[11] 关于叙事动机，参见热拉尔·热奈特：《可能与动机》，载《交流》，1968（11），5～21页。另见鲍里斯·托马舍夫斯基：《主题》，载《俄罗斯形式主义批评》，李·T·里蒙、马里恩·J·里斯合编（林肯，1965），61～95页。

[12] 正是叙事的这一特点，使得普罗普能够建立他的民间故事形态学。在他的奠基性著作中，他把功能界定为“从其对行动过程意义的角度定义的角色行为”（20页）。他能够显示：俄国民间故事的结构能够用遵循一个固定序列的31种功能加以解释，它们在某个特定故事中的存在或缺席，显示了该故事的情节特征。

[13] 所谓叙事性句子——亚瑟·丹托把它界定为“指涉至少两个时间上分离的事件，尽管它们只**描述**（也只**关乎**）所指涉的事件中较早的那一件”——在叙事中的频繁出现，是此种技术倾向的重要信号。参见亚瑟·C·丹托：《历史的分析哲学》（剑桥，1965），143～181页。

[14] 参见热拉尔·热奈特：《可能与动机》，载《交流》，1968（11），18页。关于开端与结尾，参见：菲利普·哈蒙：《结句》，载《诗学》，1975（24），495～526页；弗兰克·科默德：《结尾的意义：虚构理论研究》（纽约，1967）；尤利·洛特曼：《艺术文本的结构》（巴黎，1973）；爱德华·萨义德：《开端：
173 意图与方法》（纽约，1975）；巴巴拉·H·史密斯：《诗的终结：关于诗歌如何结尾的研究》（芝加哥，1968）。

[15] 当然，这也可以出现在《布瓦尔和佩居谢》（*Bouvard et Pécuchet*）、《罗马漫画》（*Le Roman comique*）、《玛丽安的生活》（*La Vie de Marianne*）之类未完成的叙事中。

[16] 像《终局》（*Endgame*）及大部分贝克特小说一样，《等待戈多》（*Waiting for Godot*）可以看作表现了人类对于等待那些还未到来或者已然过去的事物的两难处境。

[17] 威廉·拉波夫：《城市内部的语言》（费城，1972），366页。关于叙事要点，参见：利维亚·波兰侬·伯蒂奇：《冗言在结合重点地位与叙事中的评价功能——分类参考文献》，载《雷克汉姆文学研究》，1976年冬季号（7），19～35页，以及《何以“何物”即“何时”：叙事的互文本领域》，载《伯克利语言学会第二次年会会刊》，1976，59～77页；马里·路易斯·普拉特：《走向一种文学话语的言语行动理论》（布鲁明顿，1977），46～57页、132～151页。

[18] 当然，发送者甚至频频在其叙事的开端或结尾讲述这样的话：“故事的要点在于……”或“我的意思是……”。

[19] 参见罗兰·巴特：《S/Z》，95～96页。

# 参考文献[1]


Alexandrescu, Sorin (1974). *Logique du personnage*. Tours: Mame. 175

索伦・亚历山大雷斯库（1974）. 人物的逻辑. 图尔：玛姆.

Bach, Emmon (1964). *An Introduction to Transformational Grammars*. New York: Holt, Rinehart and Winston.

艾蒙・巴赫（1964）. 转换语法导论. 纽约：霍尔特、莱恩哈特和温斯顿.

Bal, Mieke (1977). "Narration et focalisation." *Poétique* (29): 107－127.

米克・巴尔（1977）. 叙事与聚焦，诗学（29）：107－127.

Banfield, Ann (1973). "Narrative Style and the Grammar of Direct and Indirect Speech." In *Foundations of Language* X. 1－39.

安・班尼菲尔德（1973）. 叙事文体与直接和间接引语. 语言基础，X，1－39.

Barthes, Roland (1973). "Analyse textuelle d'unconte d'Edgar Poe." In *Sémiotique narative et textuelle*, Claude Chabrol, ed., Paris: Larousse, pp. 29－54.

—— (1975). "An Introduction to the Structural Analysis of Narrative." In *New Literary History* VI (Winter): 237－272.

—— (1970). *S/Z*. Paris: Seuil.


---

[1] 参考文献中有中译本者特别附加说明。

罗兰·巴特（1973）. 对爱伦·坡的一篇故事的文本分析//克劳德·夏布洛尔，主编．叙事符号与文本. 巴黎：拉罗斯，29－54.

——（1975）. 叙事作品结构分析导论．新文学史，VI（冬季号）：237－272.

——（1970）. S/Z. 巴黎：瑟伊．

Benveniste，Emile（1966）. *Problémes de linguistique général*. Paris：Gallimard.

——（1974）. *Problémes de linguistique générale II*. Paris：Gallimard.

埃米尔·本维尼斯特（1966）. 一般语言学问题．巴黎：伽利玛．

——（1974）. 一般语言学问题 II. 巴黎：伽利玛．

Bleich，David（1975）. *Readings and Feelings：Introduction to Subjective Criticism*. Urbana：National Council of Teachers of English.

戴维·巴雷奇（1975）. 阅读与情感：主观批评导论. 厄巴纳：全国英语教师协会．

Booth，Wayne C.（1961）. *The Rhetoric of Fiction*. Chicago：University of Chicago Press.

韦恩·C·布斯（1961）. 小说修辞学．芝加哥：芝加哥大学出版社．

（中译本：华明，胡苏晓，周宪，译．北京：北京大学出版社，1987.）

Bowditch，Livia Polanyi（1976）. "The Role of Redundancy in Cohesion and Evaluative Functioning in Narrative — A Grab for the Referential Hierarchy." *Rackham Literary Studies*（7）（Winter）：19－37.

——（1976）. "Why the Whats are When：Mutually Contextualizing Realms of Narrative." In *Proceedings of the Second Annual Meeting of the Berkeley Linguistics Society*，pp. 59－77.

利维亚·波兰依·伯蒂奇（1976）. 冗言在结合重点地位与叙事中的评价功能——分类参考文献. 雷克汉姆文学研究（7）（冬季号）：19－37.

——（1976）. 何以"何物"即"何时"：叙事的互文本领域．伯克利语言学会第二次年会会刊，59－77.

Bowling，Lawrence E.（1950）. "What Is the Stream of Consciousness Technique?" *PMLA*：333－345.

劳伦斯·E·鲍灵（1950）. 何为意识流技巧．美国现代语言学协会会刊，LXV：333－345.

Bremond，Claude（1973）. *Logique du récit*. Paris：Seuil.

——（1964）. "Le Message narratif." *Communications*（4）：4－32.

克劳德·布雷蒙（1973）. 叙事的逻辑 . 巴黎：瑟伊 .

——（1964）. 叙述信息 . 交流（4）：4-32.

Bronzwaer，W. J. M.（1970）. *Tense in the Novel*：*An Investigation of Some Potentialities of Linguistic Criticism*. Groningen：Wolters-Noordhoff.

W. J. M. 布朗兹瓦尔（1970）. 小说中的时态：语言学批评若干潜能研究 . 格罗尼根：沃尔特—诺德霍夫 .

Chabrol，Claude，ed.（1973）. *Sémiotique narrative et textuelle*. Paris：Larousse.

克劳德·夏布洛尔，主编（1973）. 叙事与文本的符号学 . 巴黎：拉罗斯 .

Charles，Michel（1977）. *Rhétorique de la lecture*. Paris：Seuil.

迈克尔·查理斯（1977）. 阅读修辞学. 巴黎：瑟伊 .

Chatman，Seymour（1972）. "On the Formalist-Structuralist Theory of Character." In *Journal of Literary Semantics*（1）：57－79.

——（1974）. "Genette's Analysis of Narattive Time Relations." In *L'Esprit Créateur* XIV（Winter）：353－368.

——（1978）. *Story and Discourse*：Ithaca：Cornell U. P.

西摩·查特曼（1972）. 论形式主义—结构主义的人物理论. 文学语义学学报（1）：57－79.

——（1974）. 热奈特的叙事时间关系分析 . 精神创造者，XIV（冬季号）：353－368.

——（1978）. 故事与话语 . 伊萨卡：康奈尔大学出版社 .

（中译本：徐强，译 . 北京：中国人民大学出版社，2013.）

Chomsky，Noam（1965）. *Aspects of the Theory of Syntax*，Cambridge，Mass：MIT Press. 176

——（1961）. "On the Notion 'Rule of Grammar'." *Proceedings of the Twelfth Symposium in Applied Mathematics* XII：6－24.

——（1961）. "Some Methodological Remarks on Generative Grammar." *Word* XVII：219－223.

——（1957）. *Syntactic Structures*. The Hague：Mouton.

——（1962）. "A Transformational Approach to Syntax." In *Proceedings of the 1958 Conference on Problems of Linguistic Analysis in English*，A. A. Hill，ed.，Austin，Texas：University of Texas Press. pp. 124－158.

诺姆·乔姆斯基（1965）. 句法理论面面观 . 坎布里奇，马萨诸塞州：麻省理工学院出版社 .

——（1961）. 论“语法规则”的概念 . 第 12 次应用数学讨论会会刊，XII：6－24.

——（1961）. 关于生成语法的若干方法论评论 . 语词，XVII：219－223.

——（1957）. 句法结构 . 海牙：莫顿 .

（中译本：刑公畹，等，译 . 北京：中国社会科学出版社，1979.）

——（1962）. 句法的转换分析法//A. A. 黑尔，主编 . 1958 年英语语言分析问题研讨会会刊 . 奥斯汀，得克萨斯：得克萨斯大学出版社，124－158.

Colby，Benjamin N.（1973）. “A Partial Grammar of Eskimo Folktales.” In *American Anthropologist* LXXV：645－662.

本杰明·N·科尔比（1973）. 爱斯基摩民间故事的局部语法 . 美国人类学，LXXV：645－662.

Culler，Jonathan（1975）. *Structuralist Poetics. Structuralism，Linguistics，and the Study of Literature*. Ithaca：Cornel U. P.

乔纳森·卡勒（1975）. 结构主义诗学：结构、语言与文学研究 . 伊萨卡：康奈尔大学出版社 .

（中译本：盛宁，译 . 北京：中国社会科学出版社，1991.）

Danto，Arthur C.（1965）. *Analytical Philosophy of History*. Cambridge：Harvard U. P.

亚瑟·C·丹托（1965）. 历史的分析哲学 . 坎布里奇：哈佛大学出版社 .

Dijk，Teun A. van（1976）. “Narrative Macro-Structures. Logical and Cognitive Foundations.” *PTL* I：547－568.

——（1976）. “Philosophy of Action and Theory of Narrative.” *Poetics* V：287－338.

——（1972）. *Some Aspects of Text Grammars：A Study in Theoretical Linguistics and Poetics*. The Hague：Mouton.

托伊恩·A·范·迪克（1976）. 叙事的宏观结构：逻辑与认识基础 . PTL，I：547－568.

——（1976）. 行动哲学与叙事理论 . 诗学，V：287－338.

——（1972）. 文本语法的若干侧面：理论语言学与诗学研究 . 海牙：莫顿 .

Doležel，Lubomír（1972）. “From Motifemes to Motifs.” *Poetics*（4）：55－90.

——（1973）. *Narrative Modes in Czech Literature*. Toronto：University of Toronto Press.

—— (1976). "Narrative Semantics." *PTL* I: 129 - 151.

卢伯米尔·多利泽尔 (1972). 从母题素到母题. 诗学 (4): 55 - 90.

—— (1973). 捷克文学的叙事模式. 多伦多: 多伦多大学出版社.

—— (1976). 叙事语义学. PTL, I: 129 - 151.

Ducrot, Oswald (1972). *Dire et ne pas dire. Principes de sémantique linguistique*, Paris: Herman.

奥斯瓦尔德·杜克洛特 (1972). 说和不说: 语言语义学的原则. 巴黎: 赫尔曼.

Dundes, Alan (1964). *The Morphology of North American Indian Folktales*. Helsinki, Suomalainen Tiedeakatemia.

阿兰·敦德斯 (1964). 北美印第安民间故事形态学. 赫尔辛基: 芬兰科学与人文学术研究会.

Faye, Jean- Pierre (1967). *Le Récit hunique*, Paris: Seuil.

让-皮埃尔·费伊 (1967). 匈奴叙事. 巴黎: 瑟伊.

Fernandez, Ramon (1926). *Messages*. Paris: Editions de la Nouvelle Revue Française.

莱蒙·费尔南德兹 (1926). 信息. 巴黎: 新法兰西杂志社.

Fish, Stanley (1970). "Literature in the Reader: Affective Stylistics." In *New Literary History* II: 123 - 162.

斯坦利·费什 (1970). 读者的文学: 效果文体学. 新文学史, II: 123 - 162.

Forster, E. M (1927). *Aspects of the Novel*, London: Edward Arnold.

E. M. 福斯特 (1927). 小说面面观. 伦敦: 爱德华·阿诺尔德.

(中译本: 苏炳文, 译. 广州: 花城出版社, 1984; 方土人, 译//小说美学经典三种. 上海: 上海文艺出版社, 1990; 朱乃长, 译 (英汉对照). 北京: 中国对外翻译出版公司, 2002; 冯涛, 译. 北京: 人民文学出版社, 2009.)

Fraassen, Bas C. van(1968). "Presupposition, Implication, and Self Reference." In *Journal of Philosophy* LXV: 136 - 151.

巴斯·范·C·弗拉森 (1968). 预设、蕴含与自我指涉. 哲学学报, LXV: 136 - 151.

Francoeur, Louis (1976). "Le Monologue intérieur narratif (sa syntaxe, sa sémantique et sa pragmatique)." In *Etudes Littérataires* LX (août): 341 - 365.

路易斯·弗兰科尔 (1976). 内心独白叙事 (句法, 语义与实效). 文学研究, LX (8月号), 341 - 365.

Friedman, Melvin (1955). *Stream of Consciousness: A Study in Literary Method*. New Haven: Yale U. P.

麦尔文·弗里德曼（1955）. 意识流：文学手法研究．纽黑文：耶鲁大学出版社．

（中译本：申丽平，等，译．上海：华东师范大学出版社，1992.）

Friedman, Norman (1955). "Forms of the Plot." In *Journal of General Education* VIII (July): 241-253.

—— (1955). "Point of View in Fiction: The Development of a Critical Concept." In *PMLA* LXX (December): 1160-1184.

诺曼·弗里德曼（1955）. 情节的形式. 普通教育学刊，VIII（7月号）：241-253.

——（1955）. 小说的视点：批评概念的发展．美国现代语言学协会会刊，LXX（12月号）：1160-1184.

［中译本：林钧，译．关于小说的视点．语文导报，1987（7、10、11）.］

Frye, Northrop (1957). *Anatomy of Criticism*. Princeton: Princeton U. P.

诺斯罗普·弗莱（1957）. 批评的剖析．普林斯顿：普林斯顿大学出版社．

（中译本：陈慧，袁宪军，吴伟仁，译．天津：百花文艺出版社，1998.）

Garvey, James (1978). "Characterization in Narrative." *Poetics* VII: 63-78.

詹姆斯·加维（1978）. 叙事中的人物. 诗学，VII：63-78.

Gass, William (1970). *Fiction and Figures of Life*. New York: Knopf.

威廉·加斯（1970）. 小说与生活形象．纽约：瑙夫．

Genette, Gérard (1972). *Figures III*. Paris; Seuil.

—— (1966). "Frontières du récit." *Communications* (8): 152-163.

—— (1968). "Vraisemblable et motivation." *Communications* (11): 5-21.

热拉尔·热奈特（1972）. 辞格 III. 巴黎：瑟伊．

——（1966）. 叙事的界限．交流（8）：152-163.

［中译本：王文融，译．外国文学报道，1985（5）；叙事的界限//张寅德，编选．叙述学研究．北京：中国社会科学出版社，1989.］

——（1968）. 可能与动机．交流（11）：5-21.

177 Genot, Gérard (1976). *Problèmes de calcul du récit*. CRLLI (10). Université Paris X-Nanterre.

—— (1977). *Problèmes de calcul récit. II*. CRLLI (12). Université Paris X-Nanterre.

热拉尔·热诺（1976）. 叙事计算问题 . CRLLI（10），巴黎第十大学 .

——（1977）. 叙事计算问题 II. CRLLI（10），巴黎第十大学 .

Georges，Robert A.（1970）. “Structure in Folktales：A Generative-Transformational Approach.” *The Conch* II（2）：4－17.

罗伯特·A·乔治斯（1970）. 民间故事的结构：整体转换方法 . 海螺，II（2）：4－17.

Gibson，Walker（1950）. “Authors，Speakers，Readers，and Mock Readers.” *College English* XI（February）：265－269.

沃克尔·吉布森（1950）. 作者、说话人、读者与虚假读者 . 大学英语，XI（2月号）：265－269.

Greimas，A. J.（1973）. “Les Actants，les acteurs et les figures.” in *Sémiotique narrative et textuelle*，Claude Chabrol，ed.，Paris，Larousse，pp. 161－176.

——（1970）. *Du sens*. Paris：Seuil.

——（1966）. *Sémantique structurale*. Paris：Larousse.

A. J. 格雷马斯（1973）. 行动元、角色与形象//克劳德·夏布洛尔，主编 . 叙事与文本的符号学 . 巴黎：拉罗斯，161－176.

（中译本：行动元、角色与形象 . 王国卿，译//张寅德，编选 . 叙述学研究 . 北京：中国社会科学出版社，1989；动元、扮演者与形象 . 吴泓缈，冯学俊，译//论意义——符号学论文集 . 上册 . 天津：百花文艺出版社，2005.）

——（1970）. 论意义 . 巴黎：瑟伊 .

（中译本：同上）

——（1966）. 结构语义学 . 巴黎：拉罗斯 .

（中译本：结构语义学：方法研究 . 吴泓缈，译 . 北京：生活·读书·新知三联书店，1999.）

Hamburger，Käte（1968）. *Die Logik der Dichtung*. Stuttgart：E. Klett.

凯特·汉伯格（1968）. 文学的逻辑 . 斯图加特：E. 科莱特 .

Hamon，Philippe（1975）. “Clausules” In *Poétique*（24）：495－526.

——（1973）. “Un Discours constraint.” In *Poétique*（16）：411－445.

——（1973）. “Note sur le texte lisible.” In *Missions et démarches de la critique. Mélanges offerts au professeur J. A. Vier*. Rennes：C. Klincksieck.

——（1972）. “Pour un statut sémiologique du personnage.” *Littérature*（6）：86－110.

—— (1973). "Qu'est - ce qu'une description?" In *Poétique* (12): 465 - 485.

—— (1977). "Texte littéraire et métalangage." *Poétique* (31): 261 - 284.

菲利普·哈蒙（1975). 结句. 诗学（24): 495 - 526.

—— (1973). 限制话语. 诗学（16): 411 - 445.

—— (1973). 关于可读性文本的札记//批评的使命与方法：J. A. 韦耶教授文集，雷恩：柯林斯克西科.

—— (1972). 论人物的符号学身份. 文学（6): 86 - 110.

—— (1973). 何为描述？. 诗学（12): 465 - 284.

—— (1977). 文学文本与元语言. 诗学（31): 261 - 284.

Harari, Josué V. (1974). "The Maximum Narrative: An Introductive to Barthes' Recent Criticism." In *Style* VIII (Winter): 56 - 57.

约绪·V·哈拉里（1974). 最大叙事：巴特晚近批评之导论. 文体，VIII（冬季号): 56 - 57.

Harvey, W. J. (1965). *Character and the Novel*. London: Chatto & Windus.

W. J. 哈尔维（1965). 人物与小说. 伦敦：查托 & 温都斯.

Hendricks, William O. (1973). *Essays on Semiolinguistics and Verbal Art*. The Hague: Mouton.

威廉·O·亨德里克斯（1973). 符号语言学与语言艺术论集. 海牙：莫顿.

Heuvel, Pierre van den (1978). "Le Discours rapporté." In *Neophilologus* LXII (1): 19 - 38.

—— (1977). "Le Narrateur narrataire ou le narrateur lecteur de son proper discours." In *Agorà* (14 - 15): 53 - 77.

皮埃尔·范·登·赫维尔（1978). 转述话语. 新语文，LXII（1)，19 - 38.

—— (1977). 叙事的叙述者或自身话语的阅读叙述者. 亚哥拉（14 - 15): 53 - 77.

Hjelmslev, Louis (1954). "La Stratification du langage." In *Word* X: 163 - 188.

路易斯·叶尔姆斯列夫（1954). 言语的层次，语词，X: 163 - 188.

Holland, Norman (1975). *5 Readers Reading*. New Haven: Yale U. P.

诺曼·霍兰德（1975). 五位读者的阅读. 纽黑文：耶鲁大学出版社.

Humphrey, Robert (1954). *Stream of Consciousness in the Modern Novel*. Berkeley: University of California Press.

罗伯特·汉弗里（1954). 现代小说中的意识流. 伯克利：加州大学出版社.

Hymes, Dell (1970). " The Ethnography of Speaking. " In *Reading in the Sociology of Language*. Joshus A. Fishman, ed., The Hague: Mouton, pp. 99–138.

戴尔·海姆斯（1970）. 言说的人种学//约舒斯·A·费什曼，主编. 语言社会学读本. 海牙：莫顿，99–138.

Ingarden, Roman (1931). *Das Literarische Kunstwerk. Eine Untersuchung aus dem Grenz gebiet der Ontologie, Logik und Literaturwissenschaft*. Halle, Saale: M. Niemayer.

罗曼·英伽登（1931）. 文学性的艺术作品：对本体论、逻辑学和文艺学之间的边缘学科的研究. 哈雷，萨勒：M. 尼迈耶尔.

Iser, Wolfgang (1974). *The Implied Reader: Patterns of Communication in Prose Fiction From Bunyan to Beckett*. Baltimore: Johns Hopkins U. P.

沃尔夫冈·伊瑟尔（1974）. 隐含读者：从班扬到贝克特的散文体小说中的交流模式. 巴尔的摩：约翰·霍普金斯大学出版社.

Jakobson, Roman (1960). " Closing Statement: Linguistics and Poetics. " In *Style and Language*. Thomas Sebeok, ed., Cambridge, Mass.: M. I. T. Press, pp. 350–377.

罗曼·雅各布森（1960）. 最终陈述：语言学与诗学//托马斯·塞比奥克，主编. 文体与语言. 坎布里奇，马萨诸塞州：麻省理工学院出版社.

Kermode, Frank (1967). *The sense of an Ending. Studies in the Theory of Fiction*. New York: Oxford U. P.

弗兰克·科默德（1967）. 结尾的意义：虚构理论研究. 纽约：牛津大学出版社.（中译本：刘建华，译. 沈阳：辽宁教育出版社，2000.）

Labov, William (1972). *Language in the Inner City*. Philadelphia: University of Pennsylvania Press.

威廉·拉波夫（1972）. 城市内部的语言. 费城：宾夕法尼亚大学出版社.

Labov, William and Joshua Waletzky (1966). " Narrative Analysis. Oral Versions of Personal Experience. " In *Essays on the Verbal and Visual Arts. Proceedings of the Annual Spring Meeting of the American Ethnological Society*: 12–44.

威廉·拉波夫，乔舒亚·瓦莱茨基（1966）. 叙事分析：个人经验的口述版本. 语言与视觉艺术论集，美国人类学会年度春季会议会刊：12–44.

Lakoff, George (1972). "Linguistics and Natural Logic. " In *Semantics of Natural Language*. Donald Davidson and Gilbert Harman, eds. Dordrecht: Reidel, pp.

569－588.

178 乔治·拉考夫（1972）. 语言学与自然逻辑//唐纳德·戴维森，沃克尔·吉布森，合编. 自然语言的语义学. 多德雷赫特：雷德尔，569－588.

Leondar, Barbara (1976). "Hatching Plots: Genesis of Storymaking," In *The Arts and Cognition*. David Perkin and Barbara Leondar, eds., Baltimore: Johns Hopkins U. P.

巴巴拉·利奥纳德（1976）. 孵化情节：故事创造之发生//戴维·伯金，巴巴拉·利奥纳德，合编. 艺术与认知. 巴尔的摩：约翰·霍普金斯大学出版社.

Lévi-Strauss, Claude (1958). *Anthropologie structurale*. Paris: Plon.

克劳德·列维-斯特劳斯（1958）. 结构人类学. 巴黎：蒲隆.

（中译本：张祖建，译. 北京：中国人民大学出版社，2006.）

Lips, Marguerite (1926). *Le Style indirect libre*. Payot.

马格利特·利普斯（1926）. 自由间接话语. 柏兹.

Lotman, Iouri (1973). *La Structure du texte artistique*. Paris: Seuil.

尤利·洛特曼（1973）. 艺术文本的结构. 巴黎：瑟伊.

McHale, Brian (1978). "Free Indirect Discourse: A Survey of Recent Accounts." In *PTL* III: 249－288.

布赖恩·麦克黑尔（1978）. 自由间接引语：晚近观点综述. PTL，III：249－288.

Matejka, Ladislav and Krystyna Pomorska (1971). *Readings in Russian Poetics*. Cambridge, Mass.: M. I. T. Press.

亚迪斯拉夫·马特吉卡，克里斯蒂娜·珀摩尔斯卡（1971）. 俄罗斯诗学读本. 坎布里奇，马萨诸塞州：麻省理工学院出版社.

Mendilow, A. A. (1952). *Time and the Novel*. London: P. Nevill.

A. A. 门迪洛（1952）. 时间与小说. 伦敦：P. 奈维尔.

Nathhorst, Bertel (1969). *Formal or Structural Studies of Traditional Tales*. Stockholm: Almqvist & Wiksell.

波特尔·奈斯豪斯特（1969）. 对传统故事的形式或结构研究. 斯德哥尔摩：阿姆奎斯特与维克赛尔.

Neumayer, Peter F. (1969). "The Child as Storyteller: Teaching Literary Concepts through Tacit Knowledge." In *College English* XXX: 515－517.

彼得·F·纽梅耶（1969）. 作为故事讲述者的孩子：经由习惯知识的文学概念教学. 大学英语，XXX：515－517.

Ong, Walter J. (1975). "The Writer's Audience Is Always a Fiction." In *PMLA* XC (*January*): 9-21.

沃特尔·J·昂 (1975). 作家的听众永远是虚构的. 美国现代语言学协会会刊, XC (1月号): 9-21.

Page, Norman (1973). *Speech in the English Novel*. London: Longman.

诺曼·比奇 (1973). 英语小说中的话语. 伦敦: 朗曼.

Pavel, Thomas G. (1976). "Possible Worlds' in Literary Semantics." In *The Journal of Aesthetics and Art Criticism* XXXIV: 165-176.

—— (1976). *La Syntaxe narrative des tragédies de Corneille*. Paris: Klincksieck.

托马斯·G·帕维尔 (1976). 文学语义学中的可能世界. 美学与艺术批评学报, XXXIV: 165-176.

—— (1976). 高乃依悲剧的叙事句法. 巴黎: 柯林斯克西科.

Petöfi, Janós S. (1975). *Vers une théorie partielle du texte*. Hamburg: Buske.

亚诺斯·彼得斐 (1975). 话语语言学论文. 汉堡: 布斯克.

Piwowarczyk, Mary Ann (1976). "The Narratee and the Situation of Enunciation: A Reconsideration of Prince's Theory." In *Genre* IX: 161-177.

马里·安·皮沃瓦尔兹克 (1976). 叙事与一统情境: 普林斯理论的再审视. 文类, IX: 161-177.

Postal, Paul (1964). *Constituent Structure. A Study of Contemporary Models of Syntactic Description*. The Hague: Mouton.

保罗·珀斯塔 (1964). 结构成分: 当代句法描述模式研究. 海牙: 莫顿.

Pouillon, Jean (1946). *Temps et roman*. Paris: Gallimard.

让·普劳恩 (1946). 时间与小说. 巴黎: 伽利玛.

Pratt, Mary Louise (1977). *Toward a Speech Act Theory of Literary Discourse*. Bloomington: Indiana U. P.

马里·路易斯·普拉特 (1970). 走向一种文学话语的言语行动理论. 布鲁明顿: 印第安纳大学出版社.

Prince, Ellen (1970). "Be-ing: A Synchronic and Diachronic Study." In *Transformations and Discourse Analysis Papers*. (81) University of Pennsylvania.

埃伦·普林斯 (1970). "是": 共时与历时研究. 转换与话语分析论文集 (81). 宾夕法尼亚大学.

Prince, Gerald (1975). "The Diary Novel: Notes for Definition of a Sub-Genre." In *Neophilologus* LIX: 477 - 481.

—— (1973). *A Grammar of Stories. An Introduction*. The Hague: Mouton.

—— (1973). "Introduction à l'étude du narrataire." In *Poétique* (14): 178 -196.

—— (1968). *Métaphysique et technique dans l'oeuvre romanesque de Sartre*. Genève: Droz.

—— (1974). "Narrative Signs and Tangents." In *Diacritics* (Fall): 2 - 8.

—— (1971). "Notes Towards a Preliminary Categorization of Fictional 'Narratees'." In *Genre* IX (March): 100 - 106.

—— (1973). "Presupposition and Narrative Strategy." In *Centrum* I (1): 23 - 31.

—— (1977). "Remarques sur les signes métanarratifs." In *Degrés* (11 - 12): e1 -e10.

—— (1969). "Towards a Normative Criticism of the Novel." In *Genre* II (March): 1 - 8.

杰拉德·普林斯 (1975). 日记体小说：关于一种亚文类之定义的札记. 新语文, LIX: 477 - 481.

—— (1973). 故事的语法：导论. 海牙，莫顿.

(中译本：故事的语法. 徐强，译. 北京：中国人民大学出版社，即出.)

—— (1973). 受述者研究概述. 诗学 (14): 178 - 196.

[中译本："叙述接受者"研究概述. 袁宪军，译. 外国文学报道，1987 (1).]

—— (1968). 萨特小说中的形而上学和技术. 日内瓦：德罗兹.

—— (1974). 叙事信号及其他. 音调 (秋季号): 2 - 8.

—— (1971). 关于虚构"受述者"初步分类的札记. 文类, IX (3 月号): 100 - 106.

—— (1973). 预设与叙事策略. 中心, I (1): 23 - 31.

—— (1977). 元叙事信号研究. 学位 (11 - 12): e1 - e10.

—— (1969). 走向小说的标准批评. 文类, II (3 月号): 1 - 8.

Propp, Valdimir (1958). *Morphology of the Folktale*. Bloomington: Indiana U. P.

弗拉基米尔·普罗普 (1985). 民间故事形态学. 布鲁明顿：印第安纳大学出版社.

（中译本：故事形态学．贾放，译．施用勤，校．北京：中华书局，2006.）

Rey-Debove，Josette（1971）. *Etude linguistique et sémiotique des dictionnaires français contemporains*. The Hague：Mouton.

乔塞特·雷-德波夫（1971）. 当代法语词典的语言学和符号学研究．海牙：莫顿．

Riffaterre，Michael（1971）. *Essais de stylistique structurale*. Paris：Flammarion.

米歇尔·里法泰尔（1971）. 结构文体学论集．巴黎：弗拉马利翁．

Romberg，Bertil（1962）. *Studies in the Narrative Technique of the First Person Novel*. Lund：Almqvist & Wiksell.

波提尔·荣伯格（1962）. 第一人称小说的叙事技巧研究．兰德：阿姆奎斯特与维克赛尔．

Rossum-Guyon，Françoise van（1970）. "Point de vue ou perspective narrative." In *Poétique*（4）：476－497.

弗朗西斯·范·罗素-古扬（1970）. 叙事的角度或视点. 诗学（4）：476－497.

Ryan，Marie-Laure（1977）. "Growing Texts on a Tree." In *Diacritics* VII（4）（Winter）：34－46.

——（1977）. "Narration，génération，transformation：*La Grande Bretèche* de Balzac." In *L'Esprit Créateur* XVII（Fall）：195－210. 179

马里亚-罗利·赖安（1977）. 树上生长出文本. 音调，VII（4）（冬季号）：34－46.

——（1977）. 叙述、生成、转换：巴尔扎克的大望楼．精神创造者，XVII（秋季号）：195－210.

Said，Edward（1975）. *Beginnings：Intention and Method*. New York：Basic Books.

爱德华·萨义德（1975）. 开端：意图与方法．纽约：基础图书．

Sartre，Jean-Paul（1947）. *Situations I*. Paris：Gallimard.

让-保罗·萨特（1947）. 境况 I. 巴黎：伽利玛．

Scholes，Robert（1974）. *Structuralism in Literature：An Introduction*. New Haven and London：Yale U. P.

罗伯特·肖尔斯（1974）. 文学结构主义导论．纽黑文和伦敦：耶鲁大学出版社．

（中译本：文学结构主义．刘豫，译．北京：生活·读书·新知三联书店，1988；

结构主义与文学．孙秋秋，高雁魁，王焱，译．北京：春风文艺出版社 1988.）

Scholes, Robert and Robert Kellogg (1966). *The Nature of Narrative*. New York: Oxford U. P.

罗伯特·肖尔斯，罗伯特·凯洛格（1966）．叙事的本质．纽约：牛津大学出版社．

Scott, Charles T. (1969). On Defining the Riddle: The Problem of a Structural Unit, In *Genre* II: 129 - 142.

查理斯·T·斯科特（1969)．论谜语的定义：结构单位问题．文类，II: 129 - 142.

Slatoff, Walter (1970). *With Respect to Readers: Dimensions of Literary Response*. Ithaca: Cornell U. P.

沃尔特·斯拉托夫（1970)．关于读者：文学反应之维度．伊萨卡：康奈尔大学出版社．

Smith, Barbara H. (1968). *Poetic Closure. A Study of How Poems End*. Chicago: University of Chicago Press.

巴巴拉·H·史密斯（1968)．诗的终结：关于诗歌如何结尾的研究．芝加哥：芝加哥大学出版社．

Stanzel, F. K. (1971). *Narrative Situations in the Novel: Tom Jones, Moby Dick, The Ambassadors, Ulysses*. Bloomington: Indiana U. P.

F. K. 斯坦泽尔（1971)．小说中的叙事情境：汤姆·琼斯、莫比·迪克、使节、尤利西斯．布鲁明顿：印第安纳大学出版社．

Steinberg, Günter (1971). *Erlebte Rede, Ihre Eigenart und ihre Formen in neuerer deutscher, französischer und englischer Erzählliteratur*. 2 vols. Göppingen: A. kümmerle.

君特·斯泰因贝格（1971)．被体验过的言说及其在近代德语、法语、英语叙事文学中的特性和形式．两卷本．戈平根：A. 库默勒．

Sternberg, Meir (1978). *Expositional Modes and Temporal Ordering in Fiction*. Baltimore: Johns Hopkins U. P.

梅尔·斯坦伯格（1978)．小说的呈现模式与时间顺序．巴尔的摩：约翰·霍普金斯大学出版社．

Strauch, Gérard (1974). " De quelques interprétations récentes du style indirect libre," In *Recherches Anglaises et Américaines* VII: 40 - 73.

杰拉德·斯特劳希（1974）. 近期对自由间接风格的若干解释. 英美研究，VII：40－73.

Tamir，Nomi（1976）. “Personal Narration and its Linguistic Foundation.” In *PTL* I：403－429.

诺米·塔米尔（1976）. 人称叙述及其语言学基础. PTL，I：403－429.

Todorov，Tzvetan（1978）. “Une Complication de texte：Les Illuminations.” In *Poétique*（34）：241－253.

——（1970）. *Grammatire du Décaméron*. The Hague：Mouton.

——（1968）. “La Grammaire du récit，” In *Languages*（12）：94－102.

——（1975）. “La Lecture comme construction.” In *Poétique*（24）：417－425.

——（1970）. “Les Transformations narratives.” In *Poétique*（3）：322－333.

——（1973）. *Poetique*. Paris：Seuil.

——（1971）. *Poetique de la prose*. Paris：Seuil.

——（1965）. ed.，*Théorie de la litterature*. Paris：Seuil.

茨维坦·托多罗夫（1978）. 灵光集的文本复杂性. 诗学（34）：241－253.

——（1970）. 十日谈的语法. 海牙：莫顿.

——（1968）. 叙事的语法. 语言（12）：94－102.

——（1975）. 作为建构的阅读. 诗学（24）：417－425.

——（1970）. 叙事的转换. 诗学（3）：322－333.

（核心内容之中译：黄建民，译，从十日谈看叙事作品语法//张寅德，编选. 叙述学研究. 北京：中国社会科学出版社，1989.）

——（1973）. 诗学. 巴黎：瑟伊.

——（1971）. 散文诗学. 巴黎：瑟伊.

——（1965）. 主编. 文学理论. 巴黎：瑟伊.

Tomashevsky，Boris（1965）. “Thematics.” In *Russian Formalist Criticism*. Lee T. Lemon and Marion J. Reis，eds.，Lincoln：University of Nebraska Press，pp. 61－95.

鲍里斯·托马舍夫斯基（1965）. 主题//李·T·里蒙，马里恩·J·里斯，合编. 俄罗斯形式主义批评. 林肯：内布拉斯加大学出版社，61－95.

（中译本：蔡鸿滨，译//托多罗夫，编选，俄苏形式主义文论选. 北京：中国社会科学出版社，1989.）

Uspenski，Boris（1973）. A Poetics of Composition. Berkeley.

鲍里斯·乌斯宾斯基（1973）. 结构诗学. 伯克利.

（中译本：彭甄，译. 北京：中国青年出版社，2004.）

Ven, Pieter Dirk van der (1978). *From Narrative Text to Narrative Structure*. Dordrecht, February (1978). (Unpublished manuscript).

彼得·迪克·范·德尔·文（1978）. 从叙事文本到叙事结构. 多德雷赫特，2月（1978）.（未刊手稿）.

Vendler, Zeno (1967). *Linguistics in Philosophy*. Ithaca: Cornell U. P.

泽诺·温德勒（1967）. 哲学中的语言学. 伊萨卡：康奈尔大学出版社.

Weinrich, Harald (1964). *Tempus, Besprochene and Erzählte Welt*, Stuttgart: W. Kohlhammer.

哈拉尔德·魏因里希（1964）. 动词时态，被谈论和叙述的世界. 斯图加特：W. 克尔哈默.

Zeraffa, Michel (1969). *Personne et personnage*. Paris: Klinsksieck.

迈克尔·泽拉法（1969）. 人与性格. 巴黎：柯林斯克西科.

# 主题索引

（页码为英文原书页码，即本书边码）

# 作者索引

（页码为英文原书页码，即本书边码）

# 译后记：绕不过去这座山

## 1

2011 年和 2012 年，称得上是中国叙事学界的“杰拉德·普林斯年”。

先是 2011 年上半年，我就本书及普林斯教授的另一部名著《故事的语法》写成策划论证（彼时译稿业已接近杀青），迅即被中国人民大学出版社接受。

接着，得知他著名的《叙述学词典》一书也正由乔国强教授主持译介。

随后，2011 年 10 月份于湖南长沙召开的“第三届叙事学国际会议暨第五届叙事学研讨会”上，普林斯教授作为特邀嘉宾与会，并作了题为“经典叙事学与后经典叙事学”的报告，引起与会学者的极大兴趣。

也就是在这次会议上，大家接到了由上海译文出版社出版、还散发着墨香的《叙述学词典》。

长沙会议后北返不久，我即与中国人民大学出版社签下出版合同。今年暑假，终于集中将译稿校阅完毕。《故事的语法》也即将交稿。这样，普林斯的主要代表著作将全部登陆中国。

## 2

杰拉德·普林斯（Gerald Prince）是美国宾夕法尼亚大学罗曼语系终身教授，国际知名的叙事理论家、法语文学学者。他从20世纪60年代起就投身叙事学研究，堪称这一学科从结构主义时代到后经典叙事学时代这一全部历程的见证者与参与者，至今活跃于国际学界。

普林斯著述甚丰，除一系列重要论文外，先后以法语、英语出版的叙事学与小说研究著作有：

《萨特小说中的形而上学与技巧》（*Métaphysique et technique dans l'oeuvre romanesque de Sartre*，1968）；

《故事的语法》（*A Grammar of Stories*，1973）；

《叙事学：叙事的形式与功能》（*Narratology: The Form and Functioning of Narrative*，1982）；

《叙述学词典》（*A Dictionary of Narratology*，1987）；

《作为主题的叙事：法语小说研究》（*Narrative as Theme: Studieç in French Fiction*，1992）；

《法语小说指南（1901－1950）》［*Guide du roman de langue française*（*1901—1950*），2012］。

此外，普林斯还分别为约翰·霍普金斯大学出版社和内布拉斯加大学出版社合作编辑了“Parallax”与“Stages”两套丛书。他还是《叙事》（*Narrative*）、《文体》（*Style*）、《变音》（*Diacritics*）、《法语论坛》（*French Review*）等十数家知名学术期刊的编委或顾问。目前仍笔耕不辍。

普林斯是叙事学史上承前启后的过渡一代。莫妮卡·弗卢德尼克曾说：“在热奈特所标志的高潮之后，普林斯与斯坦泽尔、米克·巴尔、西摩·查特曼、苏珊·兰瑟一起成为叙事学的几个小高潮之一。”并把他作为继热奈特和斯坦泽尔之后经典叙事学阶段影响最大的三个学者之一予以重点讨论（另两个是米克·巴尔和西摩·查特曼）。①

① 莫妮卡·弗卢德尼克：《叙事理论的历史II：从结构主义到现在》，载《当代叙事理论指南》，詹姆斯·费伦、拉比诺维茨主编，申丹等译，北京，北京大学出版社，2007。

作为过渡的一代之杰出代表，普林斯的特点在于：萌生于20世纪70年代初正处于辉煌期的结构主义叙事学堡垒内部，承罗兰·巴特、布雷蒙、托多罗夫、热奈特等思维方法之余绪，进一步开拓和完善叙事学理论框架；既在总结以往成就、规范学科理论方面作了扎实努力，又不断地、创造性地开辟新境，在丰富学科内涵方面作出卓越贡献；在后经典叙事学转向后，仍密切跟踪形势，不断提出富有时代特色的问题和命题（如对“后殖民叙事”的深入阐释，对叙事之本质的不懈追索，对“不叙述”范畴的拓展，对narrativity、narrativehood、narrativeness、narratability等“叙事性”相关概念的提出与论析，都富有创见），成为叙事理论界的“常青树”。

《叙事学：叙事的形式与功能》是一本饶富特色的叙事学概论。在力图概括“所有叙事，且仅仅是可能性的叙事”这一理论目标下，作者以简洁的篇幅，描述和解释了“叙事的机制及对其形式和功能过程有重大意义的诸因素”。

全书分为五章。第一章“叙述”，阐述叙述交流中的各主体——叙述者、受述者及叙述过程中的各个变量概念，其中“受述者”概念是作者对于叙事理论的一个重大贡献。第二章“被叙”，阐述叙述内容的诸要素。第三章“叙事语法”，浓缩了作者早先的另一部专著《故事的语法》的精华并加以优化，意在借鉴转换生成主义语法的思想，建构一套普遍的“叙事语法”。第四章“阅读叙事”关注叙事的阅读过程中几个关键问题，对“元叙事信号”、“易读性”等概念的提出与阐释都极有新意。第五章“叙事性”，探讨叙事之根本问题——是什么使得一个叙事成为“叙事”。这个话题贯穿于作者的整个理论生涯，也启发了晚近的很多学者。全书行文简约，概念严谨，逻辑性强，引例丰富而典型，既是叙事学学科史上的名作，也是该学科入门的必读文献。

### 3

1989年，姚锦清等先生翻译了以色列学者里蒙-凯南的名著《叙事虚构作品》（*Narrative Fiction*：*Contemporary Poetics*，原著1983年面世）；1995年，谭君强教授翻译了荷兰学者米克·巴尔的名著《叙述学：叙事理论导论》（*Narratology*：*Introdution to the Theory of Narrative*，原著

1985年面世)；2002年，谭先生又译出该书修订版（原著1997年面世)。迄今为止，国内叙事学界最为熟知的概论性著作一直推以上两部。

论作者的学术地位和原著之声誉，普林斯的这本《叙事学》并不亚于前二者，时间上还稍早于它们（普著1982年面世），内容上也颇多出奇制胜之处，本来是早该登陆中国的，不意却姗姗来迟。但不管怎么说，该来的还是来了。说到这里，我不禁回想起自己接触普林斯著作的过程，以及与作者愉快交往中的一幕幕场景。

初识普林斯著述还是在若干年前的学生时代，从1980年代中后期的一本《外国文学报道》杂志上看到袁宪军先生从英文译介的《“叙述接受者研究”概述》一文①。大概是因为原文是法文，加之当时已经译介过来的叙事理论大家以法兰西人为多，袁先生误会作者国籍为“法国”——这也透露出彼时普林斯的大名在国内学界还鲜为人知。这篇论文中明显带有莫妮卡·弗卢德尼克后来所称的“早期叙事学家都表现出的分类学热情”，但作者对重要论域（“受述者”②）开疆拓土的气魄、对叙事现象的敏锐观察力、行文中的逻辑推阐之严密、作品引证之博洽，都给我留下了深刻印象。

其后随着涉猎文献日益增多，Gerald Prince这个名字频频寓目，越来越成为“熟人”。各种叙事学论著中每每见到对他的引证或至少是提名，而所提及文献早至20世纪60年代，晚到当下，横跨逾半个世纪。遂在好奇与仰止之余多方搜求他的著述，以识高山之真面。一旦对普林斯在叙事学中的重要地位和卓越贡献稍有感性了解，就不免连番惊叹：这真的是一座绕不过去的“大”山。上面所提到的那篇发表于1973年、恰和我本人同龄的论文，虽只有薄薄几页，却早已当之无愧地跻身叙事理论的最重要文献之列，而这样精辟透彻的论文，在普林斯著作中远非仅此一篇。更不用提那本“文学学生几乎人手一册”③的《叙述学词典》

---

① 参见《外国文学报道》1987年第1期。普氏原文最初发表于法国《诗学》杂志1973年第14期，袁宪军据弗朗西斯·马里纳的英译本译出。

② 早期中文学界对“受述者”（narratee）这个概念很陌生，甚至把它等同于“叙述”。例如，里蒙-凯南的《叙事虚构作品》一书的参考数目中列出了普林斯这篇文章，中译本将其标题译为“叙述研究导引”。参见姚锦清等译：《叙事虚构作品》，286页，北京，生活·读书·新知三联书店，1989。

③ 赵毅衡语，参见《叙述学词典》中译本序，上海，上海译文出版社，2011。

了——我得到的是1987年英文初版本的国内“合法盗印”本，本来就是“恶楮毛书，烟煤败黑”，又因置于案头常翻常用，现在已破损不堪了。

惊叹过后便是遗憾：这么多年来，汉语叙事学界未免太过冷落了这座大山。方家既无暇以顾，自己何妨来一次“愚公移山”？首选的就是这本《叙事学：叙事的形式与功能》。2009年，在老家陪侍病母，期间开始动手，一年乃竣。翻译过程中，和普林斯教授取得联系，得到了他的有力支持。他先后邮寄来几批参考资料。然后就是上文所述的，中国人民大学出版社慨允出版，我和普林斯教授互道祝贺，都很高兴。

2011年夏，普林斯教授告诉我，他受中国叙事学会会长申丹教授之邀来华出席第三届叙事学国际会议。这自然是宝贵良机，遂约以长沙之晤。我一边准备参会论文，一边整理译稿，开列出问题清单。申丹教授略知我的工作，觉得我似乎有点准备，还曾答应让我试译普林斯的大会论文，后因主办方已安排妥当而作罢。启程前，我为普林斯准备了行草长卷一幅为礼——正所谓“秀才人情纸半张”，内容是三条中国古人论叙事的言论——刘熙载《艺概》“主脑”说、章学诚《文史通义》“述事明理”说、李笠翁《闲情偶寄》“出奇变相”说。卷末题款作：

> 余迻译普林斯教授叙事学大作既竣，将赴湘参加叙事学界盛会，适逢先生亦将莅临大会。先生为理论名家，声誉广播全球，余之译述多蒙提点。行前拈出中国古人论叙事之与先生不无契合者，书以相赠。

些许兴奋之情，从中可以约略见出。

报到当晚，先与普林斯教授通过电话打了个招呼。次日会前，申丹老师当面为我引介，略作寒暄。先生年逾七旬，中等个头，背略有些驼，双肩宽阔，十分敦实。秃顶，须髯却盛，几乎全白，修剪得比照片上见到的短而齐整。许是照顾我，他的语速很慢，每一个音都发得清晰到位。当天的会议上他先是代表嘉宾致贺词，后面又作了主题演讲。当他走上讲台，那宽厚沉实的背影与步态，直令我想起多年前居于乡间的德高望重的祖父。演讲并不完全照本宣科，偶有插科打诨之语，全场哄堂，但他自己倒不笑。和我的晤谈安排在午后，那是一次高效率的交流，我密集地提出了所有问题，他连说带画（示意图），能够解答的则当场解答，不能解答的就记下来以备回去查找。最后，在我随身带的他的原作和我的译稿上，一一签上漂亮的花体名字。我打开给他的书法长卷，指着念一句，解释一句，并指出与他的哪个概念或观点相合。他不断点头称是，连连恭维“漂亮”，还不相信似的问：“是给我的吗?”……

可惜他要赶着回美国参加夫人逝世周年祭，不能久耽，提前离会了。想到他如此高龄，一个人不远万里，舟车劳顿，时差还没倒好，就又打道回府，这种学术热情和伉俪笃意都不由人不佩服加感动。后来他陆续为我寄来《作为主题的叙事》等著述，并多次来信为我解答剩余问题。关于《追忆似水年华》中的一段英文引文的出处，大概耗费了他很多时间，是最近才找到，让助手发给我的。

就在我写这篇后记的时候，刚刚看到一个会议预告，几天后的9月17日，“叙述与翻译”国际研讨会将在法国根特大学召开，普林斯教授要在会上做一个题为“Narratological Illuminations”的主旨报告。老骥伏枥，壮心不已，实乃叙事学界的幸事。祝愿这棵叙事学的常青树身体健康，不断结出新的学术果实。

## 4

本书丰富详赡的引例中，除作者自行构造的一部分之外，还大量地从现代小说中加以征引。这些小说有的是名著，也有的是不那么著名（或在中国不那么著名）的作品；有的已有中译本，有的则尚无中译本。有中译本的，引例我都尽量参用了权威译文，并详注了来源。为读者方便计，所有提及的小说作品、理论著作及其作者，都加脚注予以简单介绍。

“参考文献”部分载录了至本书面世（1982年）之前叙事学领域的要籍近150种，完全可以视为当代叙事理论至20世纪80年代前期为止的一份“学术史纲”或“学术点将录”。同样为读者方便计，该部分全部以中英对照方式给出；对其中已有中译本的，尽量说明中译信息，不止一种中译本的，尽量列全。

厦门大学外国语学院法语系教授冯寿农先生，以及我的同事李洋博士都曾热情帮我解答有关法语作品疑难；与四川大学外国语学院方小莉博士的交流惠我良多；上海译文出版社谭春惠编辑对整个工作计划的肯定与帮助增加了我的信心。对他们统致谢意。

要一如既往地感谢申丹教授，没有她的指点与鼓励，我就不会有“愚公移山”的勇气。她所领导的中国叙事学会，方家云集，学风纯正，无论前辈还是同侪，都使我获益匪浅。

中国人民大学出版社的翟江虹、刘汀两君对本书面世有催生之功。我在《故事与话语》译后记中的详述与鸣谢，同样适用于这里。

东北师范大学文学院2009级汉语言文学专业以及外国语学院2011级翻译硕士班的同学们分担了手稿输入的工作。感谢他们。感谢责任编辑郦益的细心校读匡正。

移山的愚公尚有自知，未敢稍忘蚍蜉撼树、螳臂当车之讥。译稿中必然多有不足和舛误，期待读者诸君不吝指正。

徐　强

2012年9月13日

长春，六弦斋

# 当代世界学术名著·第一批书目

| | |
|---|---|
| 心灵与世界 | [美]约翰·麦克道威尔 |
| 科学与文化 | [美]约瑟夫·阿伽西 |
| 从逻辑的观点看 | [美]W.V.O.蒯因 |
| 自然科学的哲学 | [美]卡尔·G·亨普尔 |
| 单一的现代性 | [美] F.R.詹姆逊 |
| 本然的观点 | [美]托马斯·内格尔 |
| 宗教的意义与终结 | [加]威尔弗雷德·坎特韦尔·史密斯 |
| 帝国与传播 | [加]哈罗德·伊尼斯 |
| 传播的偏向 | [加]哈罗德·伊尼斯 |
| 世界大战中的宣传技巧 | [美]哈罗德·D·拉斯韦尔 |
| 一个自由而负责的新闻界 | [美]新闻自由委员会 |
| 机器新娘——工业人的民俗 | [加]马歇尔·麦克卢汉 |
| 报纸的良知——新闻事业的原则和问题案例讲义 | [美]利昂·纳尔逊·弗林特 |
| 传播与社会影响 | [法]加布里埃尔·塔尔德 |
| 模仿律 | [法]加布里埃尔·塔尔德 |
| 传媒的四种理论 | [美]威尔伯·施拉姆 等 |
| 传播学简史 | [法]阿芒·马特拉 等 |
| 受众分析 | 丹尼斯·麦奎尔 |
| 写作的零度 | [法]罗兰·巴尔特 |
| 符号学原理 | [法]罗兰·巴尔特 |
| 符号学历险 | [法]罗兰·巴尔特 |
| 人的自我寻求 | [美]罗洛·梅 |
| 存在——精神病学和心理学的新方向 | [美]罗洛·梅 |
| 存在心理学——一种整合的临床观 | [美]罗洛·梅 |
| 个人形成论——我的心理治疗观 | [美]卡尔·R·罗杰斯 |
| 当事人中心治疗——实践、运用和理论 | [美]卡尔·R·罗杰斯 |

| | |
|---|---|
| 万物简史 | [美]肯·威尔伯 |
| 动机与人格(第三版) | [美]亚伯拉罕·马斯洛 |
| 历史与意志:毛泽东思想的哲学透视 | [美]魏斐德 |
| 中国的共产主义与毛泽东的崛起 | [美]本杰明·I·史华慈 |
| 毛泽东的思想 | [美]斯图尔特·R·施拉姆 |
| 仪式过程——结构与反结构 | 维克多·特纳 |
| 人类学、发展与后现代挑战 | 凯蒂·加德纳,大卫·刘易斯 |
| 结构人类学 | [法]克洛德·列维-斯特劳斯 |
| 野性的思维 | [法]克洛德·列维-斯特劳斯 |
| 面具之道 | [法]克洛德·列维-斯特劳斯 |
| 嫉妒的制陶女 | [法]克洛德·列维-斯特劳斯 |
| 社会科学方法论 | [德]马克斯·韦伯 |
| 无快乐的经济——人类获得满足的心理学 | [美]提勃尔·西托夫斯基 |
| 不确定状况下的判断:启发式和偏差 | [美]丹尼尔·卡尼曼 等 |
| 话语和社会心理学——超越态度与行为 | [英]乔纳森·波特 等 |
| 社会网络分析发展史——一项科学社会学的研究 | [美]林顿·C·弗里曼 |
| 自由之声——19世纪法国公共知识界大观 | [法]米歇尔·维诺克 |
| 官僚制内幕 | [美]安东尼·唐斯 |
| 公共行政的语言——官僚制、现代性和后现代性 | [美]戴维·约翰·法默尔 |
| 公共行政的精神 | [美]乔治·弗雷德里克森 |
| 公共行政的合法性——一种话语分析 | [美]O.C.麦克斯怀特 |
| 后现代公共行政——话语指向 | [美]查尔斯·J·福克斯 等 |
| 政策悖论:政治决策中的艺术(修订版) | [美]德博拉·斯通 |
| 行政法的范围 | [新西]迈克尔·塔格特 |
| 法国行政法(第五版) | [英]L·赖维乐·布朗,约翰·S·贝尔 |
| 宪法解释:文本含义,原初意图与司法审查 | [美]基思·E·惠廷顿 |

| | |
|---|---|
| 英国与美国的公法与民主 | [英]保罗·P·克雷格 |
| 行政法学的结构性变革 | [日]大桥洋一 |
| 权利革命之后:重塑规制国 | [美]凯斯·R·桑斯坦 |
| 规制:法律形式与经济学理论 | [英]安东尼·奥格斯 |
| 阿蒂亚论事故、赔偿及法律(第六版) | [澳]波涛·凯恩 |
| 意大利刑法学原理(注评版) | [意]杜里奥·帕多瓦尼 |
| 刑法概说(总论)(第三版) | [日]大塚仁 |
| 刑法概说(各论)(第三版) | [日]大塚仁 |
| 英国刑事诉讼程序(第九版) | [英]约翰·斯普莱克 |
| 刑法总论(新版第2版) | [日]大谷实 |
| 刑法各论(新版第2版) | [日]大谷实 |
| 日本刑法总论 | [日]西田典之 |
| 日本刑法各论(第三版) | [日]西田典之 |
| 美国刑事法院诉讼程序 | [美]爱伦·豪切斯泰勒·斯黛丽,南希·弗兰克 |
| 现代条约法与实践 | [英]安托尼·奥斯特 |
| 刑事责任论 | [英]维克托·塔德洛斯 |
| 刑罚、责任和正义——相关批判 | [英]阿伦·洛雷 |
| 政治经济学:对经济政策的解释 | T.佩尔森,G.塔贝里尼 |
| 共同价值拍卖与赢者灾难 | 约翰·H·凯格尔,丹·莱文 |
| 以自由看待发展 | 阿马蒂亚·森 |
| 美国的知识生产与分配 | 弗里茨·马克卢普 |
| 经济学中的经验建模——设定与评价 | [英]克莱夫·W·J·格兰杰 |
| 产业组织经济学(第五版) | [美]威廉·G·谢泼德,乔安娜·M·谢泼德 |
| 经济政策的制定:交易成本政治学的视角 | 阿维纳什·K·迪克西特 |
| 博弈论经典 | [美]哈罗德·W·库恩 |
| 行为博弈——对策略互动的实验研究 | [美]科林·凯莫勒 |
| 博弈学习理论 | [美]朱·弗登伯格,戴维·K·莱文 |
| 利益集团与贸易政策 | G.M.格罗斯曼,E.赫尔普曼 |
| 市场波动 | 罗伯特·希勒 |
| 零售与分销经济学 | 罗格·R·贝当古 |

| | |
|---|---|
| 世界贸易体系经济学 | [美]科依勒·贝格威尔，罗伯特·W·思泰格尔 |
| 税收经济学 | 伯纳德·萨拉尼 |
| 经济学是如何忘记历史的:社会科学中的历史特性问题 | 杰弗里·M·霍奇逊 |
| 通货膨胀、失业与货币政策 | 罗伯特·M·索洛 等 |
| 经济增长的决定因素:跨国经验研究 | [美]罗伯特·J·巴罗 |
| 全球经济中的创新与增长 | [美]G.M.格罗斯曼，E.赫尔普曼 |
| 美国产业结构(第十版) | [美]沃尔特·亚当斯，詹姆斯·W·布罗克 |
| 制度与行为经济学 | [美]阿兰·斯密德 |
| 企业文化——企业生活中的礼仪与仪式 | 特伦斯·E·迪尔 等 |
| 组织学习(第二版) | [美]克里斯·阿吉里斯 |
| 企业文化与经营业绩 | [美]约翰·P·科特 等 |
| 系统思考——适于管理者的创造性整体论 | [英]迈克尔·C·杰克逊 |
| 组织学习、绩效与变革——战略人力资源开发导论 | 杰里·W·吉雷 等 |
| 组织文化诊断与变革 | 金·S·卡梅隆 等 |
| 社会网络与组织 | 马汀·奇达夫 等 |
| 美国会计史 | 加里·约翰·普雷维茨 等 |
| 新企业文化——重获工作场所的活力 | 特伦斯·E·迪尔 等 |
| 文化与组织:心理软件的力量(第二版) | 吉尔特·霍夫斯泰德 等 |
| 实证会计理论 | 罗斯·瓦茨 等 |
| 组织理论:理性、自然和开放的系统 | 理查德·斯科特 等 |
| 管理思想史(第五版) | 丹尼尔·A·雷恩 |
| 后《萨班斯—奥克斯利法》时代的公司治理 | 扎比霍拉哈·瑞扎伊 |
| 财务呈报:会计革命 | 威廉·比弗 |
| 当代会计研究:综述与评论 | 科塔里 等 |
| 管理会计研究 | 克里斯托弗·查普曼 等 |
| 会计和审计中的判断与决策 | 罗伯特·阿斯顿 等 |
| 会计经济学 | 约翰·B·坎宁 |

**图书在版编目（CIP）数据**

叙事学：叙事的形式与功能 /（美）普林斯著；徐强译．—北京：中国人民大学出版社，2013.6

ISBN 978-7-300-17472-3

Ⅰ.①叙… Ⅱ.①普…②徐… Ⅲ.①叙述—文学研究 Ⅳ.①I045

中国版本图书馆 CIP 数据核字（2013）第 121546 号

当代世界学术名著

**叙事学**

叙事的形式与功能

［美］杰拉德·普林斯 著

徐 强 译

Xushixue

| | | | |
|---|---|---|---|
| **出版发行** | 中国人民大学出版社 | | |
| **社　　址** | 北京中关村大街 31 号 | **邮政编码** | 100080 |
| **电　　话** | 010－62511242（总编室） | | 010－62511770（质管部） |
| | 010－82501766（邮购部） | | 010－62514148（门市部） |
| | 010－62515195（发行公司） | | 010－62515275（盗版举报） |
| **网　　址** | http://www.crup.com.cn | | |
| **经　　销** | 新华书店 | | |
| **印　　刷** | 运河（唐山）印务有限公司 | | |
| **开　　本** | 720 mm×1000 mm　1/16 | **版　　次** | 2013 年 6 月第 1 版 |
| **印　　张** | 13.25 插页 2 | **印　　次** | 2025 年 10 月第 9 次印刷 |
| **字　　数** | 171 000 | **定　　价** | 48.00 元 |